思辨的假面劇

[作者] Michael A. Stackpole

DARK SOULS

: Masque of Vindication

Kadokawa Fantastic Novels

封面插畫／末彌純

獻給Chantelle Aimée Osman，
在大流行病與封城中以完美無瑕地風格與品味看見我。

1

我再次擁有感受，可能是許久以來的第一次，我**感覺到了**，因為我**選擇**去感覺。忽視感受、對萬事萬物冷漠，這就是不死人的靈魂，而這不是因為缺乏感受的能力，僅只是沒有這麼做的必要。

死亡這種生存狀態，萬物皆無法倖免，你在這種狀態下，就是不以任何方式存在。不存在定義了你，而對無數人來說，這種缺乏存在的狀態和他們過去所知的相比，其實是種進化。對那些身陷痛苦、悲傷、悔恨、恥辱、背叛和冷漠忽視之中的人來說，存在的終結，也是所有悲慘的終結，他們永恆的獎賞，便是能夠逃離萬劫不復的人生。

再次感受就是承擔風險，聽起來可能很荒謬，死人有什麼風險？但我們確實有。我們有自己的驕傲，我們希望受人銘記，我們陶醉於憎恨者的憤怒中、恐懼者的噩夢中，甚至是摧毀我們的人那無憂無慮的笑聲中。這些痕跡就安棲在生者的回憶裡，生者則深深扎根於時間本身，他們就是我們獲得永生的方式。

但是墓中的冷漠扼殺了對風險的恐懼，多數人發現冷漠是寒冷墓中溫暖的毯子，他們不再冒險犯難，有些人就這麼蜷縮其中，隨著有關他們的回憶逐漸斑駁而愈縮愈小。當他們不再受人銘記，就向冷漠投降，因為這是最簡單的選擇。

簡單的選擇讓我無聊，因為這也是缺少風險的安全選擇，而沒有風險，出現獎賞的機率便微乎其微。要和風險共舞、妥善評估並依此計劃，就需要好奇，而好奇正是無聊最憎恨的敵人。我記得在知道自己是誰之前，我便已相當好奇，如今又能再次擁有這種感受。

我選擇去感受。我舉起一根手指，手指動了，雖然沒什麼力量，也不太順暢，但它移動了，皮膚感覺緊繃乾燥，我小心翼翼移動，以免血肉撕裂或肌腱斷裂。

我移動更多根手指，將它們伸直，然後朝手心彎曲，就像在彈魯特琴。這是個簡單的動作，一開始有點猶豫，但第二次已更加流暢。

接著是我的手腕，然後是手肘，我的右半邊。我的左手臂拒絕移動，但隨著右手臂舉起、伸直，手掌碰到了磨損的石頭表面，攤開時還有某種東西掠過指尖，沙子摩擦著我的手心。塵沙，很顯然已掩上石面。

我朝著石頭推，肩膀摩擦，彷彿本身裝滿沙子，但是撐住了，這麼做有用，我便更用力推，然後使出全力。有那麼一剎那——在兩、三拍心跳間，好像自己的心臟真的有在跳動——我覺得非常輕盈，就像在飄浮一樣。

接著我的背撞上了石頭，雙腳纏在一起，但原先困在身下的左手臂自由了——我先前是往左側躺，躺了多久我連猜都不想猜。

我選擇用左手臂去感受，而左手的手指也移動了，雖然不像右手和我的意識那麼順暢，但也已經足夠。我伸展身體兩側的手臂，左手插進一層沙中，接著拂過我靠在其上的平滑石面。

我的右手則碰到一塊至少九十公分高的石頭，很可能還更高，我的手指追蹤著石頭上的凹痕，但我無法以觸感判斷這是裝飾用途或是遭到破壞。

就是這個時候，我選擇想起自己看得見。

也聽得見。

起初沒有想到這些感官並不讓我驚訝，因為我總是覺得觸覺比較直接——至少我記得是這樣。確實，透過觸摸探索的感受，這些感受中的親密，從質地就能傳遞和彩虹一樣繽紛的色彩，或是演奏和海上風暴一樣吵雜的交響曲，總是讓我最為愉悅。

我睜開雙眼。花了一段時間才想起怎麼觀看，不過這速度也夠快了，黯淡的光線將所有東西變成模糊的陰影和發霉的微光，而這正是我身處的小房間。光線從屋頂上的一個破洞透入，破洞的大小恰好足以容納一人，沙子從洞中飄落，形成一片乾燥的霧，風吹過便發出嘶嘶聲。從洞口掉進來或是找到其他出入口的毒蠍大軍攀在牆上，牠們彎曲的尾巴隨時準備好發動攻勢。

我坐起身，相當滿意自己的脊椎沒有折斷，接著看向右手碰到的石頭，但微弱的星光無法穿透陰影。話雖如此，我仍能理解石頭上可能刻了什麼，因為石頭本身就是一副棺材，我的肉身躺在裡面，直到有個盜墓者破壞了囚禁我的箱子。或許是覺得挫敗，也可能是希望我身下藏著祕密財寶吧，他把我的身體去在墓穴冰冷的地上。

等到我的雙手恢復到令我滿意的程度，我便分開雙腳，使其恢復功能。當這也完成，並受夠嘶嘶風聲嘲諷的挑釁後，我站起身來，當然是慢慢起身，而且還必須靠著棺材把自己撐起來，駝背的我靠著石頭，前臂支撐在我曾躺著的石頭表面。

這讓我看見洞口下方另一具塵沙半掩的脫水屍身。

「就是你打擾我的嗎？」

他選擇不回答，這是因為想當個無聊的人，或只是堅決不想感受，我無從知道。但不管怎樣都很無禮，當然除非是我錯了，這根本不是我的墳墓。會不會是我們兩人一起洗劫了此地，並發現前居民不願配合呢？

這不太可能。星光揭露的這座墳墓外觀看起來荒涼又簡單，棺材就擺在我認為是門口對面的地方，不過門口以一塊大石封住，造墓的人沒有費心在牆壁抹上灰泥，也沒有請工匠來繪製壁畫，紀念我的一生。我必須接受這死去同伴的同夥很可能已經搜刮了所有陪葬品逃之夭夭，但我很懷疑就是了，因為除了沙子、毒蠍與我曾躺在其中的石棺殘骸外，整座墳墓都空蕩蕩的。

希望是某處有人大費周章詛咒了打擾我安息的盜墓者們。

我的石棺，以及我的墳墓，都沒有任何值得注意之處。沒有任何事物指出我生前的狀態——除了墳墓本身存在的事實外，這代表我比乞丐還好一點，墳墓建造得如此樸素，顯示根本沒有人會注意，但墳墓本身以及封墓的石板，表示人們為了保全我的遺體絞盡腦汁。

我將注意力轉到把我牢牢困在這裡的黑色玄武岩石板，石頭的顏色和周遭顏色較淺的石頭界線分明，但我用指甲刮顏色交界處時，甚至找不到任何密合的蛛絲馬跡。石匠在密合牆壁的石頭這件事上，幹得非常好，不過我仍能感覺到石塊間的縫隙，某個人則是把入口封了起來，如果要我想出怎麼用魔法之外的方式達成，那我的腦袋一定會想到化成灰。

「不管你是誰，你做得非常好。」我的聲音聽起來有些刺耳，又乾又脆，因為我的下巴還沒放鬆。

雖然死掉的盜墓者選擇忽略我的第一個問題，但我做出這番宣示後，他顯得相當不滿。他動了起來，像個醉漢從沙毯下醒來般，左搖右晃，接著坐起身來，抖下身上的沙子，然後把手伸到背後拔出一把長長的匕首，這把匕首最後的用途很顯然就是拿來謀殺他自己的。

他搖搖晃晃地站起身，把刀握好，舉起拳頭就要發動攻擊。他口中發出含糊的怒吼，混雜著困惑和憤怒。他往前衝，甩開右腳，並移動左腳。

而這卻是他的末日。

很可能因為這是在死後才發生，所以當他把重量放在左腳上時，並不知道先前從上方的洞口掉下來後，他的左腳踝已經碎了。他的骨頭因此崩裂，有幾根還露了出來，他的腳散成一團骨頭和血肉，右手往下墜，匕首的刀鋒離我只差幾公分。

死掉的盜墓者無法理解他為何會失敗，也不知道該用什麼方法挽救。

我也不知道。但是從那些烙印在強健肌肉和乾枯骨頭的久遠記憶中，我做出反應。我的右手猛然往前伸，抓住他的喉嚨之後撲向他，用我的身體把他壓在遠端的牆上。在他掙扎之間，我將左手用力壓在他的頭部，並往頭顱緊壓，就在他枯萎的耳朵上方。

我的手心出現一道銀白色光芒，隨後炸穿了盜墓者的頭顱，將骨頭擊碎，並把這生物的腦袋變成一團灰紫色的糨糊，接著在能量從他頭部另一側爆出時，更變成彩繪牆面的噴泉。屍體的怒吼轉為虛弱的嗚咽，身體則癱倒在本來早就該乖乖待在的碎石上。

眨眼間我開始湧上一股強烈的感受，和盜墓者有關的某件事閃過並穿透我，我能夠感受到他是誰和他被刺殺的憤怒，從他的眼裡看見望著他死去的星辰。

有關他一生的感受迅速消退，但他的回憶還點燃了我體內的其他東西，在我遭到襲擊之前，並不知道我懂任何魔法。我從他身上奪去的靈魂，燃起了我的回憶，對自己身分的感覺就像餘灰般在平緩的呼吸下燃燒，我對魔法的知識感覺非常得心應手，應該相當熟悉這門藝術，此外，魔法也感覺頗為自然，對我來說如同活人要呼吸一樣。

我單膝跪下，把地板邊緣的塵沙撥掉，頓時毒蠍四散，在三指寬的條狀區域中，石頭本身刻著出自精緻手筆的銘文。我將壞死的手指梳過它時，感到模糊的熟悉，但銘文的意思仍相當晦澀難解。儘管我的腦袋動得很慢，文字的意圖似乎很明顯，意在阻止我逃出我的葬身之處。

我開始挖洞口下的沙子，還偷了盜墓者的匕首以加速整個過程。地基處的魔法印記已經碎裂，地板的界線也遭到破壞，那個盜墓者或他的同夥扔了某個東西下來破壞了石頭，也因此摧毀了我完美的監牢。

他們很可能不識字，因而對自己做了什麼沒有半點頭緒。

此外，他們是盜墓者，根本不需要在乎這種事。

我繼續搜尋其他可利用的資源，但這把匕首很顯然就是唯一和我一同下葬的寶物，我因為這個想法大笑——笑聲卻戛然而止，不是因為我的笑聲粗啞，而是因為再次聽見這陌生的笑聲。「我的朋友，你是世上最可憐的盜墓者，你留下的比偷走的還多。」

埋葬我的人曾為了防止我回來，設下預防措施，並透過用這麼簡陋的方式埋葬我，表達了他們對我的輕視，但也是因為他們如此吝嗇，才讓我能夠逃出生天，要是他們建墳墓時天花板再高一點，我就會永遠困在此處。

我費力爬上石棺，朝向洞口，然後雙手張開往前跳。至少在第三或四次時真的有張開啦，前幾次我都直直撞到牆上，並往下滑到沙子上，我花了一段時間恢復，接著再次嘗試。

又再一次。

到了第五次，或第五十五次——對死人來說，時間的流逝視其重要性而定——我終於想辦法協調好雙臂、雙腳與雙手，讓我跳得夠高，能夠抓住坑洞的邊緣。我把自己往上拉，還在半途休息了一下，接著滑到洞口上方的沙子上。我躺在那裡面對夜空。我重拾了自由，但仍困在此處。

「這樣不行啊。」

我回憶盜墓者生前最後時刻的星辰位置，但和頭頂上的天空完全不同，萬物都移動了幾十度。有些星星已經消失，我先前知道的行星中，紅色的消失了，由更亮的金色新星取而代之，我有種預感，卻也對星辰的移動相當好奇。

夜空即便陌異，仍是無聊的剋星。

我回到坑洞邊，注意到兩件事。風將塵沙吹去，露出建築的結構，但塵沙很快又會覆上建築，不過就在盜墓者破壞並移去紅色磁磚的地方，他們也破壞了類似下方地面上出現的文字。所以把我囚禁在此處的人其實並不是真的那麼蠢，這稍微恢復了我的自尊，因為我先前認為他們如此輕視我，甚至不願進行合適的預防措施。

而在某片磁磚的一層焦油下，躺著一片葉子。顯然比起植物學，我懂更多天文學和占星學，否則就能從中看出更多端倪，但這就是一片葉子。我先前曾見過這種葉子，並有種置身蒼翠熱帶地區的感覺。

而我現在發現自己身處一片沙丘之海的中心。

這世界已不再是我熟悉的樣子。

我繞下沙丘，來到墓穴前方。風鑿穿了黑色玄武岩石板的左上角，我著手開始清掉更多沙子，並希望風能加速我的動作，但事與願違，可是風也沒有和我作對，只是在我做事時絮絮叨叨地不斷打轉。

往下挖了三分之一後，我停下動作。字母的頂端浮現，那是巨大的字母，卻沒有斧鑿之痕。字母本來就在石板上，和石板一體成形，使用可怕魔法的魔法師將石頭融成黑色的石漿，石匠再鏟起抹平，封上墓穴。接著這些魔法師，肯定是帶頭的那個吧，使用了更神祕難解的魔法在石板上刻字。

我盯著遮住的文字，在心中尋找恐懼，卻只找到懷疑。他們是不是為我設下陷阱，相信我如果逃脫了，我的虛榮心一定會促使自己看看他們的手藝？揭露文字會不會又使我回到墓中，修補所有損害，讓我永遠困住，直到此地再次成為蓊鬱叢林，或是更多星辰死去？

我小心翼翼地微笑，不希望撕裂嘴唇或臉頰。不，那些將我困在這裡的人，已經被他們的戰利品沖昏了頭。他們在建造這座墳墓時沒有展現任何尊重，因為假如是由我來建，那麼設計來困住我的銘文，一定要又大又明顯，還要鍍金。我會想讓墳墓的主人知道是誰困住了他，建造這座墳墓的人如此低調，雖然已獲勝，不知為何卻不願激怒他們埋在下面的人。

我又用雙手捧起好幾大把沙子，繼續往下挖，直到文字顯露。起初文字看起來相當陌生，我用一根手指撫過深陷的字母，對文字的大小甚至字體都不甚滿意。這個字並非要引人敬畏或恐懼，感覺純粹是資訊性的，就像街上的標示，而且對所有看到的人來說，很明顯都不具備任何意義。

除了我以外。

我緩緩點頭——**法拉諾斯**，我想這就是自己的名字，一個注定遭遺忘之人的名字。

我決定是時候掀起回憶的漣漪了。

2

即使半月將沙漠飄揚的沙子染上銀色，黑暗仍吞噬了世界的邊緣。從前我可能會用星辰定位，但星辰的位置改變為這個選項增添了疑慮，而且不管怎樣，我的腦袋似乎無法進行正確的計算，所以我大多靠著直覺前進，如同飛蛾的天性就是撲火，不過我也不是盲目亂走。

手上匕首的重量讓我專注在世界的危險上，沒有發現立即的威脅，但我懷疑這是因為自己黯淡的雙眼。所有顏色看起來都很淡，彷彿太陽將其灼暗，我用來遮擋雙眼的沙子上，閃爍的月亮銀光亮度恰到好處。如果這樣的苦難是死後世界的標誌，那麼有這麼多死人寧願徘徊在黑暗的墳墓和幽深的陰影中，我也毫不意外。

我蹣跚地朝自己相信是東方的方向前進——這個決定是來自月亮緩慢劃過天空的軌跡。朝太陽升起的方向走，會在太陽一出現時馬上給我警告，並讓我有時間找個地方休息。我不知道自己現在這個狀態是不是真的需要休息，但是找個地方躲藏這個想法讓我非常反感，就算已經死了，就算很明顯沒逃出至少一個敵人的魔掌，我仍討厭自己身為獵物的概念。

隨著火焰最赤裸的蹤跡嚙咬著地平線，也映照出一座大概有九公尺高、四點五公尺寬的方形建築物，我盡速朝其移動，這似乎是座老舊的瞭望塔，位在一座遭到沙漠吞噬的堡壘角落。我滑下風力雕琢的沙丘碗狀側邊，並從一扇窗戶爬進堡壘內部。

我站在小小的落腳處，階梯呈螺旋狀通往堡壘深處和高處，我受柔和的亮光吸引，選擇往深處前進。我儘量安靜移動，還很確定自己能在不受注意的情況下接近，但我猜只是我的耳朵還沒有銳利到能夠聽見自己移動的聲響而已。

「來吧，我的朋友，過來。」一名和我處在相同狀況的男子盤腿坐在小篝火的另一側，篝火提供微弱的光芒，熱能還更少，他在原先塔底的位置升起篝火，小堆小堆的沙堆積在塔門底部，沙丘的重量壓壞了一部分的門板。

我站在階梯底端，緊緊抓著輕易就能看見的匕首。

「你上次和人講話已經有一陣子了，是吧？」男子聳肩說道：「我也是，有些是我接待的客人，有些是講話夠清楚，還能讓我接待的客人。」

我在他對面坐下。「謝謝你分享篝火。」

「你會很舒適的，搞不好還會舒適到跟我一樣決定沒必要離開呢。」

他邊說話邊移動，然後伸出手來，手上抓著某種我看不見的東西，並將其放進篝火中。篝火沒有任何反應，沒有燒得更旺，也沒有熄滅。我有種感覺──他的舉動不是出於有意，而是出於恐懼。火為他帶來安慰，而篝火必須維持，因此就算沒有樹枝或任何其他燃料，他還是會讓火繼續燒下去。

他的長袍也隨著動作擺動，讓我能夠看見他的雙腳。其血肉早已又乾又裂，裂開的傷口下露出象牙白的骨頭，而在脛骨交接處，一度強健的骨骼也早已斷裂，就算他想，也沒辦法移動。

我的新朋友對火焰的強度滿意後，微微一笑並說：「憑那把刀，我猜你遇上了一名遊魂，而且料理他了。」

「遊魂？」

「和我們一樣，但又不像我們。沒有腦的生物，矢志要奪取催動我們的生命力，不過完全不能拿來使用，只能儲藏，但這股慾望便是他們還沒在世上消逝的理由。他們當然和我們共享相同的詛咒，但欠缺在其中運用意識行動的意志或能力。」

「我殺掉的……」我遲疑並歪著頭。「我殺掉的是已經死去的東西嗎？」

「殺這字用得不錯，雖然我比較喜歡認為這是給他們解脫。」他往前傾說道：「你感覺到了，對吧？當遊魂靈魂的最後一絲痕跡流向你，你會看見某種東西，或聽見某種東西，我記得有次就聞到珍稀花朵的芬芳。」

要不是我經歷過盜墓者之死，一定會覺得我的同伴澈底發瘋了。「所以每次都不一樣囉？」

「以其獨特的方式，沒錯。」

「而他的靈魂，點燃了我體內的某種東西。」

「對。」他張開雙手。「想像你的一生，還活著的時候，將其當成用最鮮豔的色彩繪製的壁畫，你做過、看過、吃過、愛過、體驗過的所有事物都描繪在上面。接著當你……一陣大風吹來，一陣洗滌之風吹起這堆沙子，抹去你所有存在。但你受到詛咒，所以隨著吸進每一滴靈魂，就是為那幅壁畫添上色彩，一點一滴慢慢修復。」

「那你可以全部拿回來嗎？你可以……」

「重獲新生嗎？那陣風每晚都訴說著這誘人的故事，海洋也用每一波輕柔的海浪唱著同樣的事。」他搖搖頭。「我不知道背後的真相，某些人相信你能成神歸來，但那些重獲新生或成為神的人，嗯，他們並不會向我回報。」

我朝他的雙腿點了點頭。「你已經在這待了很久。」

「噢，沒錯，而且我很樂意留在這裡，我有我的火，還有我的訪客。」他微笑。

「我也很歡迎你一起分享篝火，想待多久都可以。」

我確實發現篝火帶來某種安慰，但我覺得他先前肯定也是這樣，回憶的蛛絲馬跡美化了共同的經驗。「你一定旅行了很久，才能了解你知道的那些事。」

他聳聳肩。「我來到此地之時，沙漠才剛開始蔓延進來，我在這裡發現許多遊魂，並處理了他們。」

「還有更多嗎？」

「總是還會有更多，我的朋友，這裡深埋很多東西。」他指向階梯下的小型入口。「階梯一直往下延伸，往深處延伸。你可以去看看，很多人都去了，他們總會回來。」

「所以沒有危險囉？」

「危險高過多數人願意承擔的，也多過我願意承擔的。」他將雙手放在殘廢的膝蓋上。「你會知道的，去看看吧，不會太痛，也不會持續太久。」

我離開他，進入牆上小洞後方的黑暗。通往下方的階梯並不像上方的塔樓一樣螺旋往下，而是以陡峭的角度下降，並在正方形豎井角落的小型平台轉向九十度，我有六次差點摔倒，因為往上升的階梯比其他階梯還高，而且建造牆面的石頭是以怪異的方式連接，彎曲的接合處將牆面連在一起，就像拼圖一樣。

篝火所在的房間其實並不是塔樓的底層，塔和堡壘本身是建造在某座更深更古老的建築上——這座建築古老到未經人類之手雕琢。我看向右側，試著往下看進豎井中心，但我沒聽見任何動靜，也沒看見任何東西。我沒有大喊，並不是擔心宣告我的到來，而是不想聽見我的聲音連回音都沒有產生就默默消失。

往下轉了六次，或八次，不重要，反正等到我下得夠深，甚至都看不見上方一絲一毫的火光後，出現了一道向左延伸的走廊，上方的拱頂恰巧在我手指可及的範圍之外。這個發現，加上上升階梯的高度，讓我不禁覺得此地是為巨人所建。這個想法並沒有讓我感到開心，但我還是走下走道，右手手指緊握著匕首，左手手指則拂過石牆。

我碰觸石牆驚動了某個東西，三道淺綠色的光線在我手指所經之處亮起。我停下時，光線往前衝，接著三道光線分叉、上升又盤旋，穿過天花板的拱頂，然後蜷曲在下方遠端的牆面。光線阿拉伯式的花樣展現出對稱，但並不彼此重複，也不是在描繪我認識的任何語言，我突然發現花紋代表的是笑聲，用光做成的笑聲。

更遠方大約六公尺處，光線再度分開，奔向左右兩側，穿越交叉的走道，也繼續隨著往左彎的主走道前進。我對光線的選擇很滿意，繼續開始向前走，接著在某個東西發出悶哼聲時停下。

聲音是來自交叉走道的角落附近，一個蘑菇狀的肥胖生物，牠彎腰駝背，尖銳的脊椎穿出身體。短腿和窄腰上方是寬闊的肩膀，胸部肌肉發達，長長的手臂末端長著爪子，畸形的頭部朝前傾。這個生物行走時搖搖晃晃，並用一顆球狀的眼睛盯著我看。

我也盯著牠看，接著我開始後退，但太遲了。

那個生物善用高聳的天花板衝向我，高高躍起朝我撲來。牠把我撞到地上，然後整個壓在我胸口上，使我的肋骨斷裂。牠將短腿向後折，準備把我開腸剖肚，牠的嘴巴大張，惡臭的呼吸朝我襲來，接著這鬼東西把我的臉咬掉。

我站在火光的邊緣，往下看著那個雙腳殘廢的男子。他伸出手，蒐集看不見的細枝，然後丟進不滅的火中。「歡迎回來。」

我往下看，以為會看見斷裂的肋骨從我的胸部抽出，雙腳之間還懸掛著成串的腸子，但什麼都沒有。彷彿我記得的一切都只是個清晰的夢境，只是來不及醒來而已。仍能感覺到肋骨斷裂的疼痛還有撕扯我血肉的爪子，但就連這些感受都開始消失。

我渾身顫抖。「我為什麼會在這？」

「你總是這麼問。」

「在這樣的情況下，我覺得自己應該會記得先前問過這個問題。」

他嘆了口氣。「這是**你**第一次問沒錯，但其他人……我們先前曾深入討論過，最受歡迎的解釋是神祇、惡魔或某個造成我們痛苦的三倍可惡的魔法師，希望我們再次經歷這些恥辱和失敗。你失敗，你回歸，最終徹底絕望，不願繼續前進。神啜飲我們的挫敗，惡魔則在徒勞面前嘲笑我們的決心。」

「你是在跟我說沒人知道真相。」

「但許多人都發誓他們成神之後會改變這一切。」他放縱大笑，就像父母聽見孩子的笑話。「到了某個時刻，來到我火邊的那些人都決定從這裡往下走這條不是前進的道路，他們會徘徊到其他地區。」

我坐下。「你最遠曾到多遠？」

他皺起眉頭思索了一陣子。「很遠，夠遠了，但那裡存在著憎恨我們的東西，憎恨那些蠢到不知道自己已經死掉的人。更可怕的是，在那之外還有讓憎恨我們的東西感到害怕的東西。」

「但你到得比我更遠。」我抬起一邊眉毛。「現在告訴我，第一個生物，高聳走道中的笨重駝背生物，你是怎麼通過的……？」

我在火邊單膝跪下，在被砍頭的痛苦消退時，我伸手確保自己的頭還在。「你沒跟我提到在下面徘徊的戰士們。穿越光之走廊，並往下經過通道後，他們蜂擁而上。我沒辦法殺死全部，接著其中一個，最高的那個，扔了把斧頭過來，把我的頭砍斷。」

我的朋友舉起他的雙手。「千道歉萬道歉，我忘了他們，我從來沒正面對抗他們，只看了一、兩眼，但是我躲起來，他們便錯過我了。他們就在那徘徊，我把他們叫做『迷失巡邏隊』，你可能根本沒看到，然後他們就把你團團圍住。」

我哼了一聲，很確定我的頭會留在原位。「我是不會放棄的，總有一天我不會回來，因為我成功通過了。」

「你的決心讓人害怕，我的朋友，但所有人最終都會厭倦。」

「我不會，法拉諾斯永不投降。」

我的朋友眨了眨眼。「你記得你的名字？」

「沒錯，我記得。」

「我不知道我的名字，或許這就是為什麼我甘心待在這裡。我是誰並不重要，現在我只是讓火繼續燃燒。」

我低下頭。「這不是我的任務，有某種東西在吸引我，我在下面時每踏出一步，都覺得愈來愈近了。我沒辦法告訴你是什麼東西，或是在哪，但就是不在這裡。我注定不該留在這裡，所以我會一路獲勝，我會的。」

篝火的看守者盯著我，非常專注，甚至忘了照料篝火。「等到你成神，法拉諾斯，你會改變這一切嗎？」

「會為某些人改變吧，我猜。為了你，我肯定會。」

他點了點頭，然後在腰帶的袋子中搜索了一番，並掏出一個瓶子遞給我。「這裡面裝著一種能夠協助你恢復的藥劑，對我沒什麼用，但是可以幫助你。」

「你明明先前就可以給我的。」

「你沒有藥劑也走得很遠，比我走得還遠。我希望，也許……」

「也許我會告訴你夠多資訊，讓你也能逃走？」我指著他的雙腳。「這能治好你的腳嗎？」

「我很確定，**如果**我想要治好，就能夠治好。」他把看不見的火種丟入火中。「等你成神後，你會把瓶子帶回來給我，對吧？」

我把他的禮物拿在左手。「這是我的第一個任務，謝謝你。」

「先省省。」他微笑。「我確定我們還會再講一次、三次，或三十幾次話，**到時候**再謝我吧。」

我點點頭說道：「好吧，但是我必須開心地說，我希望很長一段時間都不會再見到你了。」

3

我坐在鐵灰色天空下那堆曾是「迷失巡邏隊」的屍骸上。看著他們隊長死去的雙眼，他的頭顱就放在我的左手掌上。「我終於做掉你了。」我啜了一口藥瓶，並感覺血肉中可怕的撕裂傷正在自我修復。

在敵人的屍首上方休息看似十分泯滅人性，但我**早就**死了。更重要的是，把他們殺得片甲不留時，我也吸取了他們的靈魂。即便單一遊魂貢獻不了什麼，但全部合起來仍讓我招架不住。我的身體開始刺痛，就像遭到鞭打，還被綁上火刑柱。我搖搖晃晃地坐下，等到雙手恢復知覺，並拿起隊長的頭顱時，我覺得自己比之前更加強大。

我在橋上遇見他們，橋下是條死沉沉的黑河，在河岸之間流動的東西形成泡泡和巨大的漩渦。偶爾會有東西浮出水面——通常是嚙齒類，至少一部分是，牠們在淤塞的水流中慢慢融化。多數時候黑色液體都緩緩流淌，帶有劇毒、不懷好意，甚至對遊魂來說也是。

篝火看守者說得沒錯，他將藥瓶給我之後，我還回到他的篝火旁邊好幾次。「迷失巡邏隊」成為真正的問題，他只瞥見他們幾次，因為他從未接近橋邊——那座巡邏隊認為自己奉命把守的橋。

他們確實奉命把守，還頗為英勇，如果吟遊詩人在場見證，他很可能可以寫出十多首歌謠，而所有歌謠中的惡棍都會是我，除了最後一首。沒錯，我曾失敗許多次，但我運用魔法也愈來愈熟練，在墓穴時我必須碰觸盜墓者才能殺死他，而在橋上的每次戰鬥中，我學會了我能在多遠的距離之外擊中敵人，又能釋放多少威力。途中我還找到一根破爛的棍子，可以權充簡易魔杖使用，讓我可以集中魔法。

最後，當我終於讓巡邏隊在橋上聚集，我澈底摧毀了他們。這不是件簡單的事，而是需要高度專注。施法者有時間思考時，魔法的效用會最好。因此有一大群流著口水的敵人前仆後繼準備要把你大卸八塊時，可說不上什麼理想的情況，但在無數次重複的戰鬥後，我大多靠著直覺和本能發動攻擊，而非刻意設想。

已經走了這麼遠，我也感覺到前所未有的強大吸引力，外面有個東西在強迫我繼續前進。無法確定究竟是什麼，但也無法否認其確實存在，感覺就像我正盯著旭日東昇，卻在地平線上看見黑色汙點。毫不懷疑那東西就在那裡，但我必須靠近一點，才能看見細節。

橋樑深埋沙底，位在我先前所到之處更東的地方。鐵製穹頂籠罩一個圓形空間，我看不出用途為何。三條河流從西方流入，匯集成黑河，穿越橋底和三個石製出口繼續前進，橋樑東邊則是另一條走道。

我把隊長的頭顱丟進河中，然後在屍首間尋找任何有用的東西。收穫不怎麼樣，只有另一把匕首，還有一雙比我現在穿的還好一點的靴子。我把靴子裡的黑色液體倒出來，雖然我比較想等靴子乾了再穿，但還是穿了上去，靴子有點大，不過我覺得它們乾了之後應該會縮水吧。

我完全不想進入河中，也不想探索河流流入的黑暗洞口，因此我往東走。靴子隨著我的步伐發出嘎吱聲，這代表我每走個五、六步就必須停下來，才有機會傾聽追兵或前方任何埋伏的動靜。走道繼續往東延伸一小段距離，接著轉往南邊，再轉了個彎回到東邊，我在每個新的十字路口都會稍微探索一番，挑選能最快將我帶往東邊的路徑。

途中我完全沒有受到任何干擾，還全心全意認為只要踏出下一步我就會死掉，並重新回到篝火邊，卻在下個轉角看見一絲亮光。我在邊緣停下來觀察，迅速往回縮，接著舉起一隻手護住雙眼再看一次。走道再延伸將近六公尺就會結束，通往陽光之下。

我知道我應該很雀躍，但我克制自己，沒有衝到亮光下。我已經小心翼翼太久，不願魯莽行事回到篝火邊。繞過轉角，謹慎前進，到了三公尺處一陣涼爽的微風吹向我，伴隨著花朵的芳香，驅走地底的惡臭。

我踏進陽光下，靴底的碎石發出嘎吱聲，一條小路往上坡延伸通向左方，雖然一半由植被覆蓋，仍清晰可見。小路穿越稀疏的金色草地，在我穿過時窸窣作響，鋸齒狀邊緣的葉片也劃開我的衣物。走了十幾步後我來到制高點，右方的土地消失在一座黑暗的山谷中，左方是陡峭荒涼的山丘，頭上則是起伏的米色雲朵。我從沙漠邊緣的地底走出，而從山谷升起的微風吹散了來自上方沙漠高原的沙塵。

那條小徑朝左蜿蜒而下，遠離懸崖，經過一處小空地，空地中心有一圈篝火石頭的痕跡，火焰燻黑了石頭。我蒐集了一些草和折斷的細枝，搭起一座篝火。由於沒有易燃物，我單膝下跪，心想可以用咒語點火。

但即便我想到要點燃火種，火勢仍燒得非常旺，彷彿擁有自己的意志。我往後退，不希望火燒到身上，接著注意到火焰似乎不受強風影響，不過雖然火燒得很旺，卻沒有散發任何熱能。這道不自然的火焰，讓我想起了我的朋友在遙遠的塔中維持的篝火。

此外，我在篝火前也覺得非常安全，但我不該這麼認為。

我強迫自己拋下篝火，繼續沿著小徑前進，到處都長著金色的草，半掩著白色的懸崖和大石堆。接著小徑豁然開朗，往下通往一片碗狀區域，區域中心有座類似競技場的建築物，磨損的白色石柱在建築頂端呈拱形交會，由大理石橫樑支撐。灌木、亂石與地勢讓我無法看見競技場的地面，於是我避開競技場，轉而探索附近的村莊廢墟。

村莊是圍繞小型的正方形廣場而建，廣場中央有口井散發出死亡的惡臭，有人丟了一、兩隻山羊到井中，牠們掉進井中時是死是活真的完全不重要，腫脹腐敗的屍身已經汙染了水源，使其含有劇毒。

我看向四周，尋找其他蓄意破壞的跡象，並發現了不少。四處都散落著斷裂的箭矢和骨頭，某座建築大開的入口清晰可見破爛的家具。我爬上入口的階梯，窺探內部一片狼藉的小型三角形空間，唯一可供辨識的東西，在我看來也已經毀損無法使用。屋頂早已坍塌，陽光將牆上鮮豔的壁畫褪成黯淡的陰影——其他裝飾也都已碎裂或剝落。

一聲低沉的咆哮讓我驚醒，我轉過身，掏出簡易魔杖。那是個憔悴的身影，擁有球狀頭顱，血肉壞死，成串長髮隨風搖曳，牠從隔壁建築的陰影中蹣跚走來。那東西抬起頭，聞了聞——牠空洞的眼窩使這個動作非常必要。接著張開雙手，曲起手指，牠是為我而來。

我集中精神一陣子，魔杖頂端冒出刺眼藍光，我手腕一彈，向牠丟出魔法閃電。球狀閃電擊中生物的胸部並爆炸，化為炙熱的觸鬚燒穿牠的血肉。第二顆閃電則擊中第一顆上方，將生物的脖子融化，牠的頭往後彈，身體仍掙扎要踏出下一步，然後便倒在塵埃中。

我吸取牠的靈魂，只能稍微止餓。那鬼東西無論生前是什麼，牠已放棄一切，僅存最基本的動物本能。我對此沒有任何反應，只感到一絲寬慰，幸好我沒變成牠的午餐。

接下來我在搜索建築物時更加小心，又殺了兩隻食屍鬼，都和第一隻差不多。我也找到幾枚老舊的硬幣，並留下來，不確定在我剛來到的這個世界有多少價值。

我對其中一枚硬幣特別有興趣，因為拿在我手中的重量感覺相當熟悉。不像其他銅幣或銀幣，這枚硬幣是以黃金鑄成。硬幣上的肖像已遭刻意抹去，有人挖出人像的眼睛，並在耳朵處打孔，孔打得相當深，深到在硬幣另一面也留下小洞。破壞者覺得這會讓硬幣上的人瞎眼還是耳聾，我就不知道了，或許他擔心上面的人物可以透過某種魔法看見或聽見他。

我辨識出硬幣邊緣的文字，上面寫著「帕奈爾」。這個字在我口中唸起來十分熟悉，自己以前曾經講過，還常常講，但完全不記得是在什麼時候——如果是在憤怒時大喊，那我一定會想到喉嚨可能受傷。我對這個字感到如此熟悉，還有硬幣的古老程度，都在在證明了我一定在墳墓裡躺了非常久的一段時間。

我回到小徑上，發現其往下通往競技場。我停下腳步，尋找另一條繞過競技場的路徑，但我唯一的選擇似乎只剩回到我先前逃離之地，或是繼續向前，穿越競技場。我不安地走上微微傾斜的小徑，來到競技場最高處的邊緣並往下看。

我的恐懼不是空穴來風。

一名魁梧男子站在競技場地面中央，從他的體型和膚色看來，他簡直有可能是用花崗岩刻出來的——至少他的盔甲顏色是這樣。他的身高是我的一點五倍，體型隨便都是我的三倍寬，穿著厚重的金屬盔甲，關節處有鎖了加固。整副盔甲覆滿戰鬥的傷痕，但沒有明顯的損壞。全罩頭盔遮住了他的臉孔，他的雙手則是擺在一把巨大石釘錘的末端，石頭與我的軀幹一樣粗，重量肯定更重，而且我毫不懷疑，那釘錘就算從側面擊中我，也絕對會把我砸爛。

我蹲下身子，這樣才不會被他發現，身旁的石椅邊緣用棕色的血跡寫著一行字：「你會死在這。」

「但很顯然不是馬上。」我再次起身，開始往下走入競技場。觀察眼前的階梯，注意任何釘錘的動靜。隨著我逐漸接近，他仍像死去一般動也不動，我希望能夠判斷他到底什麼時候會發現我，又會有什麼反應。他會先警告我嗎？

答案是——不會。

我同時也理解寫下那行警告的人應該非常敏捷，第一擊只有砸爛他的雙腿而已。雖然因此腿斷了，他仍想辦法把自己拖到那個位置，並為其他人刻下警告。

當然，我是在第四趟前往競技場的旅程才得到這個結論。

並且在最後一趟旅程之前才確信無誤。

和先前一樣，我發現自己站在山坡上的篝火前。疼痛沿著我的左手延伸，直至肋骨，彷彿還維持碎掉的狀態。我不敢把重量放在左腳上，以免髖關節毀滅。我撐在那，等待疼痛如雷聲的回音般消退。它確實消退了，只是非常緩慢，火焰生氣蓬勃地舞動著，像在嘲笑我。

我能以雙腳重新平衡站立後，花了點時間整理思緒，讓自己準備好再次和那個生物戰鬥。至今蒐集到的資訊是我可以在競技場頂端附近施放魔法攻擊他，他速度非常慢，在他碰到我之前，我可以丟出兩到三發閃電。如果我持續移動，便可以維持魔法攻擊，但依然不是非常清楚我的咒語會對他造成多少傷害。

而且萬一有一發閃電沒擊中，那我瞬間就會回到篝火旁邊，重新等待痛苦消退，與骨頭癒合。

我發現重點在於攻擊他的同時也要避免自己受傷，理論上聽起來簡單又基本，可是在實行上非常困難。雖然在競技場的座位間躲避能讓他慢下來，我扭到腳踝或絆到座椅的機率也會飆升。就算之前有那麼一次我成功將他引出競技場，本來還因為他爬樓梯非常慢而心懷希望，卻發現他在村莊裡的速度明顯更快，我只好跳進井裡，接著又回到篝火邊。

我很清楚要成功只有一個方法，那就是在競技場面對他。我仍然可以移動，而且那頂全罩頭盔將限制他的視線，**或許我的閃電在近距離的威力也會更強吧**，沒有任何證據可以支持這個想法，但我欺騙自己相信這會是真的。

我大步跨下階梯，跳下競技場的地面。在發動攻擊之前，我的對手從未移動過，就算侵犯了他的領域，他仍展現了點禮貌。我掏出魔杖，唸出咒語，然後開始行動。

魔法閃電直接命中他的腹部，閃電觸鬚在他的胸口舞動，接著往下襲擊髖部。但在盔甲上沒有留下任何痕跡，而且除了他拿起武器指向我的流暢動作外，也沒有引發任何反應。

我開始繞到右側，接著改變方向朝他衝去，並在釘錘以弧形砸向我原先身處的位置時，又跳回來。石製釘錘以反手襲來後，我彎身閃避，單膝跪地，釘錘從我頭上呼嘯而過，只差一根手指的寬度就會正中我的頭顱。

我把魔杖戳向他並施咒，這發閃電擊中他的左側，直接打在腋窩。閃電把鎖子甲上所有扣環都燒紅了，接著我往前滾，巨人的武器猛擊我身後的競技場沙地。翻滾中我又射出一發閃電，這次擊中他的左邊髖部，我再往更右邊閃避，希望這次攻擊能讓他慢下來。

確實有用。

但釘錘沒有慢下來。

他大力揮擊釘錘，讓動能協助他轉身。武器的邊緣敲中我左肩的腓骨，造成劇痛。我快速撤退，雙腳卻被砸爛，之後重重往下摔。我滾到競技場的牆邊，並取回自己斷掉的雙腳。

就在這個時候，發現自己進退兩難。

我倒在篝火旁，四肢和所有骨折之處都嘎嘎作響。一波痛苦的浪潮將我抬起，然後把我丟到地面上，如同憤怒的海洋襲擊沉沒的船隻。我很確定自己痛到呻吟。

直到一隻穿著靴子的腳輕輕地踢了我的背一腳，把我翻過來，還有一把劍抵在我的喉嚨上。

我抬頭望向一個穿著盔甲的傢伙。

4

我沿著劍身往上看，讀過劍刃上刻的文字，以及護手頂部。「我擔心在這個地方，就在這個篝火旁，威脅我的性命不如在其他地方有用。」

「你話很多。」那人直起身，劍刃離開我的喉嚨。「至少這表示你不是他們的其中一員。」

「我不是遊魂的其中一員。」

盔甲男哼了一聲。「這名字挺適合。」

我用手肘把自己撐起。「看你的劍上面的印記，你是美德騎士之一。」

他點點頭，把劍收好。「我是。曾經是，我不太確定。」他舉起手解開頭盔綁帶，並把頭盔拿下放在地上的鳶盾旁。我發現他是名英俊的男子，有頭茂密的金髮，以及相應的整齊捲翹。他的雙眼色澤是深邃的海洋，一種非常接近黑色的藍色，幾乎就像沒有顏色。「我叫克羅沙。你也有名字，對吧？」

「法拉諾斯。」我整個人坐起來，雙腿盤在身下。「請來我的篝火邊坐下吧，應該說『這個篝火』，我不該宣稱這是我的篝火。你是怎麼來到這裡的？」

克羅沙將拇指舉到肩膀上方，指指身後的海洋。「我以為自己穿著這身盔甲可以游泳。」

「我也以為我能逃過石釘錘。」我在腰帶的袋子中搜索，並把金幣丟給他。「你認得這個嗎？」

「這來自艾金多爾，但……」他瞇起眼睛，然後用拇指摩擦硬幣上毀容的肖像。

「我理應知道更多，我感覺得到。」

「容我插話，這人是帕奈爾。我腦中一直出現他的名字，但我記不得艾金多爾，還有大部分和騎士有關的事。」

他把硬幣丟還給我。「我們美德騎士以生命發誓侍奉艾金多爾，侍奉國王——很可能就是你的帕奈爾。我曾是真理騎士，不能說謊，也不能容忍謊言存在。」

「那我應該對你永保誠實，除非是我不記得的事。」我多希望篝火的劈啪聲能夠填滿沉默。「你是怎麼來到這的？不是說篝火邊，我是說這裡？大概沒必要否認我們倆都在墳墓裡躺了很久。」

「如果你是處在沉睡的狀態，那你比我還幸運。」他坐到我對面的石頭上。「我只記得戰鬥，無盡的戰役，然後有個東西掉到我身上。我的身體開始著火，不是真的著火，而是某種讓我覺得自己著火的東西，就在我的血液裡。接著在黑暗過後，發現自己身處一個小洞穴中，被困在裡面，那裡有個和現在這個很像的篝火。我就這麼凝視著火焰深處，不知道過了多久，突然有股衝動想要離開。我撿了一塊石頭，開始挖牆壁，牆壁終於碎成粉塵時，便換下一面牆並繼續挖。用距離來計算時間，挖了十公尺後，我成了自由之身，並走出洞穴。」

我抬起一邊眉毛。「挖條小型隧道應該更省事吧。」

「美德騎士才不用爬的。」他臉上嚴肅的表情只消退了一點點。「我殺死了各種生物、亡靈、曾是人類之物、鬼魂與食屍鬼。我回到洞穴裡好幾次，但每次都能自由走出洞穴，而現在到了這裡。」

我指向競技場的方向。「那股衝動吸引你往那邊去嗎？」

「你也知道？」他往前傾身，將前臂交疊在大腿上。「確實有股衝動，可是也有後悔，我……」他把一隻手放在他心臟的位置上。「我知道必須去，而我認為自己應該知道原因，不過，要想起來……」

「但你殺死遊魂時有感覺到記憶恢復，對吧？他們的靈魂會讓你感到生氣蓬勃。」

「你感覺到的是這樣嗎？」他嘆了口氣。「對我來說只是一滴雨滴，而我則是乾涸的土壤。是有東西沒錯，但遠遠不夠。我在其中看見事物、聽見事物、得知事物，但沒有什麼事物和我有關。雖然我曾殺死一個過去是石匠的遊魂，從他身上了解我挖的隧道其實沒有我想像得那麼糟糕。」

「我比較常躲避，而不是戰鬥，但有時候就是逃不了。」我拿起魔杖在土上畫起競技場。「這裡的小路通往一座競技場，裡面有個巨人戰士——我不該把他當成騎士以免侮辱了你，但他跟騎士一樣可怕——他擋住了我們的去路。」

「我們的去路？」

「原諒我，我以為現在我們的道路交會在一起了。」

克羅沙舉起一隻手。「別擔心，我的朋友，你並沒有冒犯到我。只是在我有記憶以來，我都是獨自一人。你使用**我們**這個字點燃了某種東西，某種感受，來自許久以前騎士宣示保衛王國，保護王國的子民，保護像你這樣的人。你不需要有任何預設立場，只要相信我一定會遵守我成為美德騎士時立下的誓約就好。」

「你不覺得死掉之後誓約就不算數了嗎？」

「我的誓約是永恆的，或許這就是我在此的原因。」他微笑。「你的誓約又是什麼呢？」

我聳聳肩。「我記不得任何誓約，即使我過去某個時候可能倉促立過，導致後來靈魂和命運把我困住。你受你的意志桎梏，而我則是沒有任何意義。」

「這不重要，反正此時此刻我們在一起。」他點點頭。「而且沒錯，我的感覺引領我穿過你的競技場，那個方向在呼喚我。只要命運將我們拉往同一個方向，我們就該結伴同行，是不是啊，法拉諾斯？」

「這是我的榮幸，直言不諱的克羅沙爵士。」我站起身。「來吧，看看我們面對的是什麼。」

「卓斯海姆的巨人。」克羅沙瞇起眼睛。「我還記得這件事。」

「他已經殺了我無數次。」

「我不意外，來自北方卓斯海姆的侵略者們，從前都會攻擊海岸邊的聚落，就是那個……那個……海岸邊。而他們每艘船上都有一隻這種東西，有人說卓斯海姆人是在他們年幼時從巨人那邊偷來，然後訓練他們作戰。」他微微一笑。「你敢跟這種東西戰鬥，讓我對你有了更多了解，我的朋友。」

「讓你知道我是個白癡吧。」我看著下方的村莊。「村莊遭到劫掠，或許是卓斯海姆人把他留在那裡。」

「有可能。」克羅沙把頭盔戴上，拉緊下巴的綁帶。「他擋住我們的去路。」

「你以前殺過這種東西嗎？」

「跟你一樣常殺。」他把一隻戴著護手的手放在我肩上。「要有信心，朋友，我當戰士比當石匠還強。」

他跳下階梯，盔甲鏗鏘作響，然後躍入競技場中，他將劍柄的圓頭按在三角盾的盾身上。「我是直言不諱的克羅沙，這是你有理由記得的最後一個名字。」

巨人轉向他，巨大的釘錘朝上一掃，而騎士只是站在原地舉盾，並將劍貼在大腿右側。釘錘下降時，克羅沙壓低身子，然後彈到側邊，錘頭沒入土中，直至錘柄。

克羅沙往前猛衝，他的劍在刺眼的陽光下閃爍光芒，劃過巨人的左膝，由前到後，但沒有切斷，而是噴出黑色的血瀑。甚至連第一滴血都還沒滴到沙地上，克羅沙就已來到巨人身後，並轉身再次面向他。

巨人輕鬆拔出釘錘，轉過身，不過是用右腳。錘子以反手襲來，克羅沙往下閃躲，然後用盾牌猛擊巨人的關節。黑血汙損了鋼鐵，克羅沙蹣跚後退了一、兩步。

巨人偏好使用左腳，因此從右側往前傾，這使得克羅沙左邊的退路被封死。他只好直接穿過巨人面前，釘錘再次以流暢的弧線襲來，高度低到克羅沙無法彎身閃避，但又高到沒辦法直接跳過。

我快速施咒，比先前都還更快。閃電嘶嘶降下競技場中，擦過巨人的右拳，魔法電球在錘柄處爆炸，把錘柄炸個粉碎。石製的錘頭飛出，插進克羅沙身後的地面，接著彈到牆上，並飛到空中緩慢旋轉。

巨人伸出雙手亂抓，抓住釘錘。

真正的騎士和殺手——克羅沙，完全無視那塊石頭。他改變方向朝巨人衝去，將劍深深插入巨人的鼠蹊部，直至劍尖從巨人的右髖部穿出，接著再度消失，因為克羅沙拔出劍，往上劃向巨人的腹部。

那個生物踉蹌後退，雙手摀著腹部。漆黑的血液從遲鈍的手指間緩緩湧出，但鼠蹊部的傷口則是如潰堤般出血，每次心跳都帶來一波新的出血。巨人也愈發虛弱，搖搖晃晃，單膝跪下，最後終於背朝下倒在地上。他寬闊的胸膛又起伏了一、兩次，接著全身一陣抖動，便動也不動了。

克羅沙離那生物遠遠的，並把劍上的黑血甩掉。「謝謝你，要不是你的咒語，現在躺在沙地上的就是我了。」

「你太抬舉我了。」我朝屍首點點頭。「我看見你傷了他的手，我了解你的策略，然後覺得我可能幫得上忙，不過我還是沒打中。」

「但你的失敗比你的成功幫了我們更大的忙。」

「那你是要我常常失敗囉？」

「只有在能夠協助我們達成目標時，法拉諾斯。」克羅沙用沙子清理劍刃，接著用巨人的頭髮擦乾淨。

這時巨人才真正死去，靈魂開始流出。克羅沙挺直身子，伸展四肢，頭部往後並張開嘴巴。我步履蹣跚，拖著一隻膝蓋走去，雙手圍繞在腹部，巨人一生的片段刺進我的大腦。競技場成了他的世界，他了解恐懼為何物，從不因勝利歡欣鼓舞，而是讓恐懼沉澱一段時間。我在卓斯海姆人遺棄他時發現悲傷，雖然他身為奴隸，卻從未孤身一人。接著，他經歷了永恆的孤獨，除非有人想取他性命。

克羅沙靠近，把一隻手放在巨人的額頭上。「要是我早知道……」

他轉向我時，我點點頭。「我看到了，也感受到了。」

他嘆氣。「當你唯一的工具是一把劍時，所有問題都會以死亡作結。」

「這句話不只適用於劍，克羅沙爵士，但多數時候死亡的意義沒有這麼明確，也比這還要不榮譽。」我站起身，舉起一隻手指向東方。「現在沒有人擋路了。」

「衝動也變強了。」克羅沙把劍收回劍鞘。「我們找到下個篝火之前，可能要走上好幾公里。」

「同意。」我跟上他的腳步。「希望在我們需要篝火之前可以走遠一點。」

5

我和克羅沙朝日出的方向前進，受使命感和滿足驅策。轉頭改道甚至是偏離東方的路線以繞過障礙，都使我們心中縈繞犯錯的感覺——彷彿隨著我們踏出的每一步，錯誤將會愈來愈嚴重。接著，當我們又能重新修正路線時，便不由自主地露出微笑。因為世上所有的過錯突然間都消失了，我們的路線以無形的勝利感獎勵我們，而我們也歡欣接受。

這段旅程無法以日子計算，因為對死者來說，這類計算時間的方式毫無道理。也無法以距離計算，因為有時我們眨眼間就能越過深邃的裂谷，猶如邁開大步橫越世界的巨人，其他時候則感覺像是我們永遠都在及腰高的深雪間跋涉。

戰鬥或許可以計算我們的腳步，但只會讓這段旅程顯得漫長，因為在我們贏得少數戰鬥之前，我們早已輸掉許多。篝火也可以是另一種標記，我們找到不少，而且也樂於接受。勝利時篝火獎勵我們，失敗時則拯救我們，有些篝火是我們自己升起，其他篝火則本來就在燃燒。然而，在後面這類篝火旁，我們仍沒有發現任何跟自己一樣受到詛咒的旅人。

我們時不時會發現活人，但都是在滿目瘡痍的聚落——最常在重新修復的廢墟裡——或是離群索居，遠離他人。許多活人都會躲避我們，因為我們黯淡蒼白的臉色馬上就出賣了我們的身分。我並不想殺害這些人，而且就算我想，克羅沙爵士很可能也會阻止我。

某些熱情的人會和我們交易，有名鐵匠為克羅沙修復了受損的盾牌和盔甲，我也獲得了有關咒語的知識，讓我學會更多魔法。雖然以自己現在的狀態，也沒辦法集中注意力同時施展一個以上的咒語。我們還為克羅沙找到和我相同的藥瓶。

我們真正想要的是資訊，而我們針對這詛咒蒐集到的隻字片語都伴隨著恐懼。東方坐落著一塊許多人稱為「沉落之地」的土地，又稱「失落沼澤」。其得名的由來眾說紛紜，但全都和墮落的罪惡、褻瀆與大量鮮血有關，多數人警告我們：「到那裡是有去無回啊……」他們的話音漸弱，因為理解自己剛剛所說之事。

我們在能夠俯瞰沉落之地的懸崖上升起篝火。頭頂六公尺之上，在我們剛攀下的懸崖邊緣，太陽為我們發出警告，低矮的雲層遮蔽沼澤。薄薄的雲層下方黑暗籠罩，空氣中充滿濃重的腐臭味。金紅色的沙子、太陽與石頭，全都染上黑藍色和霧灰色，深色的鹹水拍打著如幽靈般飄忽的黑色樹木。

「親愛的朋友法拉諾斯，我們要在這裡過夜呢，還是馬上往下走？」

「這是個困難的決定。」我聳聳肩。「如果我們待在這，要怎麼知道天亮了沒？」

「若我們盡速往下，很確定不管怎樣我們都會直接回到這裡。」克羅沙放下盾牌並解開頭盔。「催促我們往前的渴望愈來愈強烈了，對吧？」

「沒錯，在這條路上每往下走一步……」我微笑。「都會有愈多抗拒的理由，我覺得還是讓我們趕緊背叛自己吧。」

「我不覺得這是引誘我們的陷阱。那感受非常真實，我的責任在呼喚我。」

「而那股迫切讓你害怕。」我伸展肩膀。「我覺得就好像外面有某個東西在吸引自己，真希望我知道這個地方在哪裡，或這到底是什麼東西，回到一切可能都很重要的時候。」

「沒錯，彷彿來到一座雄偉的廳堂，桌上的美食還在，所有人卻都不見了，你還是可以享用。有人會說這樣就算參與了盛宴，但事實上你只是個拾荒者，一個遭到放逐之人。」

我抬起一邊眉毛。「這真是對這趟旅程和我們目前存在狀態的絕佳註解，活人肯定覺得我們是拾荒者，雖然他們的情況和我們相比，也不見得好到哪裡去。」

「確實，我的朋友，但我有種感覺，就算還活著時，我們也與眾不同。如果不是這樣，我們現在就不會在這裡了。」他指向沼澤。「那讓我們與眾不同的東西，很顯然正在呼喚我們前進。」

「那可就沒理由停下腳步了。」我揮舞著魔杖，開始往下走進濃霧中。我們穿越層層濃霧，每走一步空氣都變得更厚更冷。在懸崖底部迎接我們的是厚重的泥土，還有在遠處閃爍森冷寒光的眼睛。

「我應該走在前頭開路，你不需要陷在這團沼澤裡。」我用魔杖小心探路朝東方前進，速度非常緩慢，特別是我還要記住路線，讓我們回程可以加快速度。兩棲類發出低鳴，還有其他東西發出嘶聲，抗議我們通過。不過最生氣的沼澤居民非吸血的蟲子莫屬，因為在我們身上找不到任何牠們所求之物。

我們深入沼澤，並在沼澤北緣找到一座小島。島上有座坍塌的塔，如果情況允許，我們應該可以在塔中生火。兩人花了點時間探索周遭，而我想像，如同我見過的第一座塔，這座塔也深入島下，只是泥沙和汙水早已淹沒下半部。但我確實在某扇窗戶上方的石窗框上，發現覆滿黴菌的雕刻字跡，於是我用手把黴菌擦掉。

「沒有日落和特拉法蘭的一樣美麗。」某個東西在我腦海深處激起漣漪，我閉上雙眼。「思念故國的士兵刻的嗎？」

「我覺得不是，我的朋友。」克羅沙戴著護手的手指擦過字跡。「特拉法蘭並不是國家，而是艾金多爾最大的省分，一顆寶石。被困在這裡又遠離家鄉，一定很心痛。」

我再次睜開雙眼。「我不記得特拉法蘭，雖然我有種傲慢的感覺。」

「那你對特拉法蘭人可是記得很清楚呢，他們的軍隊軍容壯盛——行軍無比華麗，榮耀也無人能及。」他看向四周。「不過，這樣的軍隊駐紮在這裡，肯定是非常重要的任務。」

「而且也非常機密？」

「沒錯，這點也是。」他用手拍拍胸甲。「或許是在我的時代之後才派出的。」

「很可能是因為美德騎士不存在了才派他們。」

我的同伴沉默了一段時間。「如果是這樣，那情況一定非常緊急。而且這代表情況可能仍是如此，我們繼續前進吧，法拉諾斯，快點。」

假如我說我們加快腳步只是因為克羅沙的催促，那我就是在說謊。我們的使命感持續成長，直到我胸中像颳起一場風暴。要是我的心臟還能跳動，一定會跳得又快又大聲。我覺得受到吸引，而非受到催促，如同鋼鐵受磁鐵吸引般。我和先前一樣測試我們的路線，不過並沒有尋找最佳路線，而是選擇最方便的路線，克羅沙要不是沒注意到，就是根本懶得抱怨。

待在暗處的敵人襲來時，我們在這陰沉的沼澤又前進了一倍的距離。雙眼空洞、雙手成爪的遊魂披著鱷魚的血肉，從水中衝出並攻擊我們。第一隻擊中我的腰部附近，把我撞出狹窄的堤道，並將我拖進水中。他的手指挖進我的背，接著還想用牙齒扯開我的喉嚨。

我把魔杖頂端塞進他口中，阻止他的企圖，然後施咒。他的口中充滿亮藍色光芒，從喉嚨和雙眼散出。不久後他的頭就爆炸了，骨頭和腦漿噴了我滿臉。我看不見任何東西，又扭又踢，掙脫他死前緊抓住我的腰部，屍體開始滑下，我奮力往水面游。

接著有東西重重夾住我的腳踝，猛力拉了一把，然後纏住，使我暈頭轉向。往下漂時我緊抓著魔杖，壓力減小了一陣子，接著又在大腿中間縮緊。利牙咬進我的血肉，鱷魚再次旋轉，把我的髖部拉到脫臼，痛苦沿著脊椎往上竄，直至頭顱。

我努力對抗恐慌，強制驅逐痛苦和焦慮。恐慌會讓我回篝火邊，回到安全的懷抱，但我拒絕投降。投降會是第一步，代表我將在篝火邊坐到雙腳殘廢，我才不要這麼做。

我還有承諾要履行。

我把魔杖往下刺，沿著雙腿把尖端刺進那生物的口中，並順著鱷魚柔軟的上顎插進喉嚨。魔杖不夠尖，無法刺穿血肉，我也已經沒有力氣刺穿這頭野獸，只是想讓魔杖卡得夠深，這樣就算我放手也會卡在裡面。

我用雙手包住魔杖頂端施咒，能量無法從頂端釋放，只好直直往下進入鱷魚的身體。能量經過雙腿時將我灼傷，但這痛苦和我正在經歷的相比不值一提，接著水中出現一道衝擊波，藍光在我身下炸開，鱷魚不斷抖動。

但牠的下顎仍緊緊咬住我的腿，屍首的重量更將我往水底拖。我上下移動魔杖，還是沒辦法掰開下顎，所以我把魔杖推回去，並把頂端移開，再次施咒。

然後再一次。

到了第五次，我終於成功地把鱷魚的下顎炸開，右腳剩下的部分和屍首一起沉入了水中。爬蟲類的屍首繼續下沉，我則浮上水面，痛苦如潮水般襲來，失去的右腳感覺像著了火。因為我失去右腳的方式，我還真的往下看，檢查底部是不是真的在燃燒。結果並沒有，而我也抵達距離堤道三、四公尺左右的水面，攻擊我的士兵屍首則在一旁載浮載沉。

克羅沙昂然站在堤道上，用他的盾牌猛敲，擊碎一名遊魂的頭顱，將他打入沼澤。還用盾牌擋住另一名揮劍遊魂的劈砍，並把他持劍的手從手肘處切斷，之後一拳打中最後一名遊魂的臉，接著俐落砍下他的頭。

我殺死遊魂的靈魂流進我的體內，接著是那隻鱷魚的。遊魂的記憶無聲又黑暗，他只記得絕望，離鄉背井並確信永遠不會再見到親人。早在生命遺棄他之前，他就已經死了。另一方面，爬蟲類的回憶則是簡單粗暴，飢餓和憤怒驅策著牠，牠攻擊我的理由除了因為我侵犯牠的領域，也是因為牠想飽餐一頓。

而且就算到了死前，牠也渾然不覺自己有多麼迷失。

美德騎士將他的劍插進潮濕的土中，然後彎身把我從沼澤中拖出。「你能跑嗎？」

「認真跛著一隻腳可以嗎？」

「沒辦法達到我們需要的速度。」他彎下身，把我丟到他肩上，並取回劍，接著加速走進沼澤深處。儘管不知道他要去哪，但我清楚自己不是孤身一人，更別提我們沿著堤道奔跑時，我們一直跟隨的那股感覺也愈來愈強烈。

在我們身後，披著爬蟲類血肉的士兵成群追趕。

堤道在九十公尺後變寬並轉向上方，道路鋪著石頭。克羅沙一步跳過兩小階石階前進，來到一座廣場。廣場遠端的黑暗中，矗立著一棟高聳的建築，儼然是座小島，他在廣場中央將我放下。

「我能防守階梯，你能嗎……？」

「抓住我右腳膝蓋處用力拉。」

他把劍和盾牌放在一旁，並照我說的做。大腿骨復位時我的髖部傳來劇痛，不禁尖叫出聲——就像剛剛我在水底尖叫一樣——然後躺回去，渾身顫抖。

一聲含糊的吼叫讓克羅沙轉身，他抄起劍，但盾牌還放在地上。其中一名士兵爬上階梯頂端，手上拿著劍。他試圖大笑，卻在過程中讓下巴脫臼，使整個表情更加恐怖。

我猜這也是為什麼克羅沙第一擊就削掉他的下巴。

他直直踹向士兵的胸口，使其摔回更多發動攻擊的同伴中。克羅沙大笑，他既英勇又強大地把一顆頭顱劈成兩半，接著把另一名攻擊者的雙腿砍斷，並用劍柄的圓頭砸爛第三名士兵的頭顱。

我拖著身子往後退向建築物，雙手在鋪石地面尋找任何支撐。我繼續往身後摸，碰到的石頭感覺非常冰涼。我掃開覆滿葉子的瓦礫，並往後退。大部分石頭又黑又粗，但這塊摸起來很滑順，而且比較輕。事實上，石頭被我碰到後好像還在發亮。

「克羅沙，快點，回到這裡來。」

「我沒辦法在那裡跟他們打。」

「如果我是對的，你不需要戰鬥。」

「哈！如果你是錯的，我們就必須再來一次了。」

我拖著身子越過較輕的石頭，發現不只一顆，而是一整排相同的石頭，我拿出魔杖指向階梯。「現在，克羅沙，就是現在！」

艾爾金多騎士一往回衝，我便馬上施咒。我的藍色閃電炸穿其中一名士兵的胸口，還融掉了後面一人的頭。其他士兵一時之間向後退，但接著他們通過階梯，不過這時克羅沙已來到我身邊，並把我拖離階梯更遠。

石頭開始隨著光芒脈動，鱷魚士兵向後退，他們對我們咆哮，但沒有任何人再朝我們的方向前進一步。

克羅沙在我身旁單膝跪下。「你是怎麼……？」

「不是我。」我從濕透的腰帶掏出藥瓶飲用，痛苦馬上減緩，腿則湧上刺痛感在髖部徘徊，接著流向腳踝。我的靴子葬身死去鱷魚腹中的唯一好處，就是我可以看見綠色的光藤蔓在我的斷腿上舞動，修補骨頭和血肉。

「直言不諱的克羅沙，那些石頭很古老，搞不好甚至比我們還古老，意在保護此地的安全。」

「從什麼東西手上保護？」

「遊魂？有惡意的東西？」

他脫下頭盔，搔搔鬍子。「如果能區別那些東西和我們，那還真是厲害的魔法。」

我移動臀部轉身，指向黑暗的建築。「那裡，在底部閃著金光，你有看到嗎？」

「看不太到。」他眯起眼睛。「你覺得這就是我們到此的原因？」

「你懷疑嗎？那些遊魂無法穿過這道障礙而我們卻可以，難道這不是因為我們的使命嗎？」我朝他伸出一隻手，並用魔杖撐住自己。「幫我一把，我們來到此地是有原因的，而我希望是個好理由。」

6

我重重掛在克羅沙肩上，和他一起進入黑暗建築的入口。眼前馬上出現一道通往下方的狹窄階梯，克羅沙將我放在牆邊，自己繼續前進。他在半途停下，來自下方的金色光芒照亮他的臉龐，他抬頭看著我。「我不知道該怎麼形容。」

「留在那。」我依然倚在牆上，但仰賴我好的那條腿和魔杖想辦法走下階梯。金光先照到我壞掉的那條腿，使其刺痛加倍。我往下一瞥，看見腳趾長出來，光芒以一種我猜自從我進入墳墓以來從未有過的方式，溫暖我的身軀。

即便感覺受到歡迎，我仍然沒有完全放鬆。

克羅沙繼續往下走了一、兩階，而我把左手放在他肩上。「克羅沙，我和你感覺相同，因為我也不知道眼前看見的到底是什麼。」

我們進入一間方室，天花板高度約為空間寬度或深度的三分之一。我必須假設此處石頭的顏色是和上方建築相同的灰色，但我無法確定，因為金光將其染上一模一樣的色澤。彷彿光線直接穿透石頭，而且牆面和天花板本身都散發出金黃色一樣。

空間中央矗立著一座低矮的圓檯，檯上有一副棺架，上面放著一具石棺。石棺便是光線的來源，閃爍的光線就像穿透海洋的陽光，因此光源似乎不是石棺本身，而是來自裡面的東西。此外，石棺半透明的琥珀色表面也透出一具男性屍體的輪廓，這應該才是真正的光源。

我用力捏緊放在克羅沙盔甲上的手，阻止他踏入室內。「我覺得這地方對我們有害，就跟上面的石頭對於遊魂一樣，這裡的魔法不只是裝飾。」

「那就是美麗又致命了。」

石牆上舞動的光線如同暗夜中的燈火，描繪精雕細琢的生動浮雕場景，敘述著一名少年的一生。他擁有茂密金髮，舉止優雅，以高雅姿態昂首行走，美麗的臉上露出愉悅笑容，並作農夫裝扮。有些場景描繪他放牧羊群，他天性如手中的羊群般溫馴，除了在一幅場景之中，他手持棍棒擊退五、六隻野狼，然後在一隻他無法拯救的殘破羔羊屍首上嚎啕大哭。

「你認得他嗎，克羅沙？」

騎士搖搖頭。「感覺很熟悉，可是我想不起他的名字。但你看那邊，他居住的土地就是特拉法蘭，我會知道是因為我在那出生。」

「你是個特拉法蘭人？那麼我先前所說的話如有冒犯，望你原諒。」

克羅沙大笑，我覺得他的笑聲非常爽朗。「直到看見眼前的景象，我的朋友，我不知道那是我的故鄉——或者說，我並不記得。而現在既然想起來了，你那番有關傲慢的描述感覺非常真實。我們是虛榮的民族，但我和他們不同，直言不諱和虛榮很少處得好。我選擇真理勝過自己的同胞，而且心中沒有一絲後悔。」

我往回望向階梯上方。「那些追我們到這裡的遊魂，我認為他們可能也是特拉法蘭人，是否搞錯了呢？」

他點頭。「很可能甚至就是其中一人在窗框上留下那則訊息，事實上……來吧，我們回去廣場上。」

克羅沙協助我回到階梯上，但這只是因為從我身邊擠過會更不方便。我的腳幾乎長回來了，雖然承受重量時還會痛，卻不再大幅限制我的行動。我們走上階梯時我讓到一旁，讓他直接走到那排發光石邊。

遊魂在廣場邊緣徘徊並咆哮嚎叫，忽略他們動也不動的同伴。

我靠回建築物上。「你在找什麼？」

「我在思考這個地方和他們的連結。已經知道有人派他們來這裡監視和等待，不管這裡是哪裡，也不管是什麼時候。而這些石頭則讓他們無法越雷池一步，但這樣石頭不就可以取代守衛的功能嗎？而且這難道不是一棟相對顯眼又重要的建築嗎？如果只是要藏一個人，為什麼要找這麼豪華的地方？」

我拋開腦中和我簡陋墳墓有關、不請自來的景象，並瞇起眼睛。「你覺得這個地方是要保護某個人或某種東西，而且也許這裡的守衛要負責處理的，是越過那條阻擋遊魂界線的訪客嗎？」

「沒錯，但這一切要怎麼運作，還有為什麼要阻止那些在任務中一度是盟友的遊魂呢？」

我緩緩笑了笑。「我覺得我們回到你的傲慢了，我的朋友，還有那則思鄉的訊息。那些士兵肩負一項神聖的任務，一項他們驕傲接受的任務。但是隨著日子過去，因為沒有獲得任何認可，於是他們變得感傷，開始憤慨，並憎恨他們本應守護的事物，因為這東西害他們無法回家。」

克羅沙望向我。「而這些石頭能夠阻止任何心懷憤慨或恨意的人？」

「看起來是。」

「這代表困在下面的東西，並非要永遠困在那。」美德騎士雙眼圓睜。「他有可能還活著嗎，法拉諾斯？牆上描繪的那些故事會不會是他的夢境？有沒有可能對我們來說是永恆的時間，對他來說只是一夜好眠？」

我聳聳肩。「任何事情都有可能，我的朋友，這種魔法有可能成功，畢竟我們也看過最後的結果。但要達成效果需要非常高等的魔法、認真的魔法，然而通常不會使用，除非對象價值連城。」

「你能突破那些魔法嗎？」

我的腿幾乎再次完全恢復功能，我走下階梯，坐在底部附近。空間的地面是由十八乘十八的巨大區塊構成，石棺散發出光芒，在牆上描繪場景。景象上上下下交錯移動，碰到地面時，通常會沿著直線或橫線移動，並在碰到另一面牆後消失。景象前進的速度似乎和其內容相符，愉悅的田園場景速度緩慢，而可怕的場景，比如狼群發動攻擊，則移動較快，也較不流暢，彷彿夢的主人想要別過頭，觀看其他比較愉悅的景象。還有其他各式各樣的夢境，有些是日常活動，有些來自襁褓時期，另一些則描繪一名傾國傾城的美女——只是她的前額有道傷痕，這些夢境揭露的速度都頗為緩慢。

「我覺得你猜對了，克羅沙，這些都是夢境，我不知道這是否代表他還活著，但我待在墓中時不記得任何夢境，所以我們可以抱持希望。」我指向琥珀色的棺材。「你有看到那棺蓋附近，魔法印記一半在側邊，一半在棺蓋邊緣嗎？印記最後會連在一起，只要按照正確的順序唸咒，就能打開石棺。」

「但要看到所有印記，你必須上去圓檯。」

「我怕這個任務超出我能力所及。」

「為什麼？」

「他會阻止我。」我摸摸下巴。「這不是個簡單的謎題，沒有槓桿可以撬，沒有門把可以轉，也沒有轉盤可以推，因為是夢的主人負責保護自己。上面的石頭能辨認憤慨和恨意，而且懲罰也夠嚴重，遊魂已學會要遠離此地，夢的主人在這裡也必須辨認接近的人。或許這棟建築在建造時，便假設愛人、父母、子女在時機來臨時將會到來，夢的主人會認出他的拯救者，並讓其接近，但他認不出我。」

「所以我們必須找別人。」

我微笑。「不，我的朋友，我覺得你就可以。」

「我說他感覺很熟悉，但我不確定他怎麼想。」克羅沙搖頭。「我認為我們現在應該要去找另一個人，不過我也確實感受到此地吸引著我。」

「我也這麼覺得，這就是為什麼我相信你能抵達圓檯。」我指向其中一個夢境，少年走過一片夏日草地，滿臉笑容，徹底放鬆。「你是個特拉法蘭人，你了解他走過之地，或是類似的地方，你肯定知道臉上掛著那樣的笑容時心裡是什麼感覺，你在他臉上看見什麼？」

騎士皺眉。「高興和驕傲，很明顯特拉法蘭人總是很驕傲，也許還有自由，他的表情可能代表很多事，但肯定包含這些。」

「對，很好。我覺得只要你能心懷和他同樣的感受，他就會認為你是親人，他會看出你沒有威脅，並允許接近。你將走進一座情緒迷宮，調整自己的感受，以符合你經過石頭上方的夢境內容。」

克羅沙一臉驚慌。「但看那邊，狼群開始攻擊時有個夢消失了。」

「沒錯，不過另一排那邊，有另一個類似的夢，你要跟隨其軌跡越過地面。」我張開雙臂。「你要從這格跳到另一格。」

「我不是羚羊，法拉諾斯，而且跳過一排他可能會認為我有敵意。我不應該在這座迷宮中自己開創一條新的路徑，而是該按照他想要的步伐走。」

我以一根手指敲打著下巴思索著。「你說得有道理，所以你必須祈求一連串好夢，或是在眨眼間改變情緒，迎合他的情緒。」

「我愈是接近，試煉就會愈困難。」

「很有可能。」

克羅沙搖頭。「如果我們能在上面升個篝火，我會更樂意做這件事。」

「我會儘量幫忙，講出我觀察到的東西。」

「哈！你會待在這，直到我一路回到原地。」

「這也沒錯。」

克羅沙坐在階梯上。「我應該研究一下這些夢境，學習它們。」

「尋找你和這些夢境相同的記憶。」

「這也沒錯。」

身為死人的其中一個好處，就是那些瑣碎的事物，比如進食或睡眠的需求都不再存在。我不可能知道我們坐在那裡研究了那些夢境多久，但我們非常專心。有幾次我們還討論了去外面殺幾隻遊魂，看看他們的回憶片段能否派上用場的可能性。最後我們決定除非一直失敗，使其成為必要，才會採取這個手段。

克羅沙像兵法家研究戰役一樣想破解通往圓檯的路徑。他研究那些夢境，挑選出他內心最有共鳴的夢，並看著那些夢在牆上舞動，試圖尋找出現頻率的規律。即便我們兩人都無法找出規律，但情緒相似的夢確實會接連出現。

最後他終於轉向我。「我想我搞懂了，你覺得這就是我們的使命嗎？」

我指向外面的石頭。「魔法讓我們這麼接近，它在我們身上找不到惡意，我相信你能做到。」

「謝謝你，我的朋友。」他綻開微笑。「假如我失敗了，我會一路殺回來這裡，然後再試一次。」

美德騎士把他的劍和盾留在我身旁的階梯上，然後迅速沿著少年走過草地的夢境移動。那個夢境在遠端的牆上消失後，少年換成在寧靜的夏夜中照顧牲畜。微風梳過牧羊人的髮梢，少年伸手拍開臉上的髮絲時，克羅沙也做出相同的動作。這個夢境讓他又移動了一排，現在位於圓檯的邊角附近。

「快點，克羅沙，狼群要來了。」

狼夢出奇不意地抵達，彷彿從黑夜中憑空出現，且移動速度非常快。它攔截了克羅沙，擋住他的去向，克羅沙突然停下，就像撞上一堵牆，然後往回彈了一、兩步，抓著他的肋骨。他罩袍的破爛碎屑飄向地面，並在碰到地面時熊熊燃燒。

狼夢下降盤旋，準備發動另一波攻勢。克羅沙盯著它，然後挺起身子，縮回肩膀。他看著夢境的景象，輕視地噘起嘴唇，接著俐落跳進另一個冬季夢境。夢中有座小屋，少年看著爐火上黑鍋中的燉肉，狼夢從旁邊經過，但遭火焰的溫暖蒸發。

克羅沙讓自己繼續徘徊在冬季夢境中，因為這個夢境持續得較久，如同漫長的冬夜。接著他讓一個秋季夢境經過，並選擇跟隨一趟帶著牲畜前往青翠草場的春季之旅。

這個夢境速度十分緩慢，克羅沙平靜地跟隨，甚至還有些快樂。

我也開始微笑，**他搞懂了**，騎士已經了解少年是個鎖，而他是以情緒鑄造的鑰匙，能夠開鎖。此外，隨著騎士本身的到來，他愈來愈靠近圓檯，也影響了少年的情緒狀態。透過從冬天來到春天，以及英勇面對狼群，克羅沙以自然又正直的方式前進。他的行為代表他不具威脅，因為他的舉動和少年會有的一模一樣，少年也接受了他。

騎士從春天來到夏天，再到夏末，愈來愈接近圓檯。此時狼群發起另一波攻勢，但克羅沙無視牠們，他等待下一個夏天庇護到來的夢境，然後快速來到豐收時節，並跟隨一個有關在夏季草場放牧羊群的夢境，抵達圓檯。

他一踏上圓檯，所有夢境便消失了。

克羅沙現在站在離我非常遠的石棺邊，伸手指著琥珀色石棺。「這是透明的，法拉諾斯，我可以看見他。他和夢中一樣大，也和夢中一樣優雅，現在我該怎麼辦？」

「我不確定，必須研究一下魔法印記。」

克羅沙睜大眼睛。「那你最好快點，那男孩臉色愈來愈蒼白了。」

7

我把謹慎拋到九霄雲外，直接走向圓檯。

克羅沙是對的。就算少年臉色慘白，他在夢境中的容貌也不及現實中英俊。少年完美無瑕的容貌中有一股力量，讓我毫不懷疑狼夢中的景象確實發生過。這張臉的主人，是個無論面臨什麼情況，都會表現出堅毅和勇敢的男子。

我從頂部開始繞著琥珀色棺材走，用一根手指跟隨魔法印記的痕跡。我顯然已經從我們在上頭殺死的特拉法蘭人身上，獲得足夠的生命力，能夠看懂魔法印記的文字。同樣的印記也裝飾著我的棺材，雖然我現在記得不夠清楚，無法完整重現當時的訊息。此處的訊息相當地直白，卻也十分晦澀，令人苦惱。「欲尋金色繼承人，就往空氣藏身處」。

「這是什麼意思？」

「我不知道，訊息接下來一直重複，總共六次。」我雙手握拳。「這不是我所知道的咒語，而且我不認為這只是因為自己想不起來。文字的順序也很奇怪，到底是什麼意思？」

克羅沙靠在琥珀棺蓋上，往下凝視困在其中的少年。「這一定代表著什麼，是否與夢境一樣代表他是鑰匙？他的頭髮是金色的，也有可能是個繼承人，空氣藏身處又是什麼？你有在夢境中找到任何蛛絲馬跡嗎？」

我磨起牙。「空氣藏身處，不就是童話故事裡的虛構地點嗎？而且空氣（Air）和繼承人（Heir）縱使意思不同，發音卻是相同的。」

「頭髮（Hair）唸起來也很像。」他指著自己的頭。「會不會需要和我一樣金色（Fair）的頭髮才能打開石棺？」

「我哪知道！」我轉過身，踱回階梯旁，那行訊息根本沒道理。我們之前有很多時間可以思考如何穿越那些夢境，但是現在，少年很顯然在棺中已經時日無多，我們根本沒時間解開謎團，情況緊迫。

「快想想，該死的，法拉諾斯。我們不能大老遠走這麼一趟，卻在離成功近在咫尺時失敗，我們不能看著他死去。」

「我在想了，我在想了。」我用雙手摩擦臉頰，那行訊息根本沒道理，少年死掉也沒道理。有人大費周章保護他，為什麼他們要安排成他們想要保護的人在救兵到來時就會死掉？就跟那行訊息一樣沒道理。

然後我靈光一閃。「就跟那行訊息一樣沒道理。」

我抄起克羅沙的劍，丟給他並喊道：「劍柄的圓頭，敲碎琥珀，像你解放自己一樣解放他！」

美德騎士接住劍，盯著我看了好一陣子，就像我發瘋一樣，但接著仍舉起劍，將劍柄砸向琥珀。棺蓋碎裂，尖銳的琥珀碎片噴出，克羅沙拔出一片，然後繼續砸。他邊砸邊尖叫，再來大叫，接著悶哼，每砸一下琥珀便宛如冰一般裂開，裂縫愈來愈大，碎片四散。在克羅沙狠狠砸了最後一下之後，他終於砸碎棺蓋，四分之一的棺蓋滑落，在圓檯上摔個粉碎。

騎士把剩下的棺蓋推開，準備往棺材裡伸手，但我抓住他的手腕。「先等等，克羅沙。」

牆上的金光讓少年臉上的陰影變得柔和，但他無疑就是夢境中的男子。他躺在棺中，除了琥珀碎屑和額頭上的一片琥珀圓片外全身赤裸，他無名的身體完美無瑕，就和他躺進琥珀棺材中的那天一樣散發生氣。我有種感覺，他是自願這麼做的，而那些埋葬他的人許下的承諾，仍在他耳邊迴響。

克羅沙的手腕輕鬆從我手中掙脫，但沒有伸進棺材中。「你擔心會有更多魔法。」

「預期多過擔心。」我彎下身仔細觀察少年，特別是他額頭上的圓片。「如果你仔細看圓片，會發現裡面描繪著夢境，我擔心假如我們拿下或者干擾圓片，也會帶走他的意識。」

「我們要叫醒他，不是嗎？」

「我們到此是有原因的，我覺得我們的任務還沒達成，你覺得呢？」他搖搖頭。

我抓抓脖子後方。「我覺得或許我們正站在空氣藏身處中，這樣一打開棺材，他也在裡面了。」

「你剛說那行訊息沒道理。」

「對打開棺材來說，是沒道理。」我緩緩一笑。「我認為設下魔法讓夢境保護他的人，預期某個像你一樣的人到來，能夠睿智地破解謎團，來到他身邊。我覺得他們接著設下了陷阱，瞄準那個人的虛榮心。」

「那個人很可能是個虛榮的特拉法蘭人。」

「確實，那個虛榮的人將會尋找和破解夢境一樣睿智的方法，沒有人會想到僅憑蠻力就能解開謎團。」我哼了一聲。「事實上，有那麼聰明的人通常也沒有強壯到能夠和你一樣砸破棺蓋。」

「他們的輕視可能會害死他。」

「或者他們也可能假設救兵了解打開石棺的方法。」我聳聳肩。「但是現在這些都不重要，我的直覺是新的空氣注入後，少年就能正常沉睡，然後如常優雅醒來，但這代表我們必須做點準備。」

騎士皺眉。「什麼準備？」

「我的朋友，雖然我們倆不需要擔心進食或喝水，這點是不錯，但少年醒來後很高機率會非常飢餓，而且或許他也不想衣不蔽體。」

「我們應該可以處理好這件事。」克羅沙走到階梯旁拿起盾牌。「你覺得石頭能夠繼續維持效力，趕走遊魂嗎？」

「這是個非常好的問題。」我跟著他回到地表，石頭仍然散發微光，遊魂在陰影中徘徊，顯然很忌憚魔法。「我不確定魔法還可以維持多久。」

騎士露出微笑。「那我猜我們現在要幫這位年輕人找些衣物。」他踏上發光石，把劍在盾牌上敲了幾下，遊魂以嘶嘶聲和咆哮回應，然後克羅沙上前準備戰鬥。

我不確定我是否曾真正了解美德騎士有多特別，以身作則是當然的，鼓舞人們也毫無疑問，但有多少人能夠親眼見證他們出動？我猜大概不多，人們大多是在遊行或是朝廷中見到騎士，不像我現在看著克羅沙戰鬥。

遊魂儘可能迅速出擊，他們是一大團搖搖晃晃的腐爛血肉、皮膚僵硬、骨頭泛黃，全都披著鱷魚皮以及任何他們在沼澤中能夠找到的破爛衣物。有幾人拿著——又鏽又破的——武器，不過多數都屈起手指，下巴大開，他們想把克羅沙五馬分屍。

克羅沙當然不會束手就擒，如同農夫在豐收時節展現的從容，他揮劍下砍，攻擊敵人雙腳，並在摔倒的敵人於鋪石路上撞爛腦袋時回到原位。克羅沙把盾牌大力一揮，擊中身旁的骷髏，將其推往發光石。遊魂撞上石頭，繼續往前走，接著化成骨灰，就像被看不見的石磨輾過。

我抖掉袖子上的塵沙，舉起魔杖開始施咒。我的藍色閃電嘶嘶掠過包圍克羅沙的敵人，融化他們的肋骨並蒸發脊椎，那些骷髏散成一團骨頭時，剩餘的微弱生命力也流向我身上。和先前一樣，這些回憶都非常微弱，即使我依然瞥見遠方金黃土地模糊的景象。

克羅沙繼續收割頭顱，砍下四肢，我則炸穿骨頭。如果遊魂還記得之前自己是誰，或自己是什麼，他們可能會逃跑，但他們連最基本，能夠促使他們求生的自我意識都蕩然無存。

無論如何，遺忘自己是誰總勝過變成遊魂。

克羅沙用劍柄的圓頭擊碎最後一顆頭顱，遊魂全數遭到殲滅，骨頭碎成細小的粉末。風會將其帶走，又或者雨水會將其洗進沼澤。騎士用腳踢踢衣物碎片，接著挑起簡易的鱷魚護甲。「實在不太適合少年。」

「在我們找到更適合的衣物之前，只能這樣了，他們還真是不錯的消遣。我們還要去找食物和水。」

「我覺得我們會在水裡找到食物，我的朋友。」克羅沙小跑步到我失去右腳的地方，在堤道上單膝跪下。「這裡漂著一隻半邊下巴不見的鱷魚。」

他把鱷魚拉出水中，我幫他一起把這頭怪物拖到廣場。我的髖部又開始痛了，騎士把鱷魚開腸剖肚，並從爬蟲類的食道扯出某個東西。「可能需要修補一下。」

我接住我的舊靴子，傾斜倒出黑水，然後把我的斷腳拿出來，遠遠丟進沼澤中。斷腳濺起水花，還有其他東西也濺起水花。我發現我能輕易想像各種生物爭搶那曾經是我身體一部分的美食，實在很噁心。不過少年之後會吃下其中一隻生物，所以我覺得應該也算有某種道理存在吧。

克羅沙剝掉鱷魚背部和尾巴的皮，然後沿著脊椎兩側割下肉片，一路直至尾巴頂端。「你覺得我們有辦法生火嗎？」

「我懷疑沼澤裡有足夠的乾木材，不過……」我蹲在野獸的頭部附近。「看起來下巴這邊的肌肉已經熟囉。」

「你是說**燒焦**了吧。」

「我從沒說我上輩子當過廚師，可以借你的刀子一用嗎？」

克羅沙把他用來肢解鱷魚的短刀遞給我，我切下一大塊和我拳頭差不多大的肉塊，並用刀子在上面戳洞。接著把戳好洞的肉塊放到魔杖尖端，然後放下刀，用雙手抓住魔杖，開始施放戰鬥咒語，不過速度很慢，而且也很節制。魔杖發出藍光，細小的閃電藤蔓在表面舞動，圍繞肉塊，將肉塊蒸熟，還有點燒焦。

氣味沒有想像中那麼噁心，但也不是特別令人食指大動。此外，不需要進食很顯然也殺死了我體內會感到飢餓的那部分。「我覺得這樣差不多了。」

克羅沙點頭，把他的刀取回，他刮過鱷魚皮，然後嘆了口氣。「我們沒時間把這塊皮風乾做成皮革。」

「你以前做過這種事啊？」

「鱷魚的話沒有，不過曾經用一頭龍做過，我們把龍拖回去給帕奈爾，他下令將其作成盔甲。」他露出微笑。「等等，我記得做過這件事，卻不記得**怎麼**做。」

「嗯，就讓我們希望之後會殺死某個曾經是盜獵者的遊魂，讓你恢復記憶囉。」

「或是幫你殺死一個厲害的魔法師。」

「最好殺個廚師啦。」

「或是這個。」他把鱷魚皮放在建築入口附近，然後從尾巴抓起鱷魚殘骸，開始將其拖回沼澤。「沒必要鼓勵牠的同類上來這裡。」

「好主意。」克羅沙的舉動在廣場上留下一道血跡，血液快速滲入石頭之中，**太快了**。「克羅沙，你有看到嗎？」

「看到什麼？」

我在鱷魚的身體拖走一大片葉子和泥土的地方單膝跪下，血液注滿了深深刻在石頭中的魔法印記，雕刻的風格和我墳墓上的相同。「這是……？我覺得上面寫的是貝拉里恩？」

美德騎士丟下他血淋淋的重擔站到我身旁。「沒錯，寫的是貝拉里恩，但是……」

「什麼？你想起了什麼？」

「這個名字很熟悉，他的面貌也是，我不覺得自己認識他，而是透過某些流言聽過他。」他嘆氣。「我是真理騎士，因此儘量避免流言蜚語，那會……」

「流言蜚語是毒藥，會讓你神智不清。」我站起身。「我也有感覺，一種黑暗的感覺，似乎不像下方的少年，也不是他的夢境。是一種不祥的預感，你從流言中想起貝拉里恩，表示這是其來有自。」

克羅沙搖搖頭，然後往下走回地底，我收好鱷魚肉和鱷魚皮，跟隨他的腳步。我把貨物放在階梯邊，克羅沙站在石棺旁，往下凝視沉睡的少年。

「法拉諾斯，他看起來太過純真，不像個威脅。」

「純真就是最大的威脅。」

克羅沙往上看了我一眼。「這話比我想得還要憤世嫉俗。」

「對想要看見威脅和陰謀的人來說，那些看似純真、事不關己的人，只不過是野心尚未顯露而已。」我張開雙手。「克羅沙，你想想看，有人把這男孩藏在這裡，還為可能憎恨他的人設下圈套，這不就表示有人覺得他是個威脅嗎？」

「你說得有道理，而且很顯然有人想保護他。」騎士皺了皺眉。「而我也必須假設我想找到這個地方的衝動，也是為了要保護他。」

「你還在擔心別的事，對吧？」

「有種感覺，可是沒有清楚的記憶。美德騎士侍奉的是帕奈爾國王和艾金多爾，不過據說他還有另一群手下，以平衡我們的勢力，會不會就是那些人把少年藏在這？若是這樣，我又為什麼想要保護他？」

「我不知道，我也不知道自己為什麼會在這裡，還擁有跟你一樣的感覺。」我搖搖頭。「我不懂為什麼有人覺得我的出現會帶來好處。」

克羅沙大笑。「要不是你，法拉諾斯，我就會永遠坐在階梯上思考到底該怎麼辦了。」

「但現在，我們必須思考究竟要為貝拉里恩做什麼。」

我說出少年名字的那一刻，他的身體開始抽搐，背部拱起，然後吸了一大口氣。接著他開始咳嗽，往側邊翻去，他額頭上的石頭掉了下來。克羅沙將手伸進石棺，抓住他的肩膀。

少年再次抖動，接著往上看，雙手覆上騎士的雙手。「以眾神的名號……」又一陣劇烈的咳嗽。「你是克羅沙，沒錯吧？告訴我真的是你。」

「我就是克羅沙，沒錯……」

「你不記得我了嗎？」少年轉身坐起。「你一定記得。」

騎士搖搖頭。「說真的，我不記得。」

「『說真的』，嗯，那還**真的是**你。」少年開懷大笑。「我是貝拉里恩，你在我父親麾下侍奉艾金多爾。」

「你父親？」

「沒錯，就是帕奈爾國王。」少年鄭重地點點頭。「我是你的國王暨主人的私生子。」

8

少年宣布自己是私生子時，臉上無害甚至快樂地微笑，讓我措手不及，我從沒聽過有人以如此驕傲的方式使用這個字。此外，他口中所謂的「國王暨主人」，也顯示了他和艾金多爾國王帕奈爾的血緣關係。國王有三名子女——兩個兒子和一個女兒——假如這個貝拉里恩真的是他的私生子，那麼他的存在應該是受到嚴密保護的國家機密。

克羅沙擔心地皺起眉毛。「你說話的方式好像你認識我一樣。」

「我確實認識你。」少年遲疑了一下。「我的意思是，我和所有艾金多爾人民一樣認識你，也和所有特拉法蘭人看見你時一樣開心。我曾經看過你，你有次騎馬經過我的村莊，我們當時沒有見面，但我現在有這個榮幸了。」

騎士心煩意亂地搖搖頭，雙眼瞇起。「而你宣稱自己是帕奈爾之子？」

少年的笑容消失。「這只是別人告訴我的，我自己也不太相信，但那些帶我到這裡的人跟我說了整個故事，告訴我為什麼必須把我藏起來。不過現在一定已經安全了，沒錯，這就是你到此找我的理由。」

我站上圓檯。「貝拉里恩，或許我們應該從頭開始探討這件事情，是誰帶你來這兒的？」

貝拉里恩轉向我，我在他眼裡看不到認同。「另外兩名美德騎士，陰影騎士澤里莎和迅速騎士多拉克斯。他們告訴我權力鬥爭會危及我的性命，我只是個牧羊人，沒人會打我主意，我這麼對他們抗議。但他們堅持，並在夜晚帶我離開。接著，將我交給不同的小組，我和他們旅行了一晚或一週，接著又來到另一群人手上。沒人知道我的目的地，而且某些短距旅途似乎還走了回頭路——不是直接走，但是我們也從來沒有直線前進過。」

克羅沙抓抓額頭。「不同的小組、彼此毫無關聯、不知道計畫的全貌，對一段祕密旅途來說非常合理。」

「所有人都蒙在鼓裡，除了發號施令的人以外。他的說法證實了你先前的懷疑，克羅沙。」我看著少年。「繼續說。」

「我覺得我們旅行了很久，澤里莎給我一種粉末在用餐時一併服用，那讓我感覺遲鈍，她說這樣想奪取我靈魂的人，就無法掌握我的蹤跡。一段時間後我們來到此地，這個地方，我服下最後一口粉末，他們叫我躺進石棺中，睡至能夠安全歸來之時。」他的視線從克羅沙移向我，又移回去。「這就是你在此的原因，對吧？我父親派你來的？」

「你父親沒有派我來。」克羅沙嘆了口氣並將一隻手放上少年的肩膀。「世界已經變了。」

「你的手好冰，克羅沙爵士，你還好嗎？」

美德騎士打量著我。

我放輕聲調。「貝拉里恩，克羅沙和我是受魔法驅策，來此尋找你，目的就是解救你。我們不知道原因，至少對我來說，你醒來的那一刻起，驅策我的那股感受就消失了。那曾是熊熊大火之物，現在只剩餘燼散發的溫暖。」

克羅沙點頭。「我也是。」

我張開雙手。「我們倆都是，嗯，自從你的旅行結束後，已經過了非常久。克羅沙和我也經歷了一趟旅程，不只是為了來到這裡，我們穿越了生命的面紗。這就是為什麼他的手如此冰冷，而且我們兩人也不會完全符合你記憶中的樣子。」

騎士把手從少年肩上移開。「而且我們兩人也都不記得我們曾經做過的所有事，然而，對我們倆來說，時間過了很久這點似乎確鑿無疑。你的父親還有艾金多爾，都早已消逝。」

貝拉里恩坐回去，把膝蓋靠向胸口並緊緊抓住。「全都不在了？這不可能。」

「貝拉里恩，或許你可以和克羅沙分享你對自己安息的這個地方，記得些什麼？」

「當然沒問題，畢竟我昨晚才到，或說感覺起來就像昨晚。我們黃昏時進入一座兩側陡峭、林木蓊鬱的山谷，有條溪流流經谷中，而就在山谷中心，座落著一座階梯形金字塔。我從沒見過這麼高聳的事物——一定是人類所造的。我也看見群山，建造這座金字塔一定要剷平一座山才行。我們爬上側邊，來到一座平坦的廣場，然後走下那些階梯，抵達此地。」他眉頭深鎖。「你說時間已經過去很久了，但究竟多久？對我來說時間沒有流逝——或許從我離家後只過了一、兩個月，也許過了一季，但我在這裡只睡了一晚。」

克羅沙張口欲言，但我舉起一隻手制止他。「貝拉里恩，如果你願意，和我們一起走吧。」

少年對自己的裸體毫不在意，也毫不尷尬。他爬出琥珀石棺，克羅沙協助他穩住身子，因為他僵硬的四肢需要花點時間適應，我留在他們身後，拿起原本放在少年額上的琥珀圓片。我不確定這到底是什麼，或是裡面藏有什麼魔法，能讓少年保持沉睡，但我希望之後能夠解開謎團。

因此他們抵達階梯頂端時我落在後方，貝拉里恩大叫出聲，然後雙腳發軟。克羅沙抓住他的手臂，將他移到廣場地面上，少年跪在地上，往前屈身，啜泣不止。

我把琥珀圓片放進袋子中，來到少年身邊，並站在克羅沙對面。我們兩人向外看著遲滯的黑暗，心想肯定會有東西受到少年的悲傷吸引而接近。我當然會很享受殺戮，而我從克羅沙的表情中，也發現他和我有相同的慾望，只不過高出十幾倍。

貝拉里恩坐起身，用手指抹去淚水。「這一切……我從來不願相信他們說的話。」

我單膝跪下。「他們說了什麼？你是說美德騎士嗎？」

他點點頭。「澤里莎從來沒說太多，她只是躲在一旁。」

克羅沙哼了一聲。

「但多拉克斯對我解釋，他說那股勢力在反對我父親，還有他的孩子，兩名王子和公主，他們都在對付我父親。他們想推翻他，每個人都擔心其他人會繼承王位，擔心父親會選擇他最愛的子女，並把艾金多爾的王位傳給他選上的繼承者。他們三人會瓜分整個王國，而非冒著失去所有的風險。我父親擔心他們會利用我的存在，來對抗他，所以我必須離開。」

克羅沙抬起下巴。「我和他的子女從來都處得不好，很大一部分是因為他們像噩夢逃避陽光一樣逃避真理。」

貝拉里恩雙手環抱腹部。「昨天晚上，我躺下沉睡的那晚，有名信使前來，說國王的子女正在反抗我父親。我表示抗議，但信使說只有我在這裡平平安安，我父親才能打敗他們，他說這會花點時間，但不可能要花這麼多時間啊。」

「但是，大人。」我加上尊稱，因為也無傷大雅。「時間已經過了非常久，您認識的人都已化為塵土。」

「或是變得跟法拉諾斯和我一樣。」

貝拉里恩搖頭。「我就和你不一樣，他們也可能和我一樣活了下來。」

我指向夜空。「在群山中您能和我一樣輕易看見星辰，自從您沉睡以來，已經過了好幾個世紀，甚至好幾十個世紀，令尊已不在了。」

「但他還在，法拉諾斯。」貝拉里恩一手放在克羅沙穿著盔甲的大腿上。「他還活著，我感覺得到，我知道他在外頭某處。他需要我，他和我一樣醒來了，而且要是沒有我，他就無法得救。」

「這有可能嗎，法拉諾斯？」騎士轉向下方的階梯和空間。「貝拉里恩和帕奈爾之間可不可能存在連結？有可能過了這麼久之後都還存在嗎？」

我舉起雙手。「有太多我們不了解，也不可能了解的事物，克羅沙。如果貝拉里恩大人**是**，或者**曾是**帕奈爾之子，他們的血脈會讓連結變得更容易。這種**感染**的概念在所有魔法中都很普遍，但這一定是高等魔法，需要我不懂的技巧和訓練。」

「然而你記得，我的朋友。」

「沒錯，但除非我們替我找到某個高等魔法師遊魂，殺死他並吸收他，不然我學會的機率根本是零，而且這也不重要。」我用手指輕敲下巴。「貝拉里恩大人，即便到了現在，您仍能感受到這種連結嗎？」

少年點頭，並指向建築後方的東邊。「我有種應該往那裡去的感覺。」

「我和您一起去。」克羅沙朝貝拉里恩伸出手。「美德騎士發誓要侍奉艾金多爾國王和朝廷，是古老的誓約引領我至此，現在悉聽尊便。」

貝拉里恩站起身，然後看著我說道：「那你呢，法拉諾斯？古老的誓約也引領你到此嗎？」

「我其實不知道，大人，而且我也不知道誓約命令我跟隨您，但是，好奇心向我乞求。」

「怎麼說？」

「您知道自己是誰，也記得這個世界，但我沒有。」我微微一笑。「我相信我們的旅程可以讓我再次感到完整，而這是趟非常值得追求的追尋。」

†

我們為旅程做準備，包括克羅沙交出他的罩袍，我則交出我的靴子給我們負責照顧的年輕主人。我不介意，因為靴子對我來說不是很有用，而且要是我的腳磨破了，藥瓶就可以解決問題。套上罩袍後，貝拉里恩看起來比較不像牧羊人，或許反倒還比較像個侍從。

貝拉里恩狼吞虎嚥吃光鱷魚肉，一聲都沒有抱怨，這對旅程來說是個好的開始。他也決定我們旅行的速度，顯然很緊急，卻不輕率。克羅沙警告他遊魂的危險，並建議他躲到我們身後。他的回應則是找了一根還過得去的堅硬木頭保護自己，而我也毫不懷疑，等到機會降臨時，他會進一步武裝自己。

我們穿越沼澤往東邊啟程，甚至似乎就連沼澤都很歡迎貝拉里恩通過。濃霧和腐爛植物的臭味都退散，牧羊人找到清澈的小池子——我之前從沒發現它，不過我也沒有很仔細找就是了。

貝拉里恩用他的人生故事款待我們，並且以鄉村生活極度瑣碎的細節彌補其缺乏的戲劇性。狼夢反映了少年一生最危險的經歷，而狼群的形象如此巨大又凶猛，因為貝拉里恩是在進入青春期前和牠們搏鬥。

他人生中唯一格格不入的一點，就是他的村莊偶然間接待了一群學者和智者。他們會停留一週或一個月，教導村莊的孩童。似乎沒有人特別給予貝拉里恩差別待遇，但他是個充滿求知慾的學生，對更寬廣的世界展現了大量好奇心，不過卻沒有顯示出任何想要探索世界的跡象。

我覺得這相當矛盾，所以我問他原因。

「我有責任在身，法拉諾斯，對我的家庭——我猜就是那些我認為是家人的人——還有對村莊，村民需要羊毛和羊肉，某個人要負責抵禦狼群。」

「但您難道從沒想過離開嗎？」

少年抓抓頭。「我從來不是個會作白日夢的人，我記得問過我叔叔，他承諾有一年我們會去大城市參加市集日。如果要前往特拉法蘭王冠上的珍珠——瓦塔利亞，會花太長時間，而我有責任在身。」

「沒錯，對村莊，還有村民。」我抬起一邊眉毛。「我純粹好奇，除了那趟帶您到此的旅程外，您最遠離家多遠，有幾公里？」

「不到十六公里吧？」少年瞇起眼睛。「你在想什麼？」

「我在想假如您不是帕奈爾的私生子，而是有人刻意要讓人這麼認為的，畢竟有學者在教導您。克羅沙，你有聽過艾金多爾的其他村莊發生這樣的事嗎？」

「在某座城鎮，或是某條河上吧，旅人會停留一陣子，在等待馬車或是船隻時換點吃的。」

「還有您從未遠行，大人。」我朝貝拉里恩和更遠的東方點點頭。「您啟程踏上這條路時就像經驗豐富的旅人，毫無半點大家認為從未旅行過的人會擁有的遲疑，而且來到此地的旅程也不算數，因為您說多數時間您都被下藥，我敢打賭您只記得跟我們說的那些事。」

「如果我想起其他有用的東西，我會告訴你的。」

克羅沙從貝拉里恩的肩後看著我。「所以你覺得他**是**帕奈爾的後代嗎？」

「很有可能，但也有很小的機率是有人刻意設計，以保護真正的私生子。」我微笑道：「你人在朝廷時，國王有情婦嗎？」

「我不是隨時隨侍在側，我的朋友，而且我在的時候，我也儘量避免聽到流言蜚語，如同我先前所說。」騎士聳肩，盔甲發出鏗噹聲。「我不在的某些時間，長到可以讓人為國王生個孩子，我也不會知道。」

貝拉里恩皺眉。「但他把最重要的事託付給你，克羅沙爵士，託付給你和另一名美德騎士。」

「國王不只依賴我們，貝拉里恩大人，他有敵人，還有其他能執行他意志的手下。如同我先前所提，我們只不過是最顯眼的，為人民帶來希望和勇氣。假若事實正好相反，那就是在違背真理。」

「克羅沙爵士說得有理，貝拉里恩大人，您的旅程始於美德騎士。和其他人繼續前進這件事，便強調了事實。」我緩緩點頭。「而這告訴我您的故事是真的，您是帕奈爾血脈的最後一員，而且如果您對國王的感覺是正確的，您便肩負拯救他的責任。現在就讓我們加緊腳步，協助您拯救父親吧。」

9

貝拉里恩迅速成為我們這趟遠征的領袖，克羅沙和我都不記得從前的世界——不是以任何可以派得上用場的方式——但少年記得。這讓他有了專注的目標，加上他的迫切感，他帶著我們前進，努力逼迫自己。他本來還會更努力，但克羅沙和我都能在他身上看出我們兩人不曾感受到的疲累，於是我們便設法停在任何有辦法生火的篝火旁，這為我們帶來了些庇護。

我必須稱讚少年，他並沒有向幾乎所有人都會屈服的絕望投降，部分原因顯然是來自他心中感受到的呼喚。我在他卸下防備、心懷希望看向東方的時刻中看見這點。他提醒自己還沒有到達目的地，並下定決心縮短距離。

然而，對他來說，他心中思考的不只是旅行。從金字塔離開的第一晚，他便轉向克羅沙，瞇緊雙眼。「我需要你的協助，騎士爵士。」

「我能如何協助您呢？」

「我需要你教我戰鬥。」

克羅沙放下懷中的大把柴火——畢竟能溫暖不死人身軀的火勢，對烹煮活人所需的食物來說遠遠不夠大。「我很榮幸能擔任您的護衛，大人。」

「如果我無法戰鬥，那麼對我父親來說，我就是個負擔而非助力。」少年微笑。「我會努力迅速學習殺戮的技巧，這樣我們就能一起拯救我父親。」

我抬起一邊眉毛。「或許他應該先學學怎麼樣不要死掉。」

「對，這點也是，法拉諾斯。」貝拉里恩舉起他的木棒。「或許就趁現在教我一點吧，趁我們還有最後的陽光。」

克羅沙想出聲抗議，但我舉起一隻手制止他。「我很樂意負責生火，並找找是否有什麼適合填飽貝拉里恩大人肚子的食物。」

美德騎士皺起眉。「我不會將你貶低為侍從，法拉諾斯。」

「這是我自己提出來的，朋友，所以不是你指派的。此外，他也需要你的指導，等我們找到艾金多爾時，可不知道會面對什麼。」

戰士嘆了口氣。「好吧，那就快速上堂課。」

我蒐集好柴火，並在先前我為克羅沙和自己生火的同一個火坑中，升起實質的篝火。我覺得把滋養我們的火焰，藏在那些能夠支持貝拉里恩的篝火中，是最好的辦法。儘管少年輕易接受我們的狀態，但我不認為所有活人都和他一樣。

我留下克羅沙教導貝拉里恩平衡和精力，自己則踏進黑夜中。我欣賞著黑暗，我可以透過星光辨別方向，冰冷的光線則會奪去世界所有色彩，如此我枯燥蒼白的血肉，便不會時時提醒我自己已死的事實。

而且雖然我並沒有心跳，我還是會說「每一下心跳」，本來以為這樣的理解會讓自己感到害怕或哀傷，但只是發現這是自己目前的狀態，此為無庸置疑的事實，擔憂或悲傷不會改變現狀，因此似乎毫無意義。

另一件躍入我腦海的趣事，則是我對於自己降為侍從的角色，沒有一絲不快。從我們一行人的組成看來，這個角色落在我身上相當合理，貝拉里恩出身皇家血脈，還擁有使命感，理所當然躍居領袖地位。克羅沙強壯的雙手則會保護我們的安全，現在他還有額外的角色，要教導貝拉里恩如何保護自己，他也欣然接受，如同接獲國王的命令。

而我，很顯然就是某種侍從，其實所有人都是這樣。因為每個人總是會遇上地位比我們高的人，我們必須聽命的人，就連國王也受人民的意志管束——或說應該受到管束，如果他想安穩地坐在王座上。所以我突然發覺，在我接受自己的新角色時，就是承認了我上輩子的真理，而我對這件事沒有任何感覺，似乎便證明了其正當性。

我在思索這些事情時，穿越了稀疏的草地。我們離開沼澤後往山上走，四周景色頗為荒蕪，樹木稀落成群——我們便在其中一處休息。其他樹木雖遭斧頭經年砍伐，不過銀木看來年代久遠，我也不怎麼擔心遇上任何活人。

十八公尺外有動靜，然後靜止，那是隻彈簧腿。我舉起魔杖射出咒語，閃爍的天藍色電球直接擊中其側面炸開，長耳的生物發出一聲尖叫，我馬上跑到牠身旁。

或說牠的殘骸，這隻大半腦袋都融掉了，只剩一隻前爪和染血的毛皮碎屑。足以炸穿遊魂的魔法在體型這麼小的目標上發揮了太大的效果，而且儘管我找到的血肉碎屑都已經烤熟，卻根本連一口都不夠，遑論要吃一餐。

幸好當地的彈簧腿對交配充滿熱情，而且也不害怕掠食。我找到另一隻，改成瞄準其前方三十公分處，然後丟出電球，發出嘶嘶聲的藍色電球擊中地面，爆炸前先沉入地面一半。野獸往後飛了幾公尺，重摔落地，四肢癱軟地彈開。我發現牠躲在草叢後，毛皮燒焦，不過沒有什麼太大損害，事實上，咒語只是讓牠昏迷，所以我抓住後腿，用石頭把牠腦袋砸爛。後來又有兩名同伴加入牠的行列，我便興高采烈地回到篝火邊。

他們沒有發現我離開，已經進行了站立和平衡的基本訓練，還實際展開練習。穿著盔甲的克羅沙完全不可能被貝拉里恩的木棒所傷，但這也只是因為盔甲。貝拉里恩汗涔涔的身體在火光照耀下快速移動，動作靈巧，使得克羅沙雖能阻擋他的攻擊，讓他轉向，效果卻也無法完整發揮。我覺得美德騎士毫無保留，也不是在戲弄他的對手，我也不認為他身為死者這件事妨礙了他，因為他和貝拉里恩戰鬥時，用上了所有對付遊魂的力量和精力。

我把彈簧腿的屍體扔在篝火旁。「大人，看起來您學得非常快。」

克羅沙舉起一隻手，化解另一次攻勢。「你難道不覺得這代表我是一個很棒的老師嗎？」

「老實說，克羅沙，他展現的所有技巧都來自你的指導。」我坐在一顆石頭上，拔掉第一隻彈簧腿的毛，並用刀子清理內臟及剝皮。「想要像狼群一樣吃羊肉充飢的人，我先說聲抱歉啦。」

貝拉里恩單膝跪下，臉上滴下汗水。「跟狼一樣，還是像人？」

「或是像遊魂。」克羅沙收劍入鞘，來到火邊。「等我們找到更多遊魂，就能拿走他們的武器，讓您的裝備像樣點。」

「沒錯，世界處在悲傷之中。」少年用手背抹抹額頭。「我以為自己永遠不會看到這天。」

我把第一堆肉串在削尖的木棍上，放在火上烤。「您聽起來就像早有預期一樣，這怎麼可能？」

他搖搖頭。「並不是這樣，不是改變這麼多，只是……」貝拉里恩眉頭深鎖。「拜訪我村莊的那些學者，其中有一名身形高大，留著濃密白鬍子，擁有一頭飄逸白髮，粗眉藍眼的男子。他來過好幾次，是名哲學家，會討論這個世界，和我們在其中的位置。不是身為艾金多爾人，而是身負責任，不僅是對我們的國王和國家，還要對世界負責的人。他會講述寓言以及故事，人們在其中是羔羊，壞人則是狼群——通常是披著羊皮的狼。」

他抬眼看向我們。「比如有次他說了個有匹狼在山丘上挖巢穴的故事，狼不斷對住在下方的羊群說不用怕牠，牠只是想要挖個巢穴，不會妨礙牠們。接著牠砍下山坡上的樹木，建造屋樑和柱子，這樣巢穴才不會倒塌，羊群也接受，認為合情合理。之後狼通過山腰，開闢梯田，撒下種子，牠說是要種植食物，這樣才不會忍不住吃掉羊群。牠乞求羊群的協助，並告訴羊群牠們可以留下多餘的食物，因為牠不需要吃那麼多。」

「所以牠的鄰居照牠說的做，砍下樹木建造巢穴，為牠的作物開闢田地，按照牠的指示種植，將作物連根拔起，種在狼指示的地方。牠們這麼做是因為狼似乎很好，不過時而露出的獠牙仍提醒牠們，牠是匹狼。」

貝拉里恩嘆氣。「接著大雨來臨，洪水沖下山坡，沒有樹木可以抓住土壤，沒有種植作物的田地變得一片泥濘。洪水往下沖過山坡並襲擊羊群，將牠們埋入脖子高的泥濘，所以牠們向狼求救，就像牠們當初幫忙牠一樣——狼的巢穴平安度過風暴，牠在高處保持乾爽，但狼只是走下山坡，然後把羊群全殺光。因為牠始終是匹狼，而牠們是羊群。」

我把第二支串好的彈簧腿遞給克羅沙。「您從這故事得到什麼教訓？」

「不管一個人的話語聽起來有多合理，或多麼受人喜愛，要了解他們在想什麼的唯一方法，就是從他們的觀點思考。對他們來說合理的事情就是事實，而不是他們說的話對你來說合不合理。」

「您說的那個哲學家，是個聰明人。」克羅沙睿智地點點頭並問道：「這個人叫什麼名字？」

「帕奈厄斯。」

克羅沙表情放鬆。「您確定？」

「千真萬確。」少年臉紅。「他提到狼群和羊群時，總會看著我，並要我確認狼群的本質。我對他非常有印象，牢牢記住他的每一句話。法拉諾斯，你之前問我為什麼不離開村莊，帕奈厄斯曾提過我們對家庭、國家、彼此的責任，是如何勝過個人的慾望。要不是他，我很可能會浪跡天涯，但每次我在考慮時，都會想起他睿智的話語。」

我把第三隻小型野獸放到火邊。「怎麼了，克羅沙？」

「帕奈爾，貝拉里恩大人的描述也能輕易套用在國王身上。」

「還有其他數百人也能。」

「但其他數百人不會留下用這個名字寫成的詩歌。」克羅沙搖搖頭。「國王如果受我們進行的某項任務感動，都會寫一首詩紀念我們的作為，還會簽上『帕奈厄斯』，代表他的另一個自己，和他對高雅的愛好。」

我把第一隻彈簧腿翻面，烘烤另一邊。「貝拉里恩大人，您記得帕奈厄斯還教過您什麼嗎？您剛剛提到您以為永遠不會看到世界改變的時候，心裡在想什麼？」

少年起身，用一隻手抹抹額頭。「有個故事講的是一頭老狼統治著廣大的狼群，老狼有三名子女，每個都野心勃勃，想要統治整個狼群，而牠深知這將毀滅牠們和狼群本身。所以老狼說牠要離開，到一個位在三道上鎖城門之後的地方，牠把狼群分成三等分，並給每名子女一把鑰匙。第一把鑰匙可以開啟第一道城門，依此類推，老狼離開，子女在牠身後鎖上城門。而就如牠所預期，每名子女都以自己的方式摧毀了牠們獲得的狼群和領土，情況本來可能更糟，但每名鑰匙持有者都忌憚他人的力量，所以沒有全面開戰，牠們達成平衡，避免了狼群完全毀滅。」

我盯著火焰。「而帕奈厄斯描述了這種毀滅？」

「只有稍微暗示，接著他問所有的孩子，我們覺得子女是怎麼摧毀狼群的。身為孩子，我們流露出恐懼，並想方設法超越其他人描述的恐怖。我不記得有任何人提到死者在大地上徘徊，但我有提到大地上『惡狼』橫行。」貝拉里恩將雙手交疊在胸前。「他運用我們所有的恐懼，來強調我們為何對彼此負有責任，以阻止這種事情發生。」

我看著他問道：「那麼，這個故事有結局嗎？所有人從此之後都過著幸福快樂的日子嗎？」

貝拉里恩點頭。「某天有隻少狼從其他狼身上獲得鑰匙，牠打開城門，並邀請老狼回到狼群中。子女被丟到一邊，而老狼回歸，讓萬事回到從前的樣子。既然現在我都大聲說出來了，這聽起來似乎是在形容我的任務。假如帕奈厄斯真是國王，他是不是預見了子女之間的爭端，並以這種方式讓我了解我在他的回歸上扮演什麼角色呢？」

我轉向美德騎士。「是這樣嗎，克羅沙爵士？不是針對這番見解，而是他向貝拉里恩大人傳遞訊息的方式？」

「我總是看見事物的內在，國王說我總是看見事物的真理。對其他人，他可以很敏銳，以符合他們的本性，比如陰影騎士澤里莎總是喜歡某種程度的曖昧模糊。」他聳聳肩。「但還有另一點和他的子女有關，他們總是爭奪他的注意和關愛，每個人都想獨占，就算是盲人也能看出他們的心機。而帕奈爾確實也可能對最後會發生的事先行計劃，如同他教導貝拉里恩大人，他也可能運用類似的故事哄騙其他子女將他送到城門之後。」

「貝拉里恩大人，所以艾金多爾很可能還存在，並且被您的手足瓜分。」我轉向東方，試圖看見遠方，或說等著我們的未來。「而我們肩負的責任，就是找到鑰匙，並把國王帶回他在世界上正確的位置。」

10

這趟遠征帶領我們前往東方，進入未知之地。我們從覆滿金色草地的乾燥山坡，來到一片嚴酷的土地，充滿紅土、銀灰色的石頭，以及長滿手指長的針葉植物。植物高至成人高度，常常伸出五、六隻手臂，在我們經過時察覺並轉向我們。要是逗留在那，就會有隻植物手臂開始移動，用平坦的葉片攻擊我們。

我是第一波攻擊的受害者，這讓我身上埋著許多針葉，植物上則點綴著我斗篷的深灰色細線。我沒有真的感到疼痛，但不管針葉釋放了什麼毒素，都讓我的肌肉僵硬，不過啜一口藥瓶就抵銷了毒性，貝拉里恩也小心翼翼替我拔出針葉。

「我不太擔心針葉，反而比較擔心這條道路感覺受到維護。」

克羅沙找到一塊空地能讓我們稍事休息，他點頭。「有人引導我們下山，並前往那邊的溝渠，溝渠很顯然被這裡下的雨侵蝕，但這條道路沒有。」

「只是什麼東西會住在這裡，並維護一條可供埋伏的道路？」我四下查看。「強盜應該會在這裡餓死吧？」

貝拉里恩指向空地側邊。「那看起來像糞便，所以這裡一開始或許是一條狩獵小徑和獵場，用來狩獵吃這些植物的生物？」

「那坨屎又乾又老。」

「也許獸群會在季節間遷徙，法拉諾斯。」

我點點頭。「十分合理的假設，所以獵人是在等我們呢？還是在別的地方狩獵其他東西？」

克羅沙戴上頭盔。「只有一個方法可以找出答案。」

「等等，克羅沙爵士。」貝拉里恩一手放在男人穿戴護甲的肩膀上。「我不懷疑你的勇氣，但是上一個你們喜歡的那種篝火遠在兩天路程之外，而且如果我死了，就只會剩下我的篝火，要是我從其中復活，篝火就會所剩無幾。我覺得假如我們認為此地的居民就在那條溝渠的北邊等著我們，還執意往下走，這似乎有些愚蠢。」

騎士的聲音在頭盔內迴盪。「那您建議怎麼做？」

貝拉里恩直接指著北方。「如果我們從這邊還有那邊的植物砍出一條路，那戰鬥就會在平地進行，我們便不須將高度的優勢奉送給敵人。戰場由我們自己選擇，這是你教我的。」

騎士點頭，然後轉身用他的盾牌把植物的手臂推開，挪出空間讓他有辦法砍斷植物的根部。植物傷口滲出綠色汁液，聞起來有新鮮草地的味道，還有頭髮燒焦的苦味。粗壯的植物需要五、六刀才能砍倒，每砍一下都會讓一片或更多片寬闊平坦的葉片跟著搖晃。同時因為底部的針葉比上方的還短，葉片的新末端會朝向地面，而像蟲子一樣蠕動的白色微小根部，則會尋求地面的溫暖。

貝拉里恩和我用木棍從克羅沙為我們砍出的路徑揮開葉片，他迅速擊碎植物牆，而其他地方稀疏生長的植物，也讓我們愈發相信先前走過的道路經過刻意的維護。

附近其他植物受到驚動，也開始震動，並更密切追蹤我們，十分煩人，我不願想像我們是一路砍進一片將我們當成殺人凶手的活生生森林。震動至少驚動了周圍二十七公尺內的植物，還可能擴散更遠，理論上這些植物是要把我們嚇跑，但它們的信號不只這項功能。

克羅沙指著我們擔心會有埋伏的山脊。「如果那裡有其他人，植物的動靜可能警告我們的到來，快躲到石頭後面！」

我們儘量快速移動，捨棄謹慎，並追求速度。克羅沙一面攻擊一面穿過好幾棵針葉樹，貝拉里恩靈巧閃避，躲過植物的反擊，我的進展卻沒這麼順利，左臉被打中，幾乎半盲。

我想都沒想就把魔杖插入樹幹施咒，藍色閃電馬上炸爛針葉樹，朝四處噴出綠色的果肉和碎屑，一坨又黏又辣的果肉噴到我的臉和身體上，如果我真的需要呼吸，很可能會因窒息而死。

「植物不動了，法拉諾斯，和我的劍相比，它們比較怕你的魔法。」我跑向同伴。「你的劈砍讓它們有機會成長和擴散，魔法不會。比起把我們嚇跑，植物現在應該比較希望我們不要理它們。」

「小心腳步，法拉諾斯。」貝拉里恩已經撐起自己，來到最後一處隆起的半途，他朝我伸出一隻手。「這裡高低落差較大。」

「感謝您。」我登上一處隆起的空地，很顯然某人已在這裡布置好對下方溝渠發動伏擊。他們將巨石放在上方邊緣，要不是當成掩護，就是要讓其滾下去壓死任何經過的東西。再上面一點的地方，則是有好幾堆白骨和幾座燻黑石頭環繞的篝火殘骸。

除了其中一座之外，我馬上朝那走去。「這是個很棒的發現。」我伸進右手，升起靈魂之火。「如果我們要戰鬥，這裡是個好地方。」

貝拉里恩踢踢幾根骨頭。「羊群，或是類似的生物，只是更大，裡面還混著其他東西。獵人將牠們在這裡肢解並當成食物。他們讓這些生物進入溝渠，然後從上方扔下石頭，骨頭上有肢解的痕跡，還磨碎以取得骨髓。」

克羅沙脫下頭盔。「骨頭看起來沒有食腐動物的蹤跡，全都整整齊齊堆成一堆。」

「所以我們只需要擔心殺掉這些生物的東西，而不是**吃死屍**的東西？」我努力讓聲音聽起來像在開玩笑，一定很像臉上還插著針葉樹葉片的小丑。我把葉片拔出來，嘗試第三次才成功把葉片扔出去，接著開始用牙齒把手指上的針葉拔掉。

那些我後來才知道稱為耶特卡的生物們發現我們時，我還沒什麼進展。這些生物行動笨拙，身形細長，頭部呈球狀，穿著動物毛皮，從東方和北方朝我們而來。牠們在蒼白的血肉塗上泥土的顏色，於接近途中偽裝，最後快速朝下方飛掠，發動攻擊。我很想說我有先發現牠們，但牠們是從我的視線死角逼近，而且直到最後一秒發出尖嘯前，都跟死人一樣安靜。

攻擊我的其中一隻生物朝我的左大腿插進一把石矛，牠高興得鬼吼鬼叫，是種音調頗尖的哭嚎，聲音在我的左手掐緊牠喉嚨後戛然而止。我用力壓，把剩下的針葉直接壓進牠的血肉，然後扭動手腕扯開牠的喉嚨。比針葉樹果肉更溫暖、顏色更深、聞起來有更多金屬味的液體噴得我滿身都是。耶特卡的步伐與針葉樹一樣蹣跚顛簸，並在我把牠推到一邊時四肢癱軟摔倒。

克羅沙用他的盾牌攻擊，把跳過來的耶特卡打到一邊，然後舉劍上砍，將下一隻從頭部到胸部切成兩半。那個生物雙膝跪下，然後在克羅沙把劍拔出牠身體時往後倒下。克羅沙接著閃過一把石矛，並用盾牌把第三名攻擊者的頭顱砸爛。

貝拉里恩只穿著罩袍和靴子，他揮舞著木棒，沒有被攻擊者嚇跑，他閃過石矛的劈刺，然後反手攻向耶特卡。牠的牙齒飛出，鮮血噴濺，在攻擊他的生物落地前，貝拉里恩便用左手抓住石矛，並用棍棒向下痛擊，敲碎攻擊者的後腦。

他把棍棒扔向另一名攻擊者，接著拿起石矛，尖端不斷晃動著。他大步閃過一次攻擊，然後用石矛刺穿下一名耶特卡的腹部，之後再把石矛拔出揮舞，砍穿一名攻擊者蒼白的胸口。

我掏出魔杖，發射另一顆魔法電球，這次命中一名耶特卡的臉部，燒掉鼻梁以上的所有部分。牠死去時我感到一陣震顫，牠的靈魂蒸發流入我體內，我瞥見悲慘一生的景象飛逝，那隻耶特卡一生最偉大的成就便是用石頭砸死沙漠圓角羊，而牠最害怕的時刻則是我的咒語吞噬牠的頭顱時。

克羅沙的劍以血腥的弧線劃過——從右肩到左臀把一隻耶特卡砍成兩半，過程中還完全砍斷右臂。美德騎士臉上掛著和死人身上傷口一樣大的微笑，他雙眼大張，因為他也啜飲著手下亡魂的靈魂。

一拍心跳後，那隻我扯開喉嚨的耶特卡死去，而牠極其渺小的生命也如夜空中死去的流星般劃過我的意識。

貝拉里恩的石矛匡啷掉到地上，他單膝跪下，並將兩手壓在頭部。「這怎麼回事？這怎麼回事？」

克羅沙馬上來到他身旁，一如往常不受腿上卡住的石矛影響。「貝拉里恩大人，您受傷了嗎？」

「沒有，我不知道。」他雙眼圓睜地看向克羅沙，表情彷彿中邪般。「這些東西，我看見牠們的一生，就好像牠們在我體內。」

克羅沙看我一眼。「這有可能嗎？」

「我不知道。」我伸手往下把卡在大腿的石矛朝外推一點，這樣才有空間抓住矛並把矛頭折斷。「他不是我們的其中一員，所以我不知道。大人，您能描述詳細點嗎？會痛嗎？」

「不，不是實際上的痛。」貝拉里恩閉上雙眼，一隻手摩擦額頭。「我感覺到牠們的情緒，牠們的恐懼和興奮，第一隻有個……牠曾經有個家庭，另一隻很害怕，你把牠兄弟的頭融掉了。」

克羅沙找回頭盔。「他的情況和我一模一樣，但他顯然不是不死人。」

「我同意。」我開始彎折矛柄，以將其從大腿後方取出。「但這也可能是件好事，我們倆都變得更強壯，更有活力。而且假如我們被殺，也會重新出現在這裡，或許您的情況也會相同，大人。」

貝拉里恩斜睨了我一眼。「雖然你說的聽起來充滿希望，但我完全不想知道你是不是對的。」

我皺了皺眉。「大人，您總共殺了幾隻？」

「兩隻。」他指著屍首。

「克羅沙，我看見他砍中第三隻，是不是有一隻逃跑了？」

美德騎士快步跑向北方，然後單膝跪下。「有一道朝東北方的血跡。」

少年抬頭。「牠們都住在一座峽谷中，那裡有個水池和一座瀑布，是個小村莊。」

「如果村莊能供應八名獵人，那也沒那麼小。」我終於拔出石矛丟到一旁。「要用跑的嗎，克羅沙？」

「當然要，我的朋友，不過是要去追牠。假如我們能在牠警告其他人之前攔截，就會比較安全。」

我喝了一大口藥，看著大腿上的傷口癒合後說道：「那走吧，當獵人比當獵物好多了。」

貝拉里恩走在我們前頭，比起牧羊人，他反倒更像狼。他自在奔跑，甚至還有點愉快，我本來以為原因來自被困在琥珀墳墓中數千年後，終獲自由的快樂，但對他來說，他只不過睡了一晚，而且不到一個禮拜前才出來。不，這是他面對每一天的方式，他的快樂是對傾頹世界的解藥。

我們逼近獵物，耶特卡摔倒好幾次，只要牠經過針葉樹，就會在尖端染上血跡。這讓牠速度慢了下來，牠開始拖著左腳前進，最後我看見牠滑下一座小山丘，距離我們不到四十五公尺。

貝拉里恩抵達牠消失的位置，俯身觀察，克羅沙追上他，由我殿後。我的腳功能正常——這不是我慢下來的原因，只是他們交換的陰沉眼神透露前方的景象肯定不太好。

道路陡峭向下通往一座峽谷，我們的獵物沿路往下爬，一路下降，甚至滑得更低。如果我們手邊有顆石頭可以扔下去，一定可以在赭紅色的土上把牠壓死，但這不會為我們帶來太多好處。因為峽谷北方有許多高架小屋，兩側岩壁上開鑿了許多洞穴，儼然是座中型村莊，就蓋在寬闊的沙灘上。上方還有座瀑布傾瀉而下，而瀑布的水花不會影響洞穴，水流匯集而成的水池中有夠多魚，我認為是耶特卡所養殖的。

我轉向克羅沙。「無法判斷洞穴裡有多少隻，根據牠們蒼白的膚色，我猜牠們應該喜歡黑暗，我們遇到的那群很可能是因應警報出動。」

美德騎士點頭。「旁邊有幾條小徑可能通往洞穴和哨站，牠們可能誤以為我們是圓角羊，卻大出牠們所料。」

「還有其他東西。」貝拉里恩指著瀑布，還有從水流匯入水池處升起的迷霧。「後面還有一座洞穴。」

我點點頭。「入口兩旁有骨頭守護，會遭水流沖走的骨頭，所以牠們才需要替換。而且除非我猜錯，否則骨頭也是以特定形式排列，看那些頭顱都面朝洞穴威脅著裡頭的東西。」

貝拉里恩微笑。「他們肯定覺得裡頭的東西很聰明，不然怎麼會害怕骨頭呢？會不會覺得是鬼魂？還是更糟的東西？」

「如果他們還沒將其殺死，那一定是很可怕的東西。」克羅沙指指下方的村莊，伏擊的倖存者已離開河流，正爬過沙灘。「這是個無法解開的謎團，因為我們已經輸掉賽跑，牠會警告全村。」

「我們最好快走。」貝拉里恩起身。「而且不要循著來時路。」

我轉向來時路。「我們有麻煩了，朋友們。」

克羅沙是對的，旁邊的小徑確實通往小型哨站，一小群耶特卡先讓我們通過，再追蹤我們，其中一名——我認為牠應該是裡面最棒的獵人——朝我們丟出一把石矛。石矛直直插進我胸口上方，從背後穿出，我說有麻煩時便朝後面摔倒，突出的矛尖讓我飛離地面六十公分，矛柄指向太陽的方向。

接著，我的世界停止存在。

11

我發現自己坐在遇襲峽谷上方燃燒的篝火邊，耶特卡的屍首已經消失，不過骨頭仍四散在針葉樹林間。這讓我心神不寧，因為摔倒後幾乎立刻就在火邊重新出現，矛傷癒合，針葉仍插在我臉上，即便這種肉食性植物沒有太多時間消化屍體，仍效率奇佳。我在想要是自己永遠不再復活，針葉樹會不會也吃了我，或自己會一直不斷復活，這樣它們就能永遠把我當成養分來源。

我把這顧慮丟到一旁，啟程往下走向我不久前才經過的路徑。我輕輕鬆鬆跟著上一趟旅程的足跡，足跡在陽光和微風下並未完全消逝。這次我發現了克羅沙先前提到的側邊小徑，並跟隨小徑前往他理論中存在的哨站，接著用魔法把哨站夷為平地。

抵達先前摔落的地點後，我看見殘破的屍首和滿地血跡，為我的同伴先前打過的硬仗作證。追蹤從後方偷襲我們的足跡後，我猜應該有五、六名耶特卡參加了這場狩獵派對。克羅沙和貝拉里恩留下的屍首加起來共有七人，現場也沒有任何石矛，代表我的朋友們應順利撤退，雖然他們最後的選擇只剩往下進入峽谷。

只要看一眼就證實了我的假設。戰士們的屍體倒在沙灘上，女人和孩童們伸直四肢拉高音調哀悼。數名受傷的耶特卡戰士送往高架小屋的陰影下，包紮遭到砍斷的四肢。其他人則在峽谷兩端的入口戒備，並且石矛在手，另一群年長的戰士也在峽谷北端集結，相當畏懼骨頭結界，注意力和武器都瞄準洞穴內部。

我的同伴顯然一路殺到洞穴，我衷心希望他們沒受什麼嚴重的傷，不確定克羅沙的藥瓶對貝拉里恩有沒有效，但也只能這麼指望。假如克羅沙因傷重死去，我就能期待他不久後從身後追上，我朝後方瞥了一眼，卻沒看見他的盔甲反射的銀光。

我立刻決定自己沒辦法待在原地等待克羅沙死亡的可能性降臨，根本說不準耶特卡要花多少時間才會鼓起勇氣攻入洞穴。即便我可能沒有可以一擊消滅牠們的力量，我死後仍會復活的事實，應該還是能讓我變得幾乎跟牠們困在洞穴裡的東西一樣恐怖。

此外，牠們今天也可能已經受夠了戰鬥，牠們損失了大量的戰士和獵人。假如我表明無意再造成任何傷害，牠們或許會讓我通過。心懷這樣的希望，我開始走下峽谷，完全沒有試圖遮掩我的到來，緩慢沉著地往下走——明顯散發善意。

我甚至開始相信自己成功了，因為最近洞穴中的年輕守衛注意到我時，馬上退回住所中。

接著，一名哀慟的女性耶特卡撿起一顆石頭。

渾身濕透的我走進瀑布後方的洞穴，洞穴前段是天然形成，潑灑其上的永恆水花將石頭磨得光滑平坦。不過到了中心，岩石中開鑿出了狹窄的入口，工匠在上方刻下文字，但在半暗的光線下我無法辨認。短短的走道通往一間圓室，有些類似我們發現貝拉里恩之處。

天花板上六公尺處有座穹頂，上方的山體出黑柱支撐。經過拋光直到和水花一樣光滑的紅色石頭，則在穹頂下方形成一座圓檯，圓檯中心射下一道光線，將一名女子困在金色圓柱間。她單膝跪下，身穿黑邊的紅色皮甲，兩手各持一把曲劍，在胸口處交叉。女子垂著頭，棕色長髮和其陰影遮住了她的面容。

克羅沙第一個注意到我。「你花了好久，法拉諾斯。」

我隨意比了比水幕後方。「我每一趟都儘量加快腳步，但我發現當地人……**充滿敵意**。」

「他們抓到你幾次？」

「三或四次吧，有一次沒數到。」我微笑。「有名年長的戰士殺了我兩次，我再次出現時牠的心臟嚇到都快跳出來了。」

「歡迎你歸隊。」克羅沙已脫下盔甲並擦拭過了，他拍拍我的背。「貝拉里恩大人在小睡。」

「他有受傷嗎？」

「沒有。」美德騎士竊笑。「他可能是個牧羊人，但戰鬥起來就像一名騎士。」

「那我就把這當成好跡象囉。」我轉身看向女子。「我們找到什麼？」

「其中一名騎士，忠誠騎士費菈辛娜。」他皺了皺眉。「她看起來不像**我們**，或許那道光線對她的作用，如同棺材對我們年輕同伴造成的效果。一定是這樣，我依稀記得她從前比現在還要健談一點。」

他話中充滿諷刺，但我沒有繼續追問細節，便繞著圓檯走，尋找魔法印記，但什麼都沒找到。「忠誠需要效忠的對象，或許解救她的關鍵在於其他東西，或其他人。」

「我覺得打開這道鎖的鑰匙不只一把。」克羅沙接近圓檯，但沒有踏上。「地上的斑點是血跡，很可能是來自外面那些東西。我猜測入侵此地的惡意企圖，正是她被困在這裡的原因，因為她負責守護此地，這能解釋牠們為何在外面擺放骨頭，困住費菈辛娜。」

「這也代表這裡有需要保護的東西，也可能就是她，但我很懷疑，貝拉里恩大人覺得如何？」

「他覺得我們應該等你。」克羅沙回到盔甲邊，再次開始清理。「那些東西可能沒什麼分量，但他仍吸收了大量生命力，我覺得他受不了。」

「嗯，看得出來。順帶一提，那些東西自稱耶特卡，我只知道這麼多，可能還有一道魚湯食譜吧，雖然有幾樣材料根本不知道是什麼。」

「我們不用吃東西真好。」

「但貝拉里恩大人需要，你的費菈辛娜也是。」

「那人不是我的，從來不是。」

一段古怪的回憶不請自來。「因為某些原因，我想起她的名號常常和多拉雷德王子一同出現。」

克羅沙從他手上的任務抬起眼。「因為她是忠誠騎士，朝廷信任她，並託付各種任務給她，特別是多拉雷德大人。」

「你跟她處不好啊？」

「沒什麼大問題，但我是真理騎士，對真理效忠，而她是對人忠誠，這代表我們的目的有時並不一致。」

「對人忠誠。」我一手扶著下巴。「我在想……」

我走到貝拉里恩躺著的地方，輕輕搖醒他，他看見我的時候露出微笑，然後把眼屎揉掉。「你到這裡多久了？」

「剛到而已，我需要您的協助。」

「沒問題。」

我從袋中拿出那塊先前放在他額頭上的琥珀圓片。「我相信您就是能喚醒她的人，先前這塊石頭讓您維持沉睡的狀態，我覺得這也可以協助您叫醒她。」

貝拉里恩站起身伸展四肢。「你想要我怎麼做？」

「我也不是完全確定，因為石頭是放在您的額頭上，或許您也該把石頭壓在她的額頭上？」

貝拉里恩從我手上接過圓片，並靠近女子。他爬上圓檯，在金光之外繞著她行走，他凝視著石頭，然後緩緩將圓片移至光中。一些金光滲入其中，出現一個菱形盧恩文字

——下方有兩隻腳，上方有個人字形頂蓋。貝拉里恩看向我，但我只是搖搖頭。

他繼續繞著女子移動，並在來到女子身後時露出微笑。「這裡，她脖子後面頭髮比較少的地方露出一塊皮膚，上面有個刺青符號，就跟石頭上一樣，你覺得呢？」

「試試看。」

貝拉里恩把石頭靠向女子時，克羅沙拔劍出鞘，慢慢朝圓檯移動。少年的手並未顫抖，盧恩字母在他伸出手、小心翼翼將石頭擺在她身上時閃閃發亮，他把石頭放下，並往後退。

光線增強，隨著光線注入石頭，圓柱邊緣也跟著彎曲。光線似乎甚至形成漩渦，如同水流入管子中，充滿石頭。等到琥珀如正午太陽般閃耀時，光線便從盧恩字母流進女子體內。

她的頭部猛然抬起，金光在她雙眼中舞動，並流經雙耳和鼻子，往下穿越脖子和喉嚨。女子雙臂緩緩滑到身側，雙劍鏗鏘交錯。

克羅沙衝上前，將貝拉里恩拉下圓檯。

女子從蹲姿半起身，接著瘋狂搖晃，將石頭震下脖子。她雙膝彎曲跪下，卻始終抓著細長的雙劍，她的胸部隨著開始呼吸而起伏。接著她看向四周，彷彿作了好幾個世紀的白日夢，剛剛回到現實。

她怒視著我，視線落到克羅沙身上時怒氣加倍。我向後退，掏出魔杖，克羅沙也舉劍擺出防守姿勢。我很確定她就要攻擊我們其中一人，或同時攻擊，但她的目光最後落到貝拉里恩身上。

她轉開目光，再度把雙劍舉到胸前說道：「貝拉里恩大人，您終於來了，我忠誠地等待著您。」

貝拉里恩從克羅沙的陰影中走向前。「妳怎麼會認識我？」

「這是我的本性，直言不諱的克羅沙會證實這點，我是永保忠誠的費菈辛娜，身負協助您的責任，世界上沒有任何事物可以阻止我履行這項責任。」

我走到圓檯邊，取回琥珀圓片。「我是法拉諾斯，這樣我們就自我介紹完畢了。妳奉命在此等待貝拉里恩大人，這是妳唯一的任務嗎？」

她瞇起棕眼。「我是對他負責，不是對你這種人。」

貝拉里恩朝她伸出一隻手。「拜託，法拉諾斯和克羅沙是我能夠到此的原因，他們喚醒我，如同我喚醒妳，而且他們至今一路英勇戰鬥，陪我殺到這裡。」

「但他們是……」

「沒錯，他們死後仍履行著職責。」貝拉里恩露出笑容。「我也想了解法拉諾斯詢問的事情，妳守在這裡還有其他任務嗎？」

「是的，大人。」她朝我伸出一隻手。「石頭給我。」

我把石頭交給她。

費菈辛娜離開光圈，圓檯中心露出一個小小的圓形凹陷，她把石頭放上去，完美密合，令人毫不意外。她把手抽走時，光線再次注滿石頭，盧恩字母如同黃金般閃閃發光。圓檯關閉，慢慢沉入地底，只剩長方形邊緣和圓柱連接，形成一道螺旋形階梯。

「您先請，大人。」

貝拉里恩往下走，下沉的圓檯使圓柱形牆面露出幾個壁龕。其中一個放著一具人形支架，上面有副純金環甲，另一具支架上有件黑色罩袍。罩袍裝飾有一隻飛翔的紅色雙頭鷹，鷹爪纏著一條大蛇，紋飾上方有頂金冠。還有個較小的壁龕放著一把寶劍和盾牌，盾牌繪有同樣的老鷹紋飾。

費菈辛娜滿臉笑容地往上看。「這是您父親下令在此為您所建，完工之後我便一直守護至今。」

貝拉里恩點頭。「一定是光線支撐著妳。」

「要不是我身負的責任，大人，我早就已經死了。」

克羅沙一手擦過環甲。「這作工非常精良，貝拉里恩大人，這類環甲在艾金多爾並不罕見，但通常是保留給騎士或是國王寵愛之人，一定能好好保護您。」

貝拉里恩走到兵器庫，選了一把堅固的闊劍。「克羅沙，這樣我們練習時就能旗鼓相當啦。」

我走下坑洞，探索階梯下方。「這裡的入口，是我們離開此地的方法嗎？除非我已分不清東西南北，不然這應該會帶我們前往東方，貝拉里恩大人，我們仍要繼續往東方去嗎？」

他轉過頭來看著我，有些受剛剛發現的寶藏分心。「對，我想是的。」

「很好，那我們應該準備好出發，或許在您吃飽睡飽之後。費菈辛娜，我在想，妳大概也想吃點東西。」

「如果貝拉里恩大人允許。」

「當然沒問題。」貝拉里恩的注意力從劍上移開。「水池裡有魚，我可以去抓一點回來。」

「不需要，貝拉里恩大人。」我再次走上階梯。「耶特卡的洞穴存有魚乾和肉乾，我可以去找，順便找些袋子多裝一點。」

克羅沙跟著我動身。「我也一起幫忙。」

「不需要。」

「我比較喜歡謹慎一點，也省得你還要重跑一趟。」

我點點頭，留下貝拉里恩和費菈辛娜挑選武器和盔甲，克羅沙和我穿過瀑布，出現在峽谷東側邊緣。「上面那個洞穴有最多存貨。」

「我的天啊！」

我抬起一邊眉毛。「怎麼？」

美德騎士觀察眼前屍橫遍野的景象，滿地都是扭曲、燃燒、炸爛的屍首，有些仍然在悶燒。「你竟然……牠們全都……？」

「就像我說的，牠們**充滿敵意**。」我聳聳肩。「本來還有可能更糟，我最後一趟差點還想抱一把針葉樹葉片來，讓它們殖民這地方。」

克羅沙搖頭。「如果有天我需要殺你，我一定會確定你死透了。」

「我會記住這句話。」我跑上一條小徑，抵達洞穴，並帶著克羅沙來到深處。我們拿了一些皮袋，裝滿魚乾和羊肉乾，不知道這到底好不好吃，也不想去嘗試，雖然我幾乎完全不記得以前的生活，卻相當篤定自己從沒淪落到要吃這種東西。

儘可能搜刮並把物資包好，以免在經過瀑布時弄濕之後，我們回到圓室中。迎接我們的是金光閃閃的貝拉里恩，穿著環甲和罩袍的他，看起來就和克羅沙一樣像個騎士，甚至能和兩名美德騎士相提並論。

「看起來很棒，大人。」我隆重地鞠躬。「那些反抗您父親的人，一看見您就會瑟瑟發抖。」

「謝謝，法拉諾斯。」貝拉里恩朝我伸出手。「我在下面找到這個，我覺得應該給你。」

他交給我一枚金色戒指，上面鑲著巨大的橢圓形黑檀木寶石，並飾有如同閃電的金色紋路，我用細長的手指接過戒指，重量在手中感覺恰到好處。我馬上有種感覺，覺得這戒指屬於我的手指，但自己既想不起任何事，也從來沒擁有過這麼貴重的珠寶。

「不，大人，我不能接受，這太貴重了。」

「我堅持你收下，法拉諾斯，為你提供的所有幫助，以及你之後將提供的更多幫助。我知道你和克羅沙是自己選擇侍奉我，但這代表我的承諾，等到我父親復興艾金多爾之時，你也會有一份。」

「那我就恭敬不如從命了，大人。」我將戒指套上手指，完美契合。「我這條不死之命從今以後任您差遣。」

12

我們從圓室沿著隧道往東走了一天——或說猜測已走了一天。接著出現在一道岩壁上，下方是閃著藍光的寬闊水面，在遠處幾乎看不見，不過深黑色的海岸線似乎通向東方。我認為我們在一座湖上，但流向南方的水流也使我們其實有可能是站在一條大河的河岸邊。

經過幾天勞動後，我們製作了一艘木筏，還有船竿和船槳以渡水。克羅沙和我負責掌舵，河水的深度一直維持夠淺，讓我們行進速度頗快。然而在距離目的地一半之處，河水開始變深。直到那時才發現，即便四人都卯足全力划槳，依然無法抵抗水流，我們將隨波逐流，只能跟隨命運的安排。

幸好，水流並沒有讓我們困在河中，但這也非常不尋常，水流將我們輕輕帶往西南方，遠處的河岸愈來愈近，看來似乎大多由草原組成，樹林散落在四處。我們沒有看見其他船隻，岸邊也沒有動物、村莊，甚至也沒有出現煙霧，唯一的動靜只有吹過長草的微風。

我們在第三天入夜前抵達遠方的岸邊，並且儘可能把木筏停在沙洲上。春季的洪水在此留下不少木頭，我們因此得以生火，費菈辛娜和貝拉里恩用其他木頭搭建簡易斜屋時，我往東探索，進入草原。

我不確定會找到什麼，因此不算是完全失望——但也不是非常開心。草原高度介於我的腰部和肩膀之間，有幾處還達兩倍高，長草已經轉為金黃色，草莖因穀物的重量彎折。我不是農夫，不確定穀物能不能食用，所以我摘下一些，打算帶回去給貝拉里恩判斷，但自己仍驚覺，穀物叢聚集的方式，表示這塊土地曾經有人耕作，不過早已回歸自然懷抱許久。

我將這點當成前提，四處尋找建築或廢墟的蹤跡，卻一無所獲。不管是誰，曾在這塊土地上耕作的人，很可能住在山坡上的洞穴，或是某種茅草屋中，而現在那些地方早就都崩塌毀壞了，不過以一個門外漢看來，這裡似乎是個肥沃的地方，適合種植作物，放牧羊群或牛群。

世界的光線乾涸之時，我啟程回到營地，如同撲火的飛蛾，在回程遇見克羅沙，他在河岸邊偵查。「你有發現什麼嗎？」

他指向北方。「上面那邊有一座石頭圍繞的水池，不是天然形成的，也不是最近才建好，我打賭春季的洪水會將其注滿，甚至還會留下一些魚，除此之外，此地沒有任何人煙。」

「我也沒什麼發現，只找到覺得應該曾有人耕作過的田地。」我給他看自己採下的穀物種子。「我覺得貝拉里恩大人應該可以辨識這是什麼，若可食用，對他們來說就是個改變。」

「如果你是頭馱獸，那確實可以吃。」不死騎士微笑。「這是**艾瑪蘭塔**，又稱野獸穀，人類可以吃，但需泡軟和煮過，假設要磨成粉，需要磨兩次，不過馱獸和牛群可直接吃。」

「聊勝於無。」

我往回朝營地走，但是克羅沙抓住我的上臂。「我們應該再四處看看，給他們一點時間……」

「所以不是我的想像囉？」

「如果還有什麼好想像的，我會覺得你還沒拔完眼睛裡的針葉。」

「那帶我看看你找到的水池吧。」

我們朝北前進，也看見克羅沙描述的事物，我走回河邊，用腳趾踢踢一根深深插在地面上的木樁。「碼頭的木樁？」

「有可能，假如池裡有魚，河裡可能也有。」克羅沙皺眉。「這裡水好、土地好，又有便捷的運輸，應該要有城鎮才對。」

「但沒有任何跡象。」我聳聳肩，開始沿著河岸朝遠方的火光前進，我沒有任何不安的感覺，因為沒有出現任何一絲類似威脅的跡象。話雖如此，我仍討厭不合理的事物，此地應該人滿為患，現在卻沒有一點人煙，代表一定發生過很可怕的事。

我們回到營地時，費菈辛娜已把茅草蓋上屋頂，並在地面鋪上青草，完成斜屋。她和貝拉里恩坐得很近，一人大笑，一人微笑——表現出我相當陌生的各式情緒。她一手輕放在他膝上，並在貝拉里恩說的話逗笑她時，把棕髮撥回肩後。

我從黑暗中出聲，這樣我們回來才不會嚇到他們。「我們發現從前可能是一座農場的跡象，但沒有聚落，不過我有找到野獸穀，如果想要還可以再蒐集更多。」

費菈辛娜搖搖頭。「給王子吃動物飼料？你開玩笑吧。」

貝拉里恩拍拍她的大腿。「這不是第一次吃，我以前很喜歡野獸穀粥。」

「不，大人，這是農民的食物。」她站起身並伸展四肢。「我應該為您尋找更適合的食物，某種獵物。如果穀物和法拉諾斯說的一樣飽滿，應該會有東西以其維生。」

克羅沙跪在火邊，往火中添入另一塊柴火。「我們什麼都沒看見，那片草原上沒有任何足跡、任何跡象、任何蹤跡。之後可能會有其他動物遷徙而來，但是目前，除非妳從河中釣魚，不然就只剩野獸穀，還有耶特卡那裡剩下的魚乾。」

她看著貝拉里恩。「您決定吧，大人。」

「不，費菈辛娜，請留下來，我相信他們的話。」貝拉里恩看向我。「連半條道路或小徑，什麼東西都沒有？」

我搖搖頭。「這裡還有人時，河流很可能提供了交通方式，我建議沿著河岸向南走，但決定權不在我。您仍覺得受到東方吸引嗎？」

「沒錯，但沒有先前那麼強烈，就好像來到這裡後，某些吸引迫切蒸發了一樣，我們走在正確的道路上。」他笑了出來。「我只是希望正確的道路真的是條道路。」

「我們還是能朝東方前進，路途可能會因草原的高度有點麻煩，但翻過幾座山丘後，大概就能找到道路。」我坐到我們的重責大任對面。「我主要的擔憂是為克羅沙和我自己找到下一座適合的篝火，要是現在有個三長兩短，我們就會在遠方的耶特卡村莊復活。」

費菈辛娜把手放在她的雙劍上。「我會保護他，並為你們留下前進方向的指示，讓你們趕上。」

「妳人真好，姊妹。」克羅沙盯著她一會兒，然後把目光轉向貝拉里恩。「我們都聽命於您，大人，但我仍認為我們結伴同行會更安全。」

「我同意。」貝拉里恩轉向費菈辛娜。「但親愛的，這並不代表我認為妳無法單獨保護我的安全。」

「在我死之前，都不容許任何東西傷害您。」

「是的，我知道，而我應避免這種情況。」貝拉里恩起身，拍拍罩袍底端的塵土，然後把袍子從頭上脫掉。「所以我現在要睡覺了，明天早點出發，我們休息時由你們倆守望。」

我點點頭。「一如以往，大人，我非常榮幸。」

他們終於隨著日出醒來，不久後我們便往內陸啟程，即便費菈辛娜拒絕一同採收穀物——選擇在我們做事時站在一旁警戒——她仍同意負責搬運其中一個裝滿野獸穀的袋子。身負相同重擔的貝拉里恩帶頭領著我們前進，我們的進展不錯，雖然如同我所預料，必須穿越長草確實拖慢了我們的速度。

數小時之後，我們登上丘頂，繼續往東前進。我檢查來時路，但沙沙吹過草原的微風，完全抹去了我們走過的所有足跡。我們在下方的山谷發現一條後來確認是廢棄的長路，入侵的長草讓路面變得十分狹窄，不過我們抵達後，情況仍比先前好上許多。

道路轉往南邊，接著在經過一小片森林後，再次轉回東方。我們在森林中第一次發現真正的人煙，好幾處樹木都遭到砍伐，多數都開始重新生長。同樣道理，缺少枯木和被風吹垮的樹木，顯示人們會定期蒐集現成的木頭當作燃料。

道路在東邊變寬，中午時我們抵達道路往下通向一座寬闊山谷之處。下方幾公里處，有數十座房屋緊挨在一起，似乎是建在一條大河附近，房屋周遭圍繞著許多田地，有人在上面種植野獸穀和其他數種作物。我很確定自己在某些田中看見牛群，貝拉里恩則指著他認為是羊群的東西，縱然他原本預期牠們會離村莊更遠，位在南邊丘陵上的草地才對。

還有很多人，我們絕對有看見人，而這帶來了問題。「大人，克羅沙和我由於我們現在的狀態，在下面很可能會不太受歡迎。」

「法拉諾斯說得有道理。」費菈辛娜拔出其中一把劍並說道：「請允許我到前方偵查情況，我們必須小心一點。」

貝拉里恩眉頭深鎖。「不，我認為我們倆應該一起去，向他們展現我們的無懼。我們可以影響他們的感受，之後我們會再回來找你們，或給你們信號。要是我們沒有馬上行動，那就回到樹林中，入夜後再去找你們。」

「這對法拉諾斯來說是個好主意，但是像我這樣全副武裝，根本沒人看得出我是死是活。」

「克羅沙爵士，這倒是真的沒錯，不過只要有人問起，你就會說出真相。更重要的是，要是他們發現自己受騙……」貝拉里恩搖搖頭。「……就會毀掉我們試圖建立的任何信任。」

我點點頭。「即便有可能碰上麻煩，我覺得貝拉里恩大人說的還是有道理，克羅沙，我們應該待在這裡，如果有需要再去拯救他們。」

「如您所願，大人。」克羅沙轉向費菈辛娜。「好好保護他，姊妹。」

「如你所做的，兄弟。」

他們兩人漫步走下道路，宛如採完野花回家的孩童，對世界似乎無憂無慮。我本來幾乎要跟著他們，而且我覺得克羅沙也會幫我說話，並和我站在同一陣線，但我想得更遠。維持貝拉里恩的信任相當重要，而訓練他成為領袖的一部分，便在於讓他擁有信心，相信自己的命令會受到遵守。假如我們要陪他走完這趟旅程，他必須以很快的速度成為更棒的領袖，因此違背他並不會協助我們達成目的。

我沒有大聲說出這些想法，但克羅沙一定和我想的一樣。

或說我從他孤獨的哼聲中如此想像。

有群人從村莊出來迎接他們，我在遠處看不見太多細節，但好像有很多人鞠躬。幾分鐘後，費菈辛娜往上走了幾公尺，回到路上，然後大力揮舞她的手臂。

「看起來我們似乎受到容忍，法拉諾斯。」

「我覺得自己應該感到高興，或是不安，但什麼都沒有。」我嘆了口氣，開始往下走。「而這並不令人欣慰。」

「嗯，要是他們打算伏擊我們，那麼早在他們知道我們發現村莊前，部隊便都躲好了。」克羅沙的盔甲鏗鏘作響，把我拋在後頭。「我很懷疑。」

「所以我們是安全的。」

「任何這麼想的戰士，都很快就會躺進墳墓。」

在村莊沒有伏擊等待我們——至少不是真正的伏擊。村莊本身充滿驚喜，從遠處看起來比較好，近看會發現各式建築的泥土牆顯然多年都沒有重新粉刷，屋頂也簡陋雜亂地修修補補。更糟的是人們雙眼凹陷、營養不良，而且不管他們用河水做什麼，明顯都不包括洗澡。

穀物看起來完全正常，雖然沒有長得像我們先前在河邊看到的那麼高。牛群體型瘦小，且有一半似乎瞎了眼——至少我認為牠們乳白色的雙眼應該看不太到什麼東西。牛群全身上下唯一值得注意之處，便是雜亂毛皮的色澤，牠們的毛皮是閃閃發亮的金黃色。羊群的情況也類似，再次比我預期中的還要小上一半，並擁有極度柔軟的長長金色毛皮。

我們進入村莊，並在人群中看見幾名遊魂——他們和村民之間唯一的差別只有皮膚的樣子。他們雙腿受到綑綁，當成馱獸使用，負責取水和犁田。這些事通常會由牛隻負責，但這些發育不良的瞎眼動物，不適合從事任何比進食還費力的工作。

而其中最耐人尋味的事物，位在村莊中央一根三公尺高的石柱上。那裡有個圓胖小人的雕像，腳邊放著裝滿的穀物袋，右手持權杖，頭上還戴著王冠。圓滾滾的肚子讓他和飢餓的村民相比，顯得腦滿腸肥。我隱隱約約發現他有些熟悉。

而這尊雕像從頭到腳都以純金製成，不然就是表面鍍金，並時常維護。雕像表面反射耀眼陽光，還有幾名村民輪流將水桶遞上梯子，以洗去雕像黃金皮膚上一整天沾染的塵沙。

我看了克羅沙一眼。「你覺得如何？」

「我們身在卡達爾。」騎士朝雕像點點頭。「那是沙列瑞克。」

貝拉里恩加入我們。「講話注意點，我的朋友，那是沙列瑞克**國王**，他是這塊土地的黃金之王，只要他繁榮昌盛，國家也會跟上腳步。」少年壓低聲音。「而隨著國家繁榮昌盛，他的人民卻會飢腸轆轆。」

13

一名憔悴的男子急急忙忙從村裡最大的建築跑出，來到貝拉里恩身旁。「大人，我們會為您和您的……同伴們，打理出一個地方。」他語帶遲疑，從頭到腳打量我一番，雖然村裡確實有遊魂，但村民沒有任何人穿的衣物和我一樣多，且所有人都流露出疲勞和勞動的跡象。除此之外，我似乎也比所有真正的村民都還更健康、營養更好。

無論他多麼惶恐，當他看見我手指上的戒指時，一切都蒸發了。他的雙眼圓睜，開始顫抖，視線從戒指移到貝拉里恩身上，然後撲通跪下。「噢，大人，您對侍從如此慷慨，竟允許其中一人戴上您的戒指。」

貝拉里恩搖搖頭。「那不是我的戒指，我把戒指給他了。」

「您將黃金賜給他？」那人發抖，其他在聽力範圍內的村民都倒抽了一口氣。「您真是太慷慨了，大人。」

「我同伴的價值遠遠超過我能賜予他們的東西。」貝拉里恩伸手將男子拉起。「你先前告訴我們，我們在卡達爾，但是在卡達爾的哪裡？此地是什麼地方？」

「我們還沒得到名字，大人。」那人聳肩。「我們只是個村莊，黃金護衛在他們的地圖上給我們一組數字，當成座標參照。」

費菈辛娜一手放上村長的肩膀。「這是什麼意思？」

他搖搖頭。

貝拉里恩微笑。「如果你前往下個最近的村莊，告訴他們你來自何處時，你都怎麼稱呼自己的村莊呢？」

村長再次搖頭，這次更慢，也更嚴肅。「我們無法旅行，大人，這不受允許。」

「那你們怎麼把貨物帶到市集？」

村長眨眨眼。「黃金護衛會負責，大人，您一定知道。」他盯著貝拉里恩，瞇起眼睛一陣子。「啊，沒錯，您一定知道，大人！您在測試我！」

貝拉里恩馬上還以笑容。「是的、是的，你說得沒錯。我還要進一步測試你的知識呢。首都離這裡多遠呢？你們又是如何稱呼首都？」

村長指向東北東方。「那個方向，要走很多、很多天。而我們按照命令稱呼首都，首都叫作達爾森，大人。」

「很好，沒有人稱其達雷斯森。」

「沒有，大人，自從命令頒布後。」

克羅沙在我左肩後徘徊。「我印象中達雷斯森是沙列瑞克的王宮。」

「你記憶力比我還好。」我往上看著柱子上的雕像。「他的樣子看起來並不眼熟，但很有可能只是我不記得。」

「沒錯，他的雙眼靠得很近，除此之外……」克羅沙的盔甲隨著他聳肩鏗鏘作響。

「我不記得這個地方，不過我也不記得有什麼地方會這麼貧窮就是了。」

「或是有這麼多挨餓的人民。」村民身上讓我更好奇的另一點，則是即便他們的動作相當無精打采，我認為應該是源自他們挨餓，但所有人看起來都不會不快樂。我在他們臉上看不到興高采烈——或許除了那些負責清洗沙列瑞克雕像的村民之外——但也沒有發現不滿。

村莊東緣傳來的喇叭聲讓我轉過身，四名身穿金色服飾的騎士，騎乘毛皮同樣金黃的馱獸，正翻越一座山丘，往下騎上一條寬闊的道路。他們身後是輛巨大的馬車，由六隻牲畜所拉——駕駛也穿著金色罩袍。拉車的動物看起來完全正常，體型可能比我印象中稍微小一點，尾巴和鬃毛都編成辮子，飾有金緞，號角是由駕駛的同伴吹響，他吹完後便迅速把樂器收回座位下的箱中。

一聽到喇叭聲，村裡所有人都開始東奔西跑，他們在國王的雕像旁圍成一圈，面向雕像跪下，開始歌唱，歌詞內容如兒歌般複雜，旋律則是最適合以骨哨笛演奏。我隱約想起這首歌曲有不同的歌詞，深夜昏暗旅店中的下流聽眾相當喜愛，總是邊斟滿酒杯邊唱著。

就連村裡的遊魂聞聲也都下跪，不過幸好他們沒有嘗試一起唱歌。

穿著盔甲、身為美德騎士的克羅沙仍屹立不搖，貝拉里恩則一臉嚴肅，單膝下跪，費菈辛娜也加入他的行列。我往後退一步，來到貝拉里恩身後，沒有下跪，而是把手放在我心臟停止跳動的胸口位置。這個姿勢並非要表達尊敬，而是最方便的方式，能讓我的金色戒指反射陽光。

四名騎士來到村莊中央，有兩人帶著武器，很明顯是護衛，而為首的騎士拿著一根旗竿，金色三角旗在上方飄揚。最後一名騎士頂著光頭，鬍鬚和馱獸的尾巴編成相同樣式，並身穿優雅的金袍。他從長鼻上方朝我們看了很長一段時間，然後舉起一隻手，於是隊伍停下。

村長唱完主歌，他的同袍們再次開始唱副歌時，他急忙跑向光頭騎士身旁，跪在左側馬鐙前。

騎士下馬，把村長的肩膀當作板凳，他撫平長袍上的皺褶，然後在歌曲即將結束時緩緩拍手，動作帶著嘲諷。「我相信即便是此時此刻，萬丈光芒的陛下雙耳都充滿你們的聲音，他對你們頌揚他感到愉快無比。」

村長抬頭看。「每一天都是，審計官大人，雖是遵守命令，但我們心中以無比喜悅讚揚陛下，他是所有好事的根源。」

「沒錯，說得對。」審計官的視線越過他，望向村中最大的建築，以及位在北端的雙扇門。「讓我瞧瞧。」

村長起身，拍了拍手。

村民隨即也起身排成兩列，隊伍中隨意穿插著遊魂。村長走過隊伍，彷彿將軍閱兵般，然後開啟巨大建築的雙扇門，隊伍最前方的兩人一起協助他，搬出一大袋穀物，他們將穀物拖到雕像腳下放下，回到隊尾，接著變最前面的兩人再往前跑去搬運下一袋。

村民們協力重複整個過程，搬出穀物、牛皮、大量金黃色的牛奶起司和金黃色的羊皮。隨著村莊的收成在雕像邊堆得愈來愈高，還有一些人跑進其他建築，拿出用毛皮編織的毯子和袍子，以及用黃金皮革製作的袋子。他們在非常短的時間之內，不帶任何抱怨，就準備好了村莊的市集日，並展示出我從未想過照他們貧困的程度來看，有可能擁有的大量物資。

卸完所有物資後，村民在一旁聚集，再次跪下並盯著地面。

審計官無精打采地慢慢走向前，步伐透露出無聊和厭煩，他並沒有看著任何人，只盯著穀物和貨物。他檢查物資時就像在作秀，因為他根本沒有打開任何一袋穀物，只從皮革上拔了一、兩根毛檢查，還用腳踢踢編織的衣物，並厭惡地聞聞皮製品，完全沒有想要聞到飽滿香氣的意思。

最後他終於停在村長面前。「你的村莊這一季表現很好，你要上繳一半穀物、一半毛皮、四分之三的皮革。」

「審計官大人，但是……」

「你聽見我的話了。」

村長雙手一攤。「大人，一半？」

「你對我的評估有意見？」

「是的，大人。」村長挺直身子。「看看我們的村莊，看看我們的人民，您難道看不出來我們熱愛國王嗎？表現得不夠明顯嗎，大人？」

「很明顯。」

「那您必須拿走**更多**。」村長露出開朗的笑容。「您必須拿走全部，大人。」

審計官搖搖頭。「我不能百分之百拿走。」

「但我們對國王的愛是百分之百，大人。哪怕他有一天、一個小時、一拍心跳間，因為缺少毛皮而受寒、缺少穀物而挨餓、缺少皮革而赤腳，都會讓我們感到痛苦。您必須全部拿走。」

「你誤解了，村長，我不能拿走全部，這是萬丈光芒的陛下親自下令。」官員的視線越過村長，對著全村村民。「你們難道覺得陛下不認識你們？不了解你們的奉獻？你們挨餓讓他傷心，你們的毯子磨破讓他傷心，而你們打赤腳，也讓他傷心。他不允許你們傷害自己，因為這也會讓他傷心。不過，他仍尊重你們關心他安好的心願，因此，奉陛下的旨意，我將拿走六成收成，剩下的歸你們。」

村長聞言撲通跪下，親吻審計官的雙腳，其他村民們也下跪深深鞠躬，不是對審計官，而是朝著雕像。接著他們起身，再次排好隊，開始將貨物裝上馬車——他們努力將超過六成的收成裝上馬車，但被禁止了。

審計官擺脫村長的糾纏，來到我們身旁。「你們又是誰？」

費菈辛娜流利起身，擋住他的去路。「這位是貝拉里恩大人，你陛下的兄弟，我是美德騎士費菈辛娜，那位則是我的騎士兄弟克羅沙。最後這位是法拉諾斯，你看他的戒指就知道他的身分了。」

那人打量我們，視線停在我的戒指上，比看貝拉里恩還久。「你們剛到卡達爾。」

貝拉里恩站起身。「我們來自遠方，有事要找沙列瑞克國王，也要前往達爾森。」

「我無法帶你們到那麼遠，但我們也要朝那個方向走，若你們願意，一起走吧。」

貝拉里恩點頭。「謝謝你，要怎麼稱呼你呢？」

「叫我審計官就可以了。」那人給我們一個疲憊的微笑。「我還沒有得到名字。」

我們和黃金護衛一同離開村莊，他們並沒有提供馬車座位，但馬車裝載大量貨物，因此是以相當和緩的步行速度前進。我們輕鬆跟上馬車的速度，沿著布滿塵土，似乎不常使用的道路向東走。其他幾條道路匯聚之後，道路變得稍寬，我發現自己很容易便能想像，其他道路也通往各個小村莊，就和我們稍早離開的那個相同。

而遠方閃耀的耀眼陽光，顯示每座村莊中央都有一座鍍金雕像。

我發現還有一點相當耐人尋味，就是道路穿過的田地和西方大河附近的田地相同，都長滿可以收成的野獸穀。對村民來說，這可是絕佳機會，因為這樣他們就不必辛勤工作，即便先前村長成功說服審計官拿走他們提供的每一滴糧食，野獸穀依舊能遠遠超過讓他們吃飽的量。

那天稍晚，我們停下來讓馬兒喝水時，我詢問審計官野獸穀的事。

他像看到瘋子一樣看著我。「沙列瑞克國王不喜歡野獸穀。」他的語調顯示這件事應該十分明顯，而且國王對這種作物的厭惡，使其在卡達爾一文不值。

「我懂了。」我皺起眉頭。「而且他也不喜歡魚。」

「若是拿來吃，確實。」審計官微笑。「達爾森的金宮中有一座充滿金魚的大湖，金魚體型非常巨大，冒出水面時魚鱗會閃閃發光，不分晝夜反射陽光和星光。」

「聽起來很美。」

「是的，我希望將來有天能夠拜訪金宮。」男子看向遠方，露出微笑。「等我獲得名字之後。」

他隨即離開，我則回到同伴們所坐的樹蔭下。「很顯然在卡達爾，只要是國王喜歡的東西，價值就會水漲船高，反之亦然，而我們能夠獲准拜訪達爾森的原因，則是因為我們擁有名字。」

貝拉里恩瞇起眼睛說道：「那個村莊和這個審計官都沒有『獲得』名字，我不懂這點。」

「我覺得我知道原因，或了解得夠多，可以猜猜看。」我彎下身並壓低聲音。「我認為在數百年間的某個時候，沙列瑞克對於要記住這麼多名字感到厭煩，所以他只是表示他不想記住名字，或者只想記住其中幾個。他身邊的人便把這視為一個鞏固權力的機會，並以國王的名義頒布命令，規定要獲得名字，就必須努力爭取，而要爭取到名字，則是要透過對國家服務，也就是取悅國王。如果你讓國王夠開心，他就會認得，然後賜你一個名字，也能因此獲准旅行，以及從事其他據說能對自己和社會帶來好處，並透過社會為國王帶來好處的事情。」

克羅沙哼了一聲。「村民顯然相信這套，要是沒有受到阻止，他們就會把所有收成都獻給黃金護衛。」

費菈辛娜把她一直在磨的匕首滑進靴子上的刀鞘。「你們一定都有注意到所有事物不是都金光閃閃的，不然就很接近，比如即便這似乎會讓牲畜瞎眼，村民仍然要繁殖出金色的牛群，羊群的毛皮也是金色的。」

我舉起一根手指。「我也注意到因為我們告訴他們，他們便接受我們擁有名字。他們受到訓練，要聽命於地位較高的人，而我們擁有名字，因此就相信我們的地位比較高。我認為在這裡要是宣稱自己擁有名字，而且不是爭取來的，很有可能會害你人頭落地呢。」

貝拉里恩點頭。「而你也因為費菈辛娜睿智地指出你戴的戒指而受到禮遇。」

「您太仁慈了，大人。」

「這是事實，親愛的。」貝拉里恩對她微笑。「但你的重點，法拉諾斯，在於我們應該一直表現得高高在上，就像我們有權擁有名字一樣。」

「是的，並非要表現出傲慢，而是習慣擁有特權。」我用一隻手托著下巴。「最後一件事——這裡的人民顯然很愛國王，不管你對國王有什麼看法，不管他們的習俗有多怪異，說國王壞話就有如在神廟大聲褻瀆神明。不管你有沒有名字，他們都會殺了你，因為你的話語讓國王痛苦。」

「謝謝你提醒，我的朋友。」貝拉里恩站起身，露出微笑。「我們抵達達爾森時，一定會嘴下留情，省下那些會讓國王痛苦的話語。」

14

隔天將近黃昏時，我們抵達一座方形堡壘，大小足以容納四個我們進入卡達爾後初次遇見的村莊。厚重的石牆拔地而起，高達九公尺，角塔又加上額外六公尺，駐軍居住在小型軍營中，稍大一點的軍營則是為工人提供庇護，馬廄和小型馬車棚占據堡壘的其中一角。和村莊中相同，沙列瑞克的黃金雕像也矗立在一座高聳的基座上，歡迎所有訪客到來。

剩餘的空間則是巨大的倉庫，馬車直接前往其中最大的一座倉庫，準備卸下穀物和起司，羊毛存放在另一座倉庫中，皮革在第三座。審計官將毯子和編織衣物分配給倉庫工人，並留下其中最好的交給一名女子，我猜是他的上級。

此地有兩件事頗為突兀。第一，這座堡壘是附近唯一的建築，正常情況下，在一個允許自由旅行的王國中，可能會出現一、兩間旅店和馬廄，也可能出現打鐵舖，神廟則是一定會出現，就算出現洗衣坊和一條市街也頗為合理。然而，此地卻沒有任何這類設施，即便聯絡的道路明顯使其成為運輸中心，這裡過去也可能只是一大片荒郊野外中某個偏遠的終點。

另一件吸引我注意的事，則是和四名拿著棍棒與掃把的工人有關。他們在糧倉跑進跑出，後來更擴及到倉庫四周，追逐著亂跑的老鼠，打死這些嚙齒類並將屍體放進舊穀物袋中。雖然這些事情對倉庫工人來說都很正常，但他們只會追逐黑色和棕色的老鼠。其他體型更為豐滿，營養更好，擁有耀眼金色毛皮的老鼠，則是無精打采地移動，很顯然不受管束。

同樣奇怪的是我沒看見任何臭鼬或獵犬——這兩種生物都是效率非常好的掠食者，可以控制老鼠的數量，不過很可能無法分辨毛色就是了。

即便我在堡壘內沒看見任何遊魂，但也沒有任何人對我或克羅沙有意見，不過和村民及審計官相同，堡壘的居民確實也注意到我的戒指，眼神中的敬畏多過貪婪。而審計官以姓名將我們介紹給他的上級，似乎也強化了這個印象，顯示我們不是普通人。

此地的居住審計官確實有個名字，名叫勒沙拉，根據她的解釋，她為王國服務了二十年才獲得這個名字，也是從那時起受派來此管理倉庫。勒沙拉是名和藹的女子，擁有一雙敏銳的眼睛，不會錯過任何蛛絲馬跡。她邀請我們一起用餐，貝拉里恩代表我們所有人接受她的邀請，但克羅沙和我決定婉拒。不管人們包容度有多高，金戒指又多具吸引力，和不死人一起用餐可能會讓她失去食慾和所有善意。

於是克羅沙和我選擇在附近散散步，堡壘坐落於丘陵環繞的盆地，丘陵比周遭的平原還高，因而丘頂上的塔樓應該能將附近景色一覽無遺。果然不出所料，在丘頂上我們的視線可達極遠處，但除了四散的幾堆篝火外，我並不覺得四周有多少居民。

「這很合理，法拉諾斯，如果你想要把這些物資當成戰略補給，以防飢荒或者敵人入侵。」

「我了解背後的目的，我的朋友，但我認為假若離首都或是另一個人口密集的中心更近一點，功能上大概會更為實際。」

「是沒錯，但我總覺得『實用』在卡達爾不怎麼受到重視。」

我抬起一邊眉毛。「你也注意到金色的害蟲啦。」

「還有為國王製作的衣物如何來到倉庫工人手上，我的意思不是說他們應該裸體，但是……」

「很顯然從來沒人擔心村民們會來到這裡，並看見他們獻給國王的禮物受到怎樣的對待。」

「而且就算這真的發生，我想來自國王的某道命令，也會馬上使情況變得正當，偷竊因而成為德行。」我搖搖頭。「我會考慮問問國王卡達爾是怎麼淪落到這步田地的，不過很確定答案一定毫無道理。」

「但人民仍忍受這種瘋狂。」美德騎士嘆氣。「至於有多瘋，我想等我們抵達朝廷就會發現。」

我們前往達爾森的旅程總共花了八天，但本來應該不會超過四天才對。會延誤是因為我們每天都在一座倉庫停下，馬車會再重複一次卸貨儀式，入夜後我們馬車上的貨物和穀物都會進入倉庫。接著，隔天早晨，倉庫工人又會重新裝滿馬車，重量和馬車抵達時約略相同，並換上精力充沛的牲畜拉車，我們也再度啟程，而原本的交通審計官會留在原地，換成另一名新的交通審計官接手，帶領整個隊伍。

每一段路程的主要差別在於倉庫的大小，隨著我們接近首都，倉庫大小也都會以兩倍成長。在第三段路程中，第二輛馬車加入，而在通往達爾森的最後一段路程，我們的車隊規模又再度加倍。然而，除了倉庫大小之外，我實在應該多花點心思尋找各個倉庫之間或他們做事方式的差別。另外，倉庫愈大，老鼠的數量當然也愈多。

我們在遠處便看見黃金之城，穹頂閃耀著向晚的陽光，王宮和周遭區域位於城市中央。四周圍著方牆，之後還有另一層方牆，總共有四道城牆環繞城市，最後一道牆周圍還散落著更多建築，每道城牆都有兩座城門，和下一道城牆上的城門呈九十度交錯。塔樓沿著城牆而建，任何圍攻都只能依賴持久戰把整座城市餓死，因為入侵的軍隊會被困在城牆之間殲滅。

我們在前往達爾森的途中也看見許多黃金害蟲，不只老鼠而已。城市居民身穿作工精細的金色衣物，且多數人都留有相稱的金髮，不過當然不是所有人都是天生的。年長男子的肚子鼓得跟沙列瑞克雕像上的一樣大，而這也一樣不是真實的，只要看看某些肚子不自然的移動方式便能得知，大多都是裁縫師透過襯墊振興肚中的繁榮，為他們的顧客訂做黃金比例。

此外，就我看來，這些金色的人們幾乎都無所事事。

隨著車隊往城市中心移動，我們也從低賤來到富裕區，在經過每道城門時差別最為明顯。進入城門後馬上就是市集區，再來是神廟區和工會會堂的領域，在這之後，是居住在王宮旁邊的貴族。我們愈是深入，城區就愈是乾淨，也愈是精心打理——特別是面向王宮的牆面和立面。居民的服裝也更華麗，營養更好，無疑也更加健康——少數的遊魂可能還擁有自己的酒瓶呢。

許多人都戴著以金絲細工裝飾的精緻面具，彷彿黃金蜘蛛結成的蜘蛛網，我對這樣的排場有些反感，但仍覺得極度美麗。

我們未受任何阻礙，一路直達王宮，並站在門前等了一陣子。即便精雕細琢的面具頗為吸引我，鋪張俗豔的王宮反倒讓我覺得噁心，黃金覆滿所有表面，就算所有表面都是平的，依舊太過頭了，真的太過頭了。王宮內牆的風格就像是一座黃金灌木叢，帶刺藤蔓可能會分開，露出後面的事物，但後方幾乎都是國王的雕像，或是金製藝術品，描繪身處古代英雄故事中的國王。工匠在某處確實捕捉到了克羅沙在一場著名屠龍戰役中的神韻，但在這個版本的故事裡，克羅沙蜷縮在地上，換成極度雄壯威武——還沒有大肚子——的沙列瑞克為野獸送上致命一擊。

王座廳即便又高又寬，卻塞滿各種財寶，成堆的金幣堆到牆面一半高。戰車、馬車、小船、巨大的寶座，都由黃金製成，或是鍍上厚厚一層黃金，使人無法辨別。各式寶物塞得室內水洩不通，只留下一條狹窄的走道，從入口通往王座。不過就算是在走道上，覲見者依然必須時不時跨過金幣組成的沙丘。

沙列瑞克的王座造型是條凶猛蜷曲的羽蛇，用黃金做成的雙眼向下俯視著我們。整體設計讓國王看起來像個侏儒，他也毫無反對之意，整個人側躺在王座上，頭上歪歪斜斜戴著頂金冠，還有件金色斗篷像毯子一樣蓋在身上，只露出腳底上緣已經磨穿的便鞋。

禮儀大臣用力朝地面敲擊一根巨大金杖，金幣受到震動影響，滑落成新的一堆。滑行的聲響讓沙列瑞克抬起眼睛，因受到警告脫離慵懶狀態，他無視禮儀大臣唱名的美德騎士，輪到我也是，但在大臣唸出貝拉里恩的名字時坐起身來。

他把王冠扶正。「貝拉里恩，黃金之子。」

「我已不再是個孩子，兄長。」

假設沙列瑞克反對貝拉里恩宣稱的血緣關係，他也沒有表現出來。他瞇起雙眼，傾身向前。「我就在猜有可能是你，你看起來更像我們的父親，多拉雷德都不曾這麼像，就在眼睛周圍，跟我一樣。」

貝拉里恩向前走，輕鬆閃過滑下的金幣。「我們的父親因為安全的緣故將我送走，並在需要時呼喚我回來，而那就是現在。」

國王坐回毒蛇蜷曲的尾巴下。「是的，你是為黃金之鑰而來。」

三步之後的克羅沙和我互看一眼，我在沙列瑞克就事論事的話中找不到一絲威脅，也沒有任何順從。**如果有任何東西，或許是期待**？

「是的，我認為自己身負的任務需要那把鑰匙。」

「很好，我一直在等你，等待這天到來，實在等得太久了。」沙列瑞克緩緩起身，彷彿王冠和斗篷要把他拉回王座一樣。「你絕對不會理解一直緊抓希望，為這天做好準備的掙扎。」

「為這天做好準備？」貝拉里恩搖搖頭。「您有看見……您最後一次離開您的宮殿是什麼時候呢？」

「我無法離開，我是被困在這裡的囚犯，受我的責任束縛。」

少年指著差不多是西邊的方向。「我們越過您的王國抵達此地，這是片富饒之海，卻有許多貧困的島嶼，假如您啟用道路，便可以運輸大量貨物，經濟將會繁榮，人口也會增加及擴張。」

「是，是，我都知道。」沙列瑞克舉起一根手指。「那他們會前來奪走一切，多拉雷德和潔拉妮莎，他們把世界變成廢墟，還強迫我也照做。但我遵循的是父親的心願，我為你守護著黃金之鑰，等待這天到來，你就可以抹去他們的作為。你會告訴我們的父親，對吧？告訴他我和他們不是一夥的。」

貝拉里恩抓抓脖子後方。「這是當然，兄長。」他轉過身，盯著克羅沙和我，這讓我們兩人雙雙獲得費菈辛娜的怒視。

「原諒我，陛下，但是如您所見，我們的目標非常重要，同時也是為卡達爾服務，所以或許我們最好能夠儘早取得黃金之鑰。」為了在開口時強調我的謙遜，我將手放在胸口上，讓他看見我的戒指。

即便沙列瑞克很顯然看見戒指，黃金對他造成的影響卻不比他的臣民。「是的，是的，在這方面來說，我同意，但是……」他將注意力放回貝拉里恩身上。「……弟弟，我要請你完成一件小任務。這麼說吧，幫我一個小忙，我甚至幾乎不敢向你提出這個請求，請你蹚這渾水，但這也能協助達成我們的共同目標。」

「當然沒問題，兄長。」貝拉里恩低頭鞠躬。「我的同伴們和我能如何為您效勞呢？」

「效勞，沒錯，效勞，而我相信你的美德騎士侍奉你肯定比對我更好。」沙列瑞克走下王座，在左側的一堆金幣中翻找，他沒有找到要找的東西，所以改成到右側的金幣堆找。他東翻西找，最後終於找到一枚金幣，沉沉躺在他的掌中，他凝視了金幣一會兒，然後對貝拉里恩伸出手。

少年靠近沙列瑞克，伸手準備接過金幣，但是國王迅速合起手指。貝拉里恩把手縮回，國王的手指又如開花般盛開，貝拉里恩靠近觀看，但沒有太靠近，以免手指再次合起。「我看見一幅地圖，兄長。」

「是的，我鑄造這枚金幣是為了紀念……某件事。但在這裡，地圖的北端，有一座古老的城市，其實是座廢墟，那中心坐落著幽暗神廟，其祭祀的神祇早已消亡，被自身的後代吞噬，而後代也因某種災難滅絕。但在神廟之中有把權杖，只有神才有資格持有，以最純粹的黃金打造，我想要這把權杖，我需要這把權杖，這是為了我們的目標，弟弟，你了解對吧？你替我把權杖拿來應該是件小事，接著我們兄長和姊姊的時代即將終結，如我們父親所願。」

「我們會為您完成這項任務，兄長。」貝拉里恩小心翼翼地往後退，以免踩到腳下的金幣。「我們會先休息並整頓裝備。」

「不，你們的任務如此急迫，我不應以上流社會的繁文縟節耽誤你們。」沙列瑞克收起手指。「大臣，提供他們需要的馱獸和食物，按照我的命令，記在他們帳上。」

我皺起眉頭。「記在我們帳上，陛下？」

「是給歷史學家們參考，法拉諾斯，這樣他們就會對你們的壯舉一清二楚。」

「這是當然，陛下。」我朝國王的方向鞠躬。「就給歷史學家們參考。」

五天之後——五天顛簸的騎乘並且到訪三座不同的倉庫更換馱獸後，我們抵達廢墟附近，那座城市，或不管原先是建在什麼地基之上，都在久遠以前就已經從中心崩塌，形成一個大坑。崩塌過程應該相當緩慢，因為城市以鋸齒的同心圓狀沉下地底，每一圈都和下面那圈距離六至九公尺，神廟區則位在最深處的中心。

在安全距離之外的山丘上觀察，就連盲人都能清楚知道沙列瑞克擔憂的原因。神廟本身是以黑色的玄武岩石塊建造，並以金泥砌成，石塊上刻著怪異的印記和記號，再鑲上更多黃金。建築仍散發出權力，而我毫不懷疑要是沙列瑞克能夠親眼看見，一定會把宮殿重建成這個樣子。

即便神廟頗為雄偉，城市外圍的區域卻完全相反，某些地方破破爛爛，彷彿和其他地方融在一起，城市似乎曾經歷一連串持續數個世紀的戰役。我們從遠處無法清楚看見現在是什麼東西住在城內，但有東西在陰影中移動，可怕的嚎叫刺穿黑夜。夷平城市的戰火很可能從未止息，而城市的居民——不管是遊魂或其他東西——也不太可能歡迎新的闖入者。

「幫我個小忙，他是這麼說的。」費菈辛娜蹲在懸崖半途的一塊岩石上。「我沒看到安全的路線可以進入。」

克羅沙站在她上方。「或許黎明時我們可以找出一條路。」

「不管是尋求陽光或者月光，都是徒勞。」我們上方傳來一個有力的聲音。「這個地方，這個傾頹之地，將吞噬所有愚蠢到膽敢侵入之人。」

15

我有機會轉身之前，貝拉里恩的劍便「唰」地一聲出鞘。「是誰？」

我們上方的一小塊岩石上，有名男子單膝跪地，身穿和兩名美德騎士類似的盔甲，但身形不像克羅沙那麼寬闊，他把戰斧緊握在頭部下方，並抓著戰斧起身。「我已觀察了很長一段時間，所說句句屬實。」

費菈辛娜把手放在貝拉里恩的前臂。「住手，大人。」她看著我們上方的男子。「這麼長的一段時間讓你變得遲鈍了嗎，蓋文？你認不出你的同伴？」

蓋文將眼睛閉起一陣子，然後再次望向我們，專心觀察。「我幾乎沒想到會在這裡看見認識的臉孔，但是妳，費菈辛娜，我到哪裡都會認得。至於妳的同伴，我只認得一位，應該是克羅沙吧？」

克羅沙脫下頭盔。「真是好久不見。」

蓋文看著我。「我不認識你。」

「法拉諾斯，侍奉貝拉里恩大人。」

「貝拉里恩……」蓋文瞇起雙眼，然後笑出聲來。「那就說得通了。」

貝拉里恩把劍收好，然後往上看。「什麼說得通？」

「一名曾經死去的王子現在要來征服這片死者之地。」

貝拉里恩搖搖頭。「我聽不懂你在說什麼。」

克羅沙望向蓋文，也搖了搖頭。

「好吧，這倒是，您當時年紀還很小。」蓋文慢慢走下來我們身邊。「某個冬天，一個寒冷的冬天，特拉法蘭最冷的冬天，國王要我去看您的狀況，那年收成相當糟糕，而且狼群——**維爾瓦的後裔**——正在逼近。所以我前往村莊，詢問您的狀況，因為我的探問，您的父母發現您失蹤了，全村陷入混亂。」

「我在暴風雪中追蹤您，快速趕上您的腳步，正好來得及看見您走上一座結冰的小池塘，然後摔下池裡。我要上前救您，但追捕您的狼群認為我對牠們來說，應該是頓更好的大餐。我快速解決牠們，但等到我把您拖出冰水時，渾身冷得像屍體一樣，您的心臟靜靜躺在胸口中，而且也沒有呼吸。」

黑髮騎士皺了皺眉。「我把您了無生息的屍體帶回村莊，告訴村民您已經死了，但一名年老的林中女巫笑著告訴我您只是睡著了，如同您在遇上自己的命運前，還會再次沉睡般。她請村民升起篝火煮茶，並在火中撒入香料，使屋中充滿濃厚的松木香霧，她又叫我到外頭把最大隻的兩頭狼屍帶回來，接著挖出狼心烘烤，並要我把野獸的皮給扒了——不像你屠龍那麼難，克羅沙，但在天寒地凍中也不是什麼愉快的差事。之後女巫用可怕的巫術迅速把狼皮縫成毯子。」

貝拉里恩摸摸臉頰。「我有一件狼皮斗篷，總是能讓我保暖。」

「比毯子還好用。」蓋文聳聳肩。「那一整晚和隔天一整天我都和她待在一起，照她說的話做。她像您還活著一樣跟您說話，讓您坐在火邊，為您擺放餐具，並在睡覺時間再次將您放上床。我覺得她根本發瘋了，但是接著在第三天早晨，您倒抽一口氣便醒來了，還狼吞虎嚥狼心燉肉，大口喝下她的毒茶。當時我並不知道如何望進深處，看見生命和死亡，但現在，過了這麼久之後，您身上混雜著生命和死亡，是克羅沙和我之間的橋樑。」

這解釋了為什麼貝拉里恩身為活人，卻能吸收死者的靈魂。少年了解死亡，只是不是克羅沙和我經歷的那種長久死亡，我並不知道是什麼魔法讓我們能夠不斷復活，但林中女巫的魔法，很顯然已切斷了死亡對貝拉里恩的約束，雖然無法讓他完全擺脫死亡的汙染，生命卻占了上風。而那點死亡讓他和我們一樣能夠吸收死者的靈魂。

克羅沙指向黑金色的神廟。「那麼無所畏懼的蓋文，你又是怎麼來到這裡的呢？我們找到費菈辛娜時，她的生命由魔法保護，你又是怎麼活到現在的？」

「你第一個問題的答案非常簡單：帕奈爾國王命令我偵查此地，並『在正確時機來臨時發動攻擊』，所以我聽命行事，我已經偵查了好幾次，並準備發動攻擊，但接著情況就改變了。我重複這個過程，可是時機從來都不對，從來都沒有，不過我依然盡忠職守。」

蓋文瞥了一眼神廟。「在我等待和觀察的這段時間中，神祇在其中死亡，接著是祂們的子代，以及半是野獸的孫代。神祇的信徒曾帶來祭品，而其他教派又將他們當成祭品，或是又有異端崛起，再一一滅亡。這座神廟會吞噬一切，而且我敢打賭它是在慢慢品嘗我，就只等我踏進那黑暗領域的那天到來。」

貝拉里恩來到他身邊。「蓋文爵士，很抱歉我不記得你拯救過我，但我記得那件斗篷。你應該知道那位林中女巫過世時，我確保她裹著那件斗篷下葬，如此她就永遠不會受墓中的寒冷侵襲。」

騎士點點頭。「您做得很對。」

「而對你，爵士，我欠你感謝，還有我這條命。」少年將左手放在劍柄上。「我會再次將我的生命交到你手中，如同我父親命令你到此地進行任務，我的責任也和此地有關。我的同伴和我來此，是為了從神廟中心取得一把權杖，並帶回給沙列瑞克。我想請你一起結伴同行，將你的智慧借給我們，讓我們完成任務。」

費菈辛娜也走上前，挽著貝拉里恩的手臂。「沒錯，騎士兄弟，你必須加入我們，帕奈爾國王派你到此就是為了此刻，無所畏懼的你將振奮我們的勇氣。」

無所畏懼的男子轉過身，表情充滿疲憊。「我不知道這是不是國王的意思，他希望我在此的原因，也可能是告訴他你們的命運。」

「但你自己也說，國王告訴你時機來臨時就要發動攻擊。」她一手放在他肩上。「難道還會有更好的時機嗎？」

「最好的時機又是什麼時候呢，費菈辛娜？」

我清清喉嚨。「蓋文爵士，或許我們應該聽聽你對神廟的意見，我們需要細節，才知道下去之後要面對什麼。」

騎士點頭。「你和克羅沙，你們兩人會想知道火圈的事，下面散落著幾座篝火，但只有在四周，不在神廟內部。你們在那座倒塌城牆不到半途處，就會找到一座，它在左邊，靠近矗立的石頭附近。」

「至於其他的篝火，你能幫我們畫張地圖嗎？」

「神廟內部分為九個區域，每個區域就是一圈，而每圈又都比上一圈更窄更低。」蓋文彎身在泥土上畫起地圖。「這些都是廢墟，由倖存下來的生物包圍。還有許多人類，不像你們倆，而是和我一樣，因為噴灑在街道和牆面上，以及懸在空氣中的神血，不會變老，血霧和其氣味會留在你的喉嚨中非常多年。但這還不是最危險的，因為那些圓圈還會旋轉，速度總是很緩慢，但有時候，特別是濺血時，速度就會變快，你可能從某處進入，卻發現自己在另一處。通往中心的道路也可能受到阻擋，只有透過獻祭才能開啟。」

克羅沙高高站在地圖上方，仔細研究。「你做得非常好，兄弟，我能輕易看出為什麼對你來說時機永遠不夠好，因為總是有更多需要學習，需要注意的地方。我必須問你，有見過我們在尋找的權杖嗎？權杖是不是在神廟裡？」

「我有見過，是的，見過好幾次。也聽見過，權杖會呼喚你，也呼喚著所有人。」蓋文起身。「許多人都在尋找權杖，只有少數人找到，將其從所在處取出的人更少。至於把權杖帶走？不可能，之前從來沒有人成功，權杖總是會回到其搖籃之中，呼喚更多人前來送命。」

我皺起眉頭。「他們最遠把權杖帶離多遠？」

「有時候到第八層圓圈，有一次到第九層。」

「謝謝你，蓋文爵士。」貝拉里恩看著地圖，接著望向遠方的建築。「我告訴你，我們會成功帶走權杖，而我要你和我們同行，因為或許這次不是最棒的時機，但這是**最後**一次。一起走吧，否則你的職責將永遠無法完成。」

貝拉里恩的話成功扭轉局勢，讓蓋文疑慮全消，他協助我們紮營，並開心地和我們分享食物。他吃東西的樣子就是一個早在艾金多爾陷落之前，便已非常想念每一道食物的男人，而且他也沒有抱怨沙列瑞克「記在我們帳上」的粗茶淡飯。

生者安穩入睡，克羅沙負責守望，我坐在一塊石頭上，不像在觀察，比較像是在感覺。建築傳來陣陣震動，多數時候我都必須非常專心才能感覺到，因為震動又輕又柔，如同池塘上的漣漪，有時卻來得又尖又快，不久後便會傳來轟然巨響的回音。遠處可能有座塔樓倒塌——這是結果，不是原因。接著在幾個小時內，塔樓又會以我看不見的方式自行重組，遑論找出是什麼人在暗中重建塔樓。

早晨降臨，陽光隱藏在厚重的雷暴之後，我們拔營，但把裝備放在蓋文於天氣惡劣時躲藏的小洞穴中。全副武裝的美德騎士領頭出發，穿越一座小峽谷，朝神廟前進。四處都堆著骨頭，許多是食腐動物吃完亂扔的，有些則看得出戰鬥的跡象，但看來完好無缺的更多，因曝曬在陽光下而褪色。

前往城市的半途中，我們發現一座靈魂篝火，於是我點起永恆之火，並且看了克羅沙一眼。「我希望再也不要回到這個地方。」

「除了往達爾森的回程之外。」

「呃……對，這是當然。」

爬下城市的過程中，我們找到更多先前到來者遺留的痕跡。風吹起骷髏身上老舊袍子碎片的皺褶，某些很顯然是從極高處摔下，要不是被風吹下，就是出於某種虔誠的理由自願跳下。其他骷髏身上則有明顯的傷痕，從斷裂的骨頭到咬痕等，某些咬痕還有鋒利的邊緣，凹痕中積著些許黃金。

我檢查完後站起身。「這都不是你做的吧，蓋文？」

「不，我一直都在觀察，等待此時此刻。」他朝我們的領袖鞠躬。「貝拉里恩大人是正確的，這就是我理應前進的時刻。睿智的國王託付我這項任務，等完成任務，他的智慧便會顯現。」

「有關這點，國王命令你等待，然後發動攻擊。」

「是的。」

「攻擊**什麼**？」

「啊，是的，這件事。」我們前進時蓋文對所有人說道：「我從來沒親眼見過，但感受到過，也聽到過，隨著人們一路殺到神廟中心，也會傳出戰鬥的聲響，然後就是寂靜。一下子，非常短的一瞬間，接著便傳出可怕的尖叫，有的還愈來愈靠近。或許吧，法拉諾斯，那些奇怪的凹痕就是來自讓他們尖叫的東西，而偶爾，有些尖叫聲會來到這麼近的地方。」

我們跟隨的小徑猛然轉往南方，攀上大坑內部牆面的上緣，建築陷進凹下的坑洞之中，絕大部分都位在陰影中，但在西端陽光照耀處散發出金光。蓋文先前的描述和他在土上畫的地圖一樣簡單——完全無法形容建築的真面目。最外層的圓圈，也就是我們現在爬下的這層，有多處經過修補，成為堡壘。坡道、階梯與小路通往下一層之處，便是此地居民花費最多心力補強之處，我們必須通過這些地方，最終才能抵達神廟本身。

雖然神廟已廢棄許久，但和上方圓圈築起的小型構造相比，仍是十分雄偉。在前後門廊之間，屋頂已然倒塌，使得黑色的圓柱沒有任何遮蔽。神廟前方的三角形飾帶即便危險地往左方傾斜，依然完好無缺。因為陰影的關係，我無法辨識飾帶上描繪的場景，卻有種不安的感受，覺得畫中的人物透過彼此之間各式淫穢的互動，能夠恣意移動，彷彿神廟是以惡魔的骸骨建成，而飾帶上描繪著惡魔褻瀆的夢境。

所有東西確實都是以金泥砌成，黃金從石頭間滲出，像蠟一樣流下街道，金色的粉塵也如沙塵般飄過，在各處形成沙丘。足夠滿足沙列瑞克最貪婪夢想的黃金映入眼簾，並在下方堡壘守衛的武器和盔甲上閃閃發亮。

貝拉里恩蹲在走道上，仔細觀察下方的建築。「我認為最好的計畫，就是在攻擊前先偵查四周，我們會想找到更多篝火。」

費菈辛娜將手放在他肩上。「某些人可能會想利用我們，他們讓我們通過，以換取在回程消滅我們，並搶走手上寶物的機會。」

蓋文皺起眉頭。「他們有天真到相信我們會讓這個狀況發生嗎？」

「除非他們相信我們天真到會接受這樣的提議。」貝拉里恩站起身。「我們會用善意談判，並遵守承諾，但要是遭到反抗和背叛，就會毫不留情……抓住我們第一個遇上的生物，然後把他們送回族人身邊，當成展現善意吧。」

「我來帶頭，好嗎？」克羅沙戴好頭盔，拔劍出鞘。「我要來和他們分享真理，要是他們拒絕了解，我就直接讓他們嘗嘗真理。」

「就是這樣，我的朋友。」貝拉里恩也拔出劍。「走吧，如同國王所願！」

16

從後見之明看來，讓身材寬闊、全副武裝的克羅沙打頭陣往下走，可能不是鼓勵那些已經成為神廟居民者和我們談判的最佳方式。我們面對的第一批人鎮守一座通往下層的長長階梯，階梯守衛是如精靈般窈窕的白化戰士和戰鬥祭司，他們手持曲劍，身穿黑色盔甲。時間撕裂了他們的斗篷和罩袍，為我們的敵人賦予一種千變萬化的雜亂質地，使他們的動作更為流暢。

克羅沙打頭陣，蓋文也走到他身旁，這些生物則以拔出武器回應我們希望的和平提議，克羅沙不太阻擋他們的攻擊，而是揮劍砍向他們，敵人數量愈多，他能造成的傷害就愈大。克羅沙衝向敵方，頓時黑血四濺，纖細的四肢落地。

蓋文跟隨克羅沙發動攻擊，但使用戰斧更為精準。他從高處下砍，把敵人寬闊的頭顱砍凹進胸腔，然後拔出武器，用斧柄的鐵護手擊碎另一名敵人的下巴，再以弧形轉回斧頭，從膝蓋處斬斷一條腿。他把那名敵人踢到一邊，用斧柄擋住一次揮劍劈砍，然後把他的新對手砍成兩半。

費菈辛娜則是對上窈窕的劍士，並以似乎讓敵人刮目相看的熱忱展開決鬥。她迅速閃過敵人的攻勢，反擊如毒蛇般迅速，找到盔甲最細微的縫隙，刺向喉嚨便能讓敵人步履蹣跚。接著她再閃過一擊，然後刺穿另一名敵人的大腿。費菈辛娜刺中他的動脈，敵人頓時血流如注，胸口血泡噴湧，搖搖晃晃向後倒地。

然而，即便美德騎士驍勇善戰，他們仍欠缺貝拉里恩戰鬥時專注的熱情。他從克羅沙身上學會了許多技巧，維持簡單的戰鬥風格，阻擋、閃避、前進、後退，迫使他的敵人耗盡體力，而他保持穩定，在敵人腳步踉蹌時出擊。他的攻擊可能不像克羅沙那麼有力，也不像費菈辛娜那麼迅速，但他也在敵人間殺出一條血路，背後的屍首堆得跟其他人一樣高。

而我則是和戰鬥祭司展開魔法對決，他們射出灰綠色的火球，穿越空中時發出嘶嘶聲，我閃過幾顆，並以藍白色的電球回擊。第一發正中目標，腐蝕性的藤蔓纏住敵人，從他臉上扯下血肉，使他摔倒在地，並在我的咒語消失前進一步遭到侵蝕。

他們的其中一顆火球擊中我右邊髖部，讓我在空中轉了一圈並重摔落地。我往後翻滾，躲到一堵破牆的陰影下，我甚至不需要查看傷勢，關節的冒泡感還有我大腿骨碎裂的聲音，已經告訴了我所有重要的資訊。我轉向左方——但我的右腿選擇待在地上——然後把自己抬到石頭上。

我把魔杖往前伸，允許自己露出微笑，擊中我的戰鬥祭司看不見我摔下之處。她來到自己的右側，也正爬上一顆石頭。我張口施咒。她在爬上石頭後轉過身來，我的咒語便在此時正中她的胸口。

然後以一道長長的弧形把她炸飛，並以下一層圓圈中的撞擊聲作結。

那一刻，第一名戰鬥祭司的靈魂嘶嘶流進我體內，我無法分辨他是何時或是在哪出生，可能是在其他大陸，甚至是另一個次元。他長久以來的訓練，以及對蛇神的奉獻和獻祭，包括犧牲他的父母和兄弟姊妹以獲得權力，全都如潮水般向我湧來。對凡吉歐人來說，榮耀就是活著的理由，在某個時刻，他們的神祇，也就是這座神廟供奉的對象，發展出了永恆的憎恨。他們遠道而來是為了榮耀他們的神，而那些負責保衛這第一座階梯的人，肩負的任務便是等待他們最勇敢的同胞從神廟中心歸來。

第二名戰鬥祭司的靈魂也流向我，我滑下石頭後方，模仿定義她奉獻的蛇行動作，把自己拖回拋下的右腿附近。我把腿拖過來，接上殘肢，然後大口灌起藥瓶，火焰在我的肚子裡炸開，往下流入腿中。修復傷口比斷腿時還要痛上許多，但一分鐘後我已能再次站立，不久後我的右腿便完全恢復功能。我走過以血腥屍首織成的地毯，並在同伴攻下的階梯上端與他們會合。

盔甲沾上黑色汙漬的克羅沙正在飲用藥瓶。蓋文脫下護手，開始包紮手上的傷口。費菈辛娜也脫下她的頭盔，頭髮黏在汗涔涔的額頭和臉頰上。三人看起來就像在收成後稍事休息的農夫。

貝拉里恩則是低著頭單膝跪下，我也走到他身旁跪下。「您看見了？」

他非常輕微地點了點頭。「凡吉歐人，保護這個地方對他們來說是神聖的責任，他們的信仰，他們的奉獻，實在很難形容。」

「很純粹。」克羅沙把藥瓶放回腰帶上的袋子。「大人，但並不代表那是正確、合理，甚至清醒的，他們在這裡等待了一段非常長的時間，我殺死的那些有一半是在此地出生、長大，由其他被拋下的人負責訓練。他們對責任的信念非常重要，因為這賦予了意義。」

少年皺眉。「你是什麼意思？」

我指向建築的最低處。「這些凡吉歐人相信奉命待在這裡，是為了確保菁英守衛的撤退路線。但在這個地方為什麼要分散兵力？那些命令他們留下的人，表面上給了他們一個任務，這樣便得以維持榮耀。而事實上，菁英守衛覺得他們根本沒用、不配、沒有能力以榮耀的方式完成他們的職責。我們是讓他們從一個無意義的使命中解脫，讓他們可以榮耀死去——得到他們的同胞拒絕給予的榮耀。」

「是的，是的，他們已經等待了一段非常長的時間。」貝拉里恩搖搖頭。「我們的任務揭開了他們信念的謊言。」

「但是，大人，他們從來都不會知道。」我站起身。「他們身懷榮耀，打了一場好仗。等到您父親重獲權力，告訴他這件事，讓他對凡吉歐人致敬。」

消滅凡吉歐人帶來了一個我們預料之外的後果，他們在約束建築內部各個群體上非常成功，由於無法離開，各群體都占據了自己的小型領地，並彼此爭鬥，以免遭到完全消滅。沒幾個群體在這裡待得比凡吉歐人還久，但有一些已經居住在建築中好幾個世代，某些甚至發展相當興盛，某個群體的領地便橫跨三層圓圈。

我們攻破凡吉歐人的堡壘，打開階梯後，人們開始湧出，多數看起來都很害怕，許多則一臉迷失。一抵達階梯後，他們便盡速往上爬，還有些人留有夠多理智，帶著黃金離開，但多數人都已在此居住太久，使得黃金早已失去價值。我很樂意打賭在建築中出生長大的人，根本不可能知道黃金在卡達爾有多受到垂涎。

貝拉里恩踹開一道門，通往先前曾是馬廄之處。所有隔間都堆滿金條，角落積著金塵，無可計數的財富就藏在這麼一座一陣勁風便能輕易吹垮的建築中。

「如果沙列瑞克對這裡有多少黃金有點概念，那他絕對不會信任我們，還派我們到這裡來。」他彎下身，撿起一枚明亮的金幣。「光是這一層擁有的黃金，絕對比他整個王國其他地方加起來的還多，他為什麼不曾派兵占領此地呢？」

費菈辛娜搖搖頭。「沙列瑞克和在這裡出生的人們一樣盲目，他看不出這一切真正的價值。對他而言，這種盲目是刻意的，假如他覺得自己積聚的財富毫無意義，那他也會認為自己毫無意義。這裡是在嘲笑他的世界，而他很快就會忘掉這件事。」

我笑了出來。「這個狀況不只發生在您兄長身上，大人。許多人都拒絕看見那些會迫使他們重新評估自己的世界和人生意義的事物。凡吉歐人肯定知道他們的菁英永遠不會回來，但倘若他們承認這點，等於是承認失敗，必須拋下最後的任務，並向其他人回報事情是如何出錯的。對他們來說，自己居住在其中的幻覺非常舒適，這是他們理解的世界，而拋棄這樣的舒適就是要擁抱恐懼，很少人願意這麼做。」

「那麼，這就是我父親不在時，這個世界淪落而成的樣子嗎？這就是他所畏懼的事嗎？」貝拉里恩嘆氣。「人們讓自己受恐懼奴役，告訴自己自身的枷鎖可以保護他們，並為了這樣的安全拋棄自由？」

克羅沙哼了一聲。「很少人會想要行使錯誤的自由。」

「我父親回來後，這一切都將改變。」貝拉里恩嚴肅地點點頭。「我會告知我們的所有見聞，他會重新開放這個地區，並讓艾金多爾再次興盛，人民會了解真正的快樂為何。」

我們的情緒受到這番話鼓舞，繼續動身向前。我們避開建築中重兵把守的區域，途中甚至還必須在一段下坡戰鬥，沿著圓圈前進四分之一圈，爬上上一層，再回頭走四分之一，才能繼續往下深入。

此地大多數的其他居民都比凡吉歐人更樂於談判，某些古老又憔悴的群體認出了美德騎士，並相信克羅沙的話，表示不會騷擾他們，我們用這種方式安全通過了好幾次。隨著我們逐漸往下，群體也變得愈發相信宿命論和冷漠，對他們來說，如果我們想要進入神廟尋死，那他們就會處理掉我們的屍首，一切就這麼結束。

圓圈的轉動破壞了通往最底層的階梯，我們能夠走下五、六階寬闊的白色大理石階梯，然後看向右側，在六公尺外盯著剩下的一半階梯。由於沒有人可以跳過這麼寬的距離，也沒有帶任何繩索，所以決定爬下不穩的廢墟，要是圓圈決定在這個時候轉動，那就會把我們埋在底下，帕奈爾國王恢弘的計畫也會和廢墟一同崩塌。

不過我們的運氣撐住了，順利抵達神廟本身，我們繞過側邊來到正面，並在此發現十幾具骷髏或說骷髏的殘骸。他們身上留有的盔甲碎片和破碎的武器，足以讓人認出是凡吉歐人的菁英。他們的體型比同胞還要巨大，骨骸上明顯的凹痕染上黃金，風化的很嚴重，輕易就會折斷，代表這群菁英在好幾個世紀前就已死去。

我拍掉手上的骨灰。「解開一個謎團了。」

蓋文研究著屍首和周遭的區域。「看到那些石頭是怎麼安排的嗎？他們還有時間築起防禦，我認為這表示他們不是遭到伏擊，而是有東西在追他們，某種居住在更深處的東西。」

貝拉里恩點頭。「那就讓我們看看到底是什麼吧。」

我慢慢往前走，魔杖在手，所有感官都保持警覺。我的同伴們則是在上方寬闊的黑色階梯上，以同樣的謹慎前進，除了蓋文之外，無所畏懼如他，並沒有步步為營，而是以從容的節奏和使命感前進。我對此非常讚嘆，一個活人怎能如此無懼地迎向未知。

許多事物都讓人害怕。上方入口的飾帶在其他樑柱上還有雙胞胎，石頭人形恣意移動，上演傳說或惡夢中的場景，黑色的人形擁有流動的金色影子，流出金色的血液。我覺得我認得出某些地方上演的劇情，某一刻似乎還重演了凡吉歐菁英的最後一役。不久之後輪到我們出現，我的同伴們和我，在一齣我認不得的暗影劇中，希望我們的結局不會如劇情所預言。

建築原先的下陷破壞了神廟，柱子砸毀，雕像破裂。骨骸、破爛的殘餘衣物，以及受損的盔甲，標示了少數最勇敢的冒險家們最終葬身之處。我們穿越一團廢墟，進入神廟中心。

神廟中心和其他地方有明顯差別，雖然地面到處崩裂，卻沒有任何碎片遺留。一座高聳的少年雕像，矗立在中央低矮的基座上，少年姿態優美、面容英俊，腰帶上刻著一行我認為相當古老的銘文，但我無法閱讀。他似乎是名獵人，手持獵豬槍，兩側還有一對殘忍精明的獵犬護衛，崇拜地朝上望著他。

少年身前有顆明亮的泡泡，裡面飄浮著一把黃金權杖，盤旋在神廟的半空中。雖然我到了這時已對黃金感到厭煩，權杖仍讓我驚豔。它和我的前臂一樣長，一端鑲有一顆拳頭大小的鑽石，鑽石底座圍繞著一圈紅寶石，細長的杖柄末端則是一顆和我眼睛一樣大的紅寶石。金匠在整根權杖都刻上文字和裝飾，某些我能夠閱讀，但全部看起來都很晦澀，而且我沒有足夠的理解，無法得知權杖真正的本質或用途。

我心懷敬畏盯著權杖，由於我的同伴全都戴著頭盔，看不見他們的表情。但沒有任何一位美德騎士往前一步，這個重責大任落到貝拉里恩身上。他擠過克羅沙和蓋文，費菈辛娜舉起一隻手想拉住我們的領袖，但他已經走出伸手可及的範圍。貝拉里恩走向泡泡，拿下左手護手，然後伸手準備握住權杖。

聰明的男孩，如果他失去左手，還是能用右手戰鬥。

他的手握住杖柄，光芒四射，泡泡炸裂。

他將權杖高高舉起，臉上洋溢勝利的光采。

雕像正是在此時有了動靜。

17

金色雕像發出光芒，開始搖晃，彷彿有道極熱氣柱穿越倒塌的屋頂將其吞噬。雕像邊緣和精緻的細節開始融化，金色的皮膚則愈來愈亮，傾瀉的陽光朝雕像注入足夠的能量，將其化為液態。

熔化的滾燙金流要解決掉我們綽綽有餘，但雕像的結構仍然維持完整，並沒有流到地上，而是長出新的金板和金角。一副盔甲包覆少年的四肢，他的脊椎挺直，並抬起肩膀，為第二對肩膀讓出空間，肩膀上又長出另一對手臂，同樣全副武裝，每一隻巨大的手上都握著一把長曲劍。

雕像走下基座，腳步震撼石地，朝我們衝來。貝拉里恩跳起閃避一次攻擊，又擋下第二次，但那一擊讓他飛到空中，神祇也砍向克羅莎和費菈辛娜，讓他們無法上前。接著轉向貝拉里恩，現在歐杜溫和我們的領袖之間，只剩無所畏懼的蓋文。

神祇高高矗立在蓋文上方，舉起四把劍，陽光中閃耀著必死無疑。

無所畏懼的男子開始奔跑。

我將魔杖瞄準金屬神祇，射出咒語。能量在憤怒的藍色電球中嘶嘶作響，炸向敵人右膝後方。熔化的金子噴出，膝蓋變形，歐杜溫倒向右方，扔下兩把劍，用兩隻手撐住自己。

費菈辛娜向前衝，跳到祂後腰上，砍向祂的盔甲，刺出許多裂縫。她的劍拔出時沾滿金子，劍刃砍得非常深，流出熔化的黃金，讓她發出勝利的吶喊。

但那黃金雖然不燙，卻也不是血液。它大量噴濺到地上，從費菈辛娜造成的傷口中噴湧而出，然後流到她腳邊和小腿，包覆她的膝蓋，讓她動彈不得。雙劍也變成液態，金河將自身化成獵犬，毛皮如盔甲，犬齒如匕首，長度足以刺穿一名男子，牠們的爪子隨著野獸聚集，四處衝刺飛躍，鑿穿了黑色的石頭。

野獸發動攻擊時，受困的費菈辛娜只剩頭部可以移動。

牠們本來可以得手，但克羅沙中途攔截到一隻，一劍將其劈成兩半，黃金野獸的前半段在空中扭曲，無法成功咬到費菈辛娜，反倒還干擾了同伴的方向。完好的那隻獵犬在空中旋轉，正好錯過目標，彈上歐杜溫寬闊的背，然後撞上一根倒塌的柱子。衝擊折斷了牠的背，使其飛進陰影之中。

我丟出另一發咒語，從神祇背後飛速射出藍色電球，費菈辛娜在電球接近自己的時候大聲尖叫，但電球熔化了困住她的黃金。她跳出來，跌跌撞撞走了幾步後重新平衡身體。她轉往我的方向，雙劍在手，而有那麼驚人的一刻，我以為她要來殺了我。

但她看見的其實是第一隻獵犬剩下的那一半，已融化成五、六灘更小的金窪，正化為一小群獵犬。雖然只是小狗的體型，牠們卻帶著致命的氣勢撲向我，我連忙閃避，並倉促施咒擊中其中一隻，費菈辛娜的雙劍則是在轉眼間將牠們切成碎片。

有費菈辛娜負責應付獵犬，我便衝到神祇的右側，跑向貝拉里恩。他已經重新站起身，扔掉凹陷的頭盔，太陽穴流下涓滴血流，但他的雙眼聚焦在我身上。「我們該怎麼殺祂？」

「我不覺得有辦法，只要跑得比祂快就好了。」

貝拉里恩將權杖插在腰帶上。「那最好快跑。」

我朝歐杜溫射出另一發咒語，這次從前方擊中祂的右膝。即使擊碎盔甲，但閃電沒辦法繼續深入。克羅沙的劍尖則從後方刺入祂的大腿，要是這個生物不是神祇，那麼祂就會流血致死，可是這只是讓祂更加惱怒而已，祂將手伸到後面把克羅沙拍走。

歐杜溫想要抓住貝拉里恩，但少年跳開。神祇滑到一旁，掙扎起身。祂左搖右晃，伸直受傷的腿，黃金流出，而我造成的所有傷害都自行復原。除此之外，脊椎摔斷的那隻獵犬也熔化成一灘金窪，並流進地面的裂縫中。

我跑向貝拉里恩協助克羅沙起身之處，美德騎士從藥瓶喝了一大口藥，左肩迅速回到和右肩相同的高度。費菈辛娜揮手要我們朝出口走，並在一扇矮門之下躲避，我們都希望這可以讓歐杜溫慢下來。

神祇追逐我們時，發現用四手型態戰鬥根本沒有優勢，因此在衝向入口的途中，人形再次發光，成為一股液態金屬的洪流。流過入口後，又化成一隻巨大的金蛇，蛇頭高舉，張大頸部，帶有毒牙的利嘴也打開，噴出金流。

金流沒有擊中我們，而是噴到一堵殘牆上往下滴，侵蝕了牆面的金泥，使牆垮掉。地上的金池開始翻騰，蛇形在表面蠕動，包圍我們，並封死所有退路。

歐杜溫發出嘶嘶聲。

接著，蓋文從上方的柱廊頂端跳下。他高舉戰斧，朝大蛇平坦寬闊的蛇頭而去。他跳上蛇頭後，戰斧寬闊的斧刃也以弧形深深砍進蛇頭，並砍碎了大蛇的頭顱。滾燙的黃金噴湧而出，大蛇往後退，將蓋文甩向樑柱。

大蛇蜷曲的身體開始熔化，蓋文掉在一灘液態黃金之中。黃金濺了他滿身，其中特別飽滿的一滴從他臉頰流下，宛如眼淚。黃金流下他的盔甲，金窪開始在他背上和腳邊凝固。

我們跑向他，克羅沙脫下蓋文的頭盔。「我們會救你出來，我的朋友。」

蓋文咳了咳，鮮紅的血珠從他嘴角滴下。「不，我已經完了。」

貝拉里恩蹲在他身邊。「不可以，你救了我們。」

「不，我救了自己。」蓋文脫下右手護手，伸手撫摸貝拉里恩的臉頰。「我的稱號之所以是無所畏懼，是因為我害怕讓其他人發現我是多麼膽小。歐杜溫……亙古以來我一直聽見祂手下亡魂的尖叫，知道自己也會死在祂手下，這就是一直等待的理由。」

我瞇起眼睛。「那為什麼要加入我們？」

「你們是唯一知道我是誰的人，如果我留下，就會發現我是個膽小鬼。我並非無所畏懼，只是愛慕虛名。」

貝拉里恩握著他的手。「但你還是救了我們，因為此舉，你將永遠以無所畏懼流傳後世。所以沒錯，我們知道你是誰，你也會是那個我們認識的人。」

滿嘴是血的蓋文試著微笑，但一陣嗚咽蓋過了此舉之中的英勇。「您會記得我，但我很快就會和這裡的其他人一樣，凡吉歐人，其他所有人，記憶不會存於心中，也不會流傳在歌謠中。一段失落時光的傳說，不值一提。」

「我父親會得知你的勇氣。」

「但我身在此處，您父親只會得知我的膽怯。」蓋文臉上充滿痛苦，手也從貝拉里恩手中滑落。「至少我死時仍保忠誠。」

我伸手蓋上他的雙眼。「他死得其所。」

貝拉里恩起身。「我父親會向他致敬。」

「那我們該動身了。」克羅沙舉劍指向來時路。「這次我們可能贏了，但之後還是有可能失敗。」

逃離建築時我們遇上了一個非常實際的問題，建築中的所有人似乎都知道我們消滅了歐杜溫，或至少知道神祇已死。所以某些較為好戰的群體仍保有希望，覺得自己能夠從我們這裡搶走權杖，完成他們亙古前便展開的任務。我猜想，對其中某些人來說，數個世紀轉瞬即逝，而我也懷疑，我們真的逃出這個地方後，神廟之外的世界，又已過去多少時間。

夜幕躡手躡腳降臨，大坑的陰影隨著太陽落下緩緩爬上東牆，我們在圓圈上繞了更多路，想方設法從不同的位置往上，而不是遵循來時路。某些群體已進駐我們清理出來的堡壘，並開始和其他群體戰鬥，保衛自己的新領地。我們避開大型戰鬥，往上穿越數層圓圈。然而，當來到第二層圓圈時，下方的群體追上我們，上方的群體也擋住往上的路。

我們找到一座由黑石和黃金建成，可供防守的廢墟，克羅沙開心地站上一堵牆垣，用劍大力敲擊盾牌。「我是克羅沙，我就是真理，我是侍奉艾金多爾國王帕奈爾的美德騎士，來吧，如果你想成為國王死去敵人的一員，就和我一戰！」

克羅沙這番宣示讓一些群體打退堂鼓，除了一支由粗壯男子組成的部隊。他們膚色呈淡綠色，長髮也有一絲淡綠色陰影。若從深沉的鋼鐵色澤判斷，他們的盔甲看似是金屬所製，但外層的質地顯示，盔甲上其實是一大群藤壺。戰士手持外層鍍上暗鐵的巨大棍棒，或是連著生鏽鎖鏈的連枷，以迫切和狂怒開戰。

貝拉里恩和其他人還在等待短兵相接，但我馬上施咒。能量沿著我的魔杖累積，我將魔杖插入地面，地上爆出一道水晶，在襲來的戰士間扯出一條裂縫。其他人馬上補上空隙，但在他們接近我們的堡壘時，還沒重整好隊形。

克羅沙砍下第一個接近的戰士頭顱，然後用盾牌擋下沉重的一擊。這讓他腳步有些不穩，右腳下有顆石頭滑落，使他往後摔。一名戰士跳上牆垣，我用藍白色的魔法矛將他刺下牆，摔進他混亂的同袍之中。

貝拉里恩取代克羅沙的位置，雖然沒有克羅沙的體型，我們的領袖仍然證明他有好好上課。他用盾牌接住連枷的攻擊，腳步穩穩不動，然後舉劍刺向那名戰士的喉嚨，劍刃滑進護喉之下，藍色的血液以弧線噴出。貝拉里恩拔劍揮砍敵人，從手肘處砍斷一隻手臂，然後用盾牌邊緣砸碎另一名戰士的頭顱。

費菈辛娜爬上貝拉里恩右邊的牆垣，化身死亡侍女。雙劍嘶嘶劃過空氣，精準找到盔甲縫隙，如裁紙一般砍穿血肉。藍色血霧往回飄向攻擊者，死去和受傷的戰士從牆上飛下，壓傷他們的同袍，成為我們防守這堵牆上的裝飾。

有根棍棒從後方擊中貝拉里恩雙腿，但克羅沙以盾牌攔截，擋下了原本會砸爛我們領袖腦袋的後續攻擊。我再次施咒，魔法水晶撕裂重重人海，克羅沙重新爬上牆垣，將第一名靠近的戰士斬首，頭顱飛到空中，克羅沙用盾牌將其打飛。

黃綠戰士們雙眼圓睜，全指著盔甲沾滿藍色汙漬的克羅沙。前鋒部隊開始撤退，他們同袍的屍體讓腳下混亂，最後方的部隊也轉身逃竄，克羅沙則在他們背後大聲咒罵。

他轉過身，把劍伸向空中。「你有看到牠們……」他的聲音變小。

我也轉身，就在九十公尺外，其中一座黃金倉庫突然爆炸，金幣灑滿街道。這是幅壯觀的景象，而金幣聚集成長手長腳、閃閃發亮的細長金屬生物，更是為其增添幾分恐怖。金幣組成鱗片狀的身體，手指非常長，往下彎成爪鉤狀。那些生物緩緩站起，開始漫無目的四處亂走，直到步伐趨穩，接著轉向其中最巨大的一隻，高度和歐杜溫一樣高，並以一隻利爪指著我們的方向。

「小心，大人！」費菈辛娜把貝拉里恩推到一旁，金泥已經開始液化，流向貝拉里恩腳邊，想把他困在原地。「我們必須快跑。」

「跑去哪？」克羅沙用劍指著上方和下方。「我們的上上下下都有更多生物開始聚集了。」

貝拉里恩瞇起眼睛並說道：「法拉諾斯，你在古老骨骸上找到的咬痕，就是這些東西造成的。」

費菈辛娜重重踩上液態黃金，像個討厭泥濘的小孩。「但歐杜溫已死，蓋文殺了祂。」

我腦中靈光一閃，轉向貝拉里恩。「把權杖給我。」

「什麼？」

「我沒時間解釋，如果您想活命，就把權杖給我。」

費菈辛娜本想阻止貝拉里恩，但他已從腰帶抽出黃金權杖交到我手中。

「很好。」我露出微笑，抓緊權杖，朝向我的胸口。「現在，大人，**殺了我**。」

18

等到我的同伴回到我在這趟旅程之始升起的靈魂之火邊時，我已經恢復得差不多。

他們的裝備看起來破了點——盔甲凹陷又布滿刮痕，不過四肢都還完好。雖然我們必須幫貝拉里恩找一頂新的頭盔，並縫上他頭上的傷口，但我們基本上還是安然無恙逃出這個煉獄。

只要不加上蓋文之死，那就是了。

他們抵達時，我剛把權杖頂部的鑽石重新拼好，天衣無縫，沒人能看得出差別。貝拉里恩的笑容顯示他鬆了一口氣，我看不見克羅沙和費菈辛娜的表情，不過克羅沙拿下頭盔時，看起來就和貝拉里恩一樣開心。而費菈辛娜的表情揭露時，或許不像其他兩人那麼開心，但至少也是鬆了一口氣。

我想這是因為她並不期待我還會待在火邊。

貝拉里恩拍拍我的肩膀。「你怎麼知道會發生什麼事？」

我聳聳肩。「先告訴我發生了什麼事。」

克羅沙開懷大笑。「貝拉里恩砍下你的頭那一刻——這值得寫首歌紀念——你就和權杖一起蒸發，我必須承認我不喜歡只剩三人面對那些黃金東西的後果，但牠們不再追著我們。比較小的那些爬到彼此背上，為較大的搭成一座梯子，登上圓圈的邊緣。大隻的上去後其他生物也如潮水般湧上，牠們殺光了那些在上面等著我們的人們，然後開始朝最後一圈發動攻擊。」

貝拉里恩點頭。「就像他說的那樣，牠們顯然是在你消失之後才啟程，但在能夠離開建築之前就撤退了。牠們就只是碎成片片，然後灑得整路都是，我們在往上爬的過程中看見牠們。你到底做了什麼？」

我皺起眉頭。「我們殺死的其中一名戰士，他的靈魂流向我時，他對那個神祇有不同的稱呼，不是歐杜溫，而是歐溫。歐溫是河神，金河之神，金河是因其中的黃金得名，歐杜溫則是一位當地英雄的名字，雕像便是以他的形象所造，但困在權杖中的其實是歐溫本身的靈魂。」

我把黃金權杖交還給貝拉里恩。「歐溫能夠控制並形塑黃金，我們的激鬥和蓋文的犧牲干擾了神祇的魔法，祂花了一段時間才重新控制周圍的黃金。我們把自己的末日（權杖）帶在身上，所以我想辦法把它帶來這裡，接著把鑽石敲碎，歐溫的監牢便不存在了。」

費菈辛娜臉色一沉。「你毀掉了我們要拿來交換黃金之鑰的權杖？」

「妳能想像要是我們把完整的權杖帶回去給沙列瑞克，會發生什麼事嗎？」我用雙手抓著後腰。「歐溫會控制王宮，然後殺光所有人。」

「但這東西現在已經沒用了。」

「我不這麼覺得，費菈辛娜。」貝拉里恩搖搖頭。「沙列瑞克從來沒有真正了解權杖到底是什麼，他只知道這是個威力強大的寶物。要是他知道權杖可以控制黃金，他就不會派我們來了，他會擔心我們用權杖奪走他的王國。」

她嘆了口氣。「很可能是這樣吧。」

我指著權杖。「我已經把鑽石復原到完美無瑕的狀態，此外，權杖中殘留的魔法，還足以控制一點黃金。我相信等我們回到王宮時，我應該可以用權杖造出我們最後遇上的那些東西給沙列瑞克看看，我會讓那東西變成他的護衛，就和組成的黃金一樣不會腐敗。這大概能讓沙列瑞克和他的宮廷魔法師們分心一陣子，讓我們得到鑰匙並離開。」

「很好，我喜歡這個計畫。」貝拉里恩搔搔下巴。「我想我們最好同意告訴我的兄長，有關黃金的故事是誇大的。他要是知道這裡有什麼東西，那他殘缺破敗的王國一定會前來搜刮所有黃金，收成將會遭到遺忘，人民將餓死在黃金鋪成的土地上。」

我點點頭。「我認為您的建議很睿智，大人。」

「更糟的是，他還有可能要求我們帶人回來。」費菈辛娜一手放在貝拉里恩肩上。「接著又會有另一個要求，再下一個要求，我們的任務便永遠不會結束。」

克羅沙搖頭。「不反對你編故事給他，但我不能一起對他說謊，我是真理騎士。」

我轉向他。「但是哪個真理呢，我的朋友？有關這個富有地方的真理，這個充滿染血金屬，黃金滿到變得毫無價值的大坑？還是如同貝拉里恩所說，沙列瑞克將摧毀他的王國，並拉裡面的所有人陪葬，在他貪婪的祭壇犧牲他們的那個真理？」

「如你所說，這兩者都是真理。」

「但是哪個真理更重要？」我張開雙手。「若會影響無辜人民，真理又有什麼價值呢？」

克羅沙笑了。「法拉諾斯你生前一定是個哲學家，真理就是真理。是世上的客觀事實，也是所有理性奠基的基礎。」

「而你覺得沙列瑞克還有理智？」

「事實上，我並不這麼覺得。」他舉起一隻手。「拜託了，我請求你，請不要讓我肩負這個重擔。」

貝拉里恩點頭。「如你所願，我的朋友，我們不會讓你為難。」

「謝謝您，大人。」

我們返回達爾森旅程的真理，就是我們回程花的時間，並沒有比去程久，但隔天晚上便出現比我們啟程時還要早的月相。更有趣的是，春天的洪水已漫過道路，休耕地也長出仲夏的青草。一直到我們抵達首都，來到沙列瑞克面前，我們才完全理解自己究竟離開了多久。

「我已幾乎放棄你們，覺得你們死了，就跟其他所有人一樣死了。」沙列瑞克的肩膀更垂，肚子也變得更大。王宮珍寶間的小徑已經消失，兩層寬闊的走道帶我們來到閃耀的金屬王座前。「但我等了五年，充滿信心，從未懷疑你們一定會回來。所以拿到了嗎？」

貝拉里恩走上前，在王座前幾公尺處單膝跪下。「我們成功了，兄長，我們拿到了權杖，歐溫的權杖。」

貝拉里恩說出那個名字時沙列瑞克瞇起眼睛。「歐溫的權杖，是的，是的，當然了。你們拿到了？拿來這裡。」

我們的領袖從腰帶取下權杖。「您承諾以黃金之鑰交換。」

沙列瑞克往後縮。「你懷疑我？」

「不是的，兄長，我只是擔心您受這把權杖能夠施行的奇蹟分心。」貝拉里恩把權杖伸向我。「我會讓法拉諾斯來示範。」

我接過權杖，先朝貝拉里恩鞠躬，再朝沙列瑞克鞠躬。「陛下，這把權杖是按照黃金河神歐溫降下的指示所製，能夠讓持有者獲得帶來繁榮和安定的力量。許久以前權杖被人從崇拜歐溫神的人民身邊偷走並藏起，失去神力之後，他們便淪為侵略者。」

沙列瑞克仔細聆聽我說的每一個字，我們是在旅途中編出權杖的故事，將權杖與黃金、繁榮、安定連結，因為我們知道這些是他珍視之物。我說話時沙列瑞克粉紅色的舌尖明顯可見，他舔著下嘴唇，如同葉子上的蛞蝓。

我用左手緊握權杖，指向王座右側的一堆金幣，就在貝拉里恩和沙列瑞克之間。我集中精神，有幾枚金幣飛起來，發出悅耳的聲響。更多金幣彈起，金幣堆的表面很快開始翻攪，就像黃金沸騰了一樣。

接著飛舞的金幣開始成形，長著長爪的手伸出表面，然後出現一顆鱗片狀的頭顱，並豎起長長的耳朵。這個長手長腳的細長生物把自己拉出金幣堆，第一隻腳出現，再來是第二隻。生物蹲坐了一會兒後，站起身來，足足有兩百四十公分高，每一枚金幣的印記在牠身上都清晰可見——這是一名以黃金鑄成的凡吉歐戰士。

沙列瑞克直盯著牠看，有些驚訝，但仍然朝其移動，接著他看了我一眼。「就這樣嗎？一個簡單的娛樂把戲？」

我單膝跪下。「我能做的就只有這樣，陛下。我對魔法所知非常有限，卻仍能為您造出這名護衛。您的宮廷魔法師比我還優秀，他們會告訴您其中的祕密，讓您能夠建立一支部隊或軍隊，或許您甚至還能鑄出一頭龍，在天空中翱翔。」

「一頭我可以騎乘的龍。」

「是的，陛下。」我把權杖交還到貝拉里恩手上。

金色生物紋風不動。

貝拉里恩鞠躬。「如您所見，兄長，我們找到並帶回了您要求的東西，我們已經完成了交易的這一半。」

「你們完成了，是的，你們完成了。」沙列瑞克猛然起身，臉上掠過許多表情，而我無法判斷。有那麼半秒，我在思考是否必須命令那隻生物殺了他，但他平靜了下來，我的疑慮也煙消雲散。

沙列瑞克把袖子捲到手肘，這時我第一次注意到他的右手腕上纏著一圈手指寬的金緞，至少這是我初次看見時的印象。但金緞反射光線的方式頗為怪異，還會隨著他移動，接著看起來就像個金色刺青或某種手銬，上面沒有任何魔法印記或裝飾。大肚子的王子伸出一根手指，在空中畫出大略的鑰匙形狀，鑰匙朝下指向地面，然後張開右手，放進他畫的符號中。

「該你了，貝拉里恩。」

貝拉里恩站起身，脫下右手的護手，他伸出手並把手掌放在兄長的手掌上，兩人手指交纏。沙列瑞克手腕上的黃金手銬從他的手指流向貝拉里恩的手指，然後來到貝拉里恩粗壯的手腕上。

沙列瑞克伸出左手。「現在把權杖給我。」

貝拉里恩在兩人腹部處把權杖交給沙列瑞克，權杖完全放到沙列瑞克的手中時，兩人便鬆開手。貝拉里恩踉蹌後退，費菈辛娜上前穩住他。

沙列瑞克往下凝視著權杖，然後看著那個黃金生物，黃金生物也盯著他。王子回到王位坐下，護衛則蹲下身子。

貝拉里恩伸展雙手，露出微笑。「這樣您滿意了嗎，兄長？」

沙列瑞克也報以微笑並說道：「我們的交易完成了，但你還有帳要還，你欠我五年份的食物。」

費菈辛娜一臉錯愕。「但您並沒有給我們五年份的食物。」

「你們離開了五年，我王國中沒有任何人回報接濟過你們，也沒有人說有賊，所以我給你們的食物撐了五年，你們要還我。」他伸出一隻手。「你必須還債。」

我清清喉嚨。「陛下，我想問題在於合理的補償為何？我會建議如同吟遊詩人以講述故事維生，我們也用相同的方式回報您。」

沙列瑞克抬起一邊眉毛。「你有五年的故事可以說嗎，魔法師？」

用左手揉著右手腕的貝拉里恩露出微笑，他說道：「我們有個故事與一場為期五年的冒險有關，兄長。這是個充滿苦難、犧牲與高貴的故事。您此時此刻看到的我們，和離開時一樣，但曾經有過的一位同伴過世了。要不是因為無所畏懼的蓋文，那我們真的會迷路，你也無法拿到歐溫的權杖了。」

王子皺眉，護衛的耳朵垂下。「美德騎士蓋文啊，他怎麼了？」

我張開雙手。「我們在藏有權杖的大坑外找到他，您的父親命令他觀察和等待，直到我們到來。他帶我們下到坑中，殺死魔物，並擊退來自遙遠異域和遠古的敵人。而當我們來到權杖最後的守護者，擋在我們和您心願之間的生物面前，是無所畏懼的蓋文送那生物踏上最後一程。」

費菈辛娜走向前。「陛下，一切就如法拉諾斯所說，我們和一隻四百二十公分高、身穿盔甲的可怕四手生物戰鬥。牠從水銀池中出現，化為凶暴的水銀惡魔，不管我們砍向何處，就算只有一小處，水銀也會流回那生物身上。但蓋文了解該怎麼做，他爬到高處，然後用戰斧用力一劈，把那生物砍成兩半，真的從頭到腳砍成兩半。法拉諾斯用他的魔法燒掉一半，貝拉里恩大人則趁機從乾涸的水銀池底部奪走權杖。」

編造故事時，我們加入了水銀，因為所有人都知道水銀溶解黃金的能力，一定也會嚇壞沙列瑞克。這個細節看來也發揮了作用，因為沙列瑞克縮起身子，甚至連他的護衛也縮起肩膀，稍微往金幣堆退了一點。

王子的表情變得嚴肅，用一根手指輕敲下巴。「這故事，是個有趣的故事，你們說得很好。」他看向我們身後的克羅沙。「而你，真理騎士，一言不發，你覺得這個美妙的故事如何啊？」

克羅沙單膝下跪，並垂下頭說道：「陛下，回答您的問題會讓我痛苦，請別問我的意見。」

「但是我必須堅持，克羅沙，他們很有說服力。然而我相信的是你，我相信你的說法。為什麼講述這個故事會讓你痛苦呢？」

「陛下，因為您會注意到，在他們講述的故事中，我根本不值一提。」克羅沙重重嘆了口氣。「如果我有什麼值得記下的舉動，不管多卑微，只要能出現在故事中，我都會非常滿意。但我沒什麼可說的，所以我請他們不要在故事中提到我，也不要以我的名義撒謊。說來羞恥，陛下，我們對抗的那生物把我像隻蟲子一樣打飛，要不是蓋文插手介入，我早就一命嗚呼了。」

19

沙列瑞克思索了克羅沙說的話一會兒，又一會兒，之後更久，直到我不自在地確信他其實是在分析我們的故事。我悄悄輕彈手指，讓黃金護衛移動，牠身邊的金幣嘩啦嘩啦響亮滑下，堆在腳爪邊。聲響和動靜讓沙列瑞克想起了我為他變出來的禮物，以及等到他的魔法師們學會魔法，還會出現更多這種生物的承諾。

貝拉里恩隨即表示雖然我們很樂意在王宮休養生息兩週，但我們不應讓沙列瑞克從重要的國事上分心，所以要儘早啟程前往特拉法蘭。費菈辛娜和其他大臣商討了補給事宜。受到護衛本身的材質，而非我的把戲分心的沙列瑞克，也同意我們可以在返回他的王國時，用另一則故事償還債務。

費菈辛娜的協商並不包含一間過夜的房間，所以我們啟程上路，朝西南方前進。一行人決定沿著道路旅行，但在遠離村莊處紮營，這對我們來說並不困難，因為先前在卡達爾西方所見的景象，也能適用在東方。我們的馱獸吃得不錯，有什麼飼料吃什麼，我們的處境也不算太差。克羅沙和我繼續負責守望，因為我倆在過去數世紀間已累積了足夠的睡眠，而身為凡人的貝拉里恩和費菈辛娜，則是獲得了所需的所有睡眠。

他們睡著時，夜晚拖著緩慢的腳步經過，克羅沙望著遠方。「我曾有個妻子也有孩子，我已無法在腦中描繪他們的模樣，但也不是毫無記憶，那些開心的笑聲，即使到現在我也深深記得。」

他看著我，我想他是希望我也分享一個類似的故事。「我為你高興，我的朋友，我相信她和你在一起一定非常快樂，你的孩子們也是。」

「我也希望是你說的這樣，但是我想不起太多，成為美德騎士之後，我們就聚少離多。」他撿起一顆圓石丟到篝火的光圈外。「事實是——而且我清楚記得這個事實——她有別的情人，或許還有很多個。我並不怪她，因為我知道她也愛我，我只是希望她快樂。」

「你認清並接受了一個會讓多數人柔腸寸斷的事實。」

「我無法忽略真理。」

「但你確實找到並昇華了部分的真理。」我微笑。「你告訴沙列瑞克事實，你那部分的事實，而這讓他相信我們的謊言。」

克羅沙輕笑。「我告訴過你，真理是我們所有人都必須接受的客觀事實，但我知道每個人都有自己的真理，通常都是錯誤的，而按其行事會毀滅他們，但他們依然不想放棄。沙列瑞克聽聞我羞恥的故事時，聽到的是他自己羞恥的故事。要是他夠勇敢，願意出發探險，他很可能也會做出和我們一樣的事——那是他的真理。他的羞恥和我的混雜，質疑我就等於質疑他自己，而他不願這麼做。」

我瞇起眼睛。「你對真理看得非常透徹，我的朋友。」

「夠透徹了，只要我想要，只要我需要。」他朝我的方向微笑。「那你的真理呢，法拉諾斯？沒有妻子？沒有孩子？一生中沒有任何喃喃低語和抱怨？」

我張開雙手攤平。「不記得了，我的朋友。我相信自己現在和從前一樣英俊，這代表肯定有其他人比我更具吸引力，同時也能假定學習魔法這項技藝需要大量的時間和投入，因此我認為我沒什麼時間談情說愛。不過，依然無法確定。」

「這真是可惜——不是你記不記得，而是要是真的從沒發生。這對一個人來說很重要，表示他們可以愛人，也能被愛。」克羅沙聳聳肩。「而且據說每個人在世上都有自己的另一半，或許你的另一半就在下一座山丘後面等著呢。」

「希望不要。」我嘆了口氣。「我很確定自己痛恨讓其他人等待，所以我討厭去想她一直在等待。而我也很擔心為了這無可饒恕的遲到，要付出什麼代價。」

我們前往東南方的旅程快速流逝，接著在一座能夠俯瞰邊境的山頂停留。主要不是要調整方向，而是要思索兩座王國之間的差別。邊境右邊的卡達爾，仍是個處於休耕的所在，金色的穀物、綠色的林地、擁擠的村莊一成不變，但是就在邊界處，沿著那條又直又明顯的界線，宛如神祇一刀把大地切成兩半，分開兩個國家之處，風景改變了。

而且是非常耐人尋味的改變。

從我們所在的制高點，能夠看見道路從卡達爾的森林進入特拉法蘭的交界處。在沙列瑞克統治的這邊，樹林中有各式樹種，邊界也是不規則形狀，草原掙扎著想主導地景。但是往東邊去，只見高聳的樹木夾道，直至視線盡頭。這座樹林大約往兩側各延伸出四十五公尺寬，樹林後方則是一片只剩樹幹和凌亂灌木的荒地，高大的樹木全數遭到砍伐，但殘幹並沒有全部搬走。我們也能看見一些較小的樹木，人民很顯然將這些樹木砍下當成燃料利用，不過還剩下不少，能夠做成樑柱和木板，蓋出數十座沙列瑞克的倉庫。

在這片深綠色區域之後，周圍是格局方方正正、宛如拼布般大小類似的村莊。除此之外的其他土地都未經開發，甚至可說貧瘠。塵捲風隨風捲起，在黃褐色的土地上飛舞。乾燥的河床似乎比平常更為蜿蜒，雖然因為沒有水流過，我發現很難分辨究竟是什麼力量造成的。

我們往下來到道路，進入另一個王國，貝拉里恩馬上露出微笑，一旁的費菈辛娜也是。高聳的樹木遮蔽道路，林道好像永遠不會結束，要不是我們曾在卡達爾那端見過，我應該也會這麼覺得。而道路兩旁的樹木、樹邊開滿的野花，甚至是暗處長出的蘑菇，外觀都相當完美。植物沒有遭到蟲蛀，偶爾現身的少數小型動物——比如彈簧腿與有條紋的生物等——也都長得特別美麗。

我理解他們的笑容，因為在為拱形的道路遮蔭之下，盡是寧靜和完美。我們知道這種完美是個幻覺，但還是非常吸引人，和卡達爾相比，特拉法蘭無疑更為美好。

騎進我們第一個遇上的村莊，似乎也證明了這個想法。村莊位於蓊鬱的盆地中，建築沿著道路和村莊接壤之處呈同心新月狀分布。這裡沒有高高在上的黃金雕像，人民以舒服的步調做著手邊的事，用揮手和笑容招呼彼此，看起來比卡達爾的同胞還要強壯，身高也更高。

然而，隨著我們逐漸接近，怪異之處也愈發明顯。村中的房屋和人民的衣著色彩都頗為鮮豔，紅色、綠色、藍色，偶爾綴以棕色，特別是在木造建築上，所有建築都飾以灰泥，再經過油漆，而根據損壞的狀況判斷，應是最近才完成。所有人都穿著乾淨的衣著，飾品也都相當對稱，因而無論是穿在農夫、洗衣婦或牧羊人身上，衣物都相當美麗、討人喜歡。

村莊的建築大小全都一致，並面向草地，乳牛在此吃草，家禽自由閒晃。牠們和卡達爾金色的同類相比，體型都更大，顯然也都更健康。鳥類在脖子附近和脊椎周圍擁有裝飾性羽毛，使其看起來相當華麗。

村民在我看來相當怪異，不過這只是因為他們一點也不怪，全都動作優雅、舉止體面，看起來打扮合宜、工作勤奮。但我看見每個人臉上都有化妝，不管是為了膚色均勻或是要強調雙眼、眉毛、睫毛。而且即便多數工作都是以勞力為主，他們甚至還會彩繪指甲，並將其維持在良好的狀態。

最怪的是他們的工作，許多人都忙著修補、修剪與彩繪，對象是所有事物，房屋不用說，但也包括花朵。他們會剪去枯萎的枝枒，點上幾抹顏料，讓花瓣和葉片維持一致的顏色。擠奶工為乳牛擠奶，清潔工則為牲畜刷毛洗澡。人們將髒衣物聚集起來分類，送去修補，然後在公共洗衣坊中清洗。我甚至有種感覺，認為衣物不是私有財產，而是由全村共享。

有人注意到我們的到來，一名女子走近，從頭到腳打量了我們一番，接著對我們之中容貌最美麗的費菈辛娜自我介紹。「歡迎來到優美村，我是優美的瑪拉薩，我們能如何為妳效勞呢，美人？」

費菈辛娜下馬。「我是費菈辛娜，很榮幸向妳介紹貝拉里恩王子。我們是旅人，正朝依瑟米亞前進，想要在此投宿過夜，妳能幫忙安排嗎？」

「當然沒問題，您呢，美女本人，還有身旁英俊的大人，能在這裡留宿。而您們的同伴們在準備完成之後，則可以睡在那邊。」她指向優美村深處。

貝拉里恩皺眉。「妳不該因他們的狀況給予差別待遇，他們是真誠忠實的朋友。」

女子嗤之以鼻。「他們的需求和您們不同，應該依此安排住宿。您瞧，和您相同，亮麗的費菈辛娜非常美麗，而亮麗的貝拉里恩您也相當英俊。所以您們將住在我們的迎賓區，而您們的同伴則會和他們的同類住在一起。」

我又朝村莊看了一眼，開始發現我先前並未注意到的細微差異。瑪拉薩稱為迎賓區的地方，是任何訪客都會自然而然經過的區域，主要道路從叉路通向村莊，確保訪客往那邊走，迎賓區一直延伸到村莊的草地以及對面的第一排建築。然而，在迎賓區之後，建築從居住性轉為功能性，包括我所見過最乾淨的打鐵舖，以及洗衣坊和馬廄，更遠處則是農場。從遠處看起來雖狀態良好，但油漆可能已經剝落，我也沒看見任何豬隻在豬圈中打滾的跡象。

我也注意到瑪拉薩是如何優先對費菈辛娜自我介紹，村中其他地方的男性也多聽從女性指示，在洗衣坊和其他工作上顯然也聽命於女性，我認為這是因為特拉法蘭由帕奈爾的女兒潔拉妮莎統治。我對她沒什麼印象，除了在某個故事中，她要求砍下一名雕塑家的頭，雕塑家負責製作鑄造在錢幣上的潔拉妮莎肖像。她的鼻子可能做得太大或太小了——我記不得細節。國王反對，不過潔拉妮莎的支持者仍把雕塑家的家燒光，並在他臉上澆上滾燙的黃金，將他燙死。

「別擔心，大人，法拉諾斯和我會很舒適的。」克羅沙拍拍貝拉里恩的肩膀，揚起一小團塵土。

瑪拉薩大力拍拍雙手，兩名手上拿著刷子的男孩便急匆匆跑來，迅速又魯莽地拍掉貝拉里恩身上的塵土，然後以更為溫柔的方式對費菈辛娜如法炮製，接著一名年輕女孩拿來梳子並露出微笑。

費菈辛娜盯著我們，心花怒放。「我應該會喜歡這裡，小心別惹麻煩啊。」她挽著年輕女孩的手，讓她帶往迎賓區。

其中一名男孩帶著貝拉里恩王子前往同一個方向，另一人則把我們趕向村莊深處。男孩領著我們走向村民的時候，他們也注意到我們，並像遇上野蠻又飢餓的不死人一樣散開，我則是開始尋找撤退路線。**一發咒語可以打散一些人，接著克羅沙就能殺出一條路來……**

克羅沙望向我的方向，心裡和我有同樣想法。

接著一名高大女子彎身從一扇門穿過重重障礙走出，雙手擺在髖部。寬闊的下巴和突出的顴骨，使她缺乏費菈辛娜的女性美，但她眼中的神采和迅速露出的笑容，讓她多了幾分耐人尋味的特質。她從頭到腳仔細打量我們，然後點點頭。「所以，我該讓死者復生，跟我來吧。」

克羅沙和女子一樣彎身進入我後來發現稱為「淨化中心」之地，而我經過時則不必低下頭，許多村民也從我們身後湧入，迫使我們來到中央。我們本來還會更往裡靠，但是兩個剖半的巨大木盆占據了側邊的空間，高大女子再次盯著我們，然後走去對著村民說道：「你們知道該怎麼做。」

村民離開後，又帶著一桶桶冒著蒸氣的熱水回來，快速注滿澡盆。數百隻手扒光我的裝備，再來輪到我的衣物，他們把我脫得一乾二淨，除了手上的戒指，戒指顯然美麗到足以留下。女子像抱小孩一樣把我抱到最近的澡盆中，手持刷子和鹼皂的村民朝我襲來。我想出聲抱怨時，有人抓住我的腳踝一拉，用沸騰的水蓋住我的抱怨，當我再次探頭，有人復仇般將肥皂抹上我的頭髮，然後又把我壓進水中。

擦洗完之後，他們把我拉出澡盆弄乾，並且在我身上塗油和油膏。我覺得自己的屍體埋葬前，一定就是這樣準備的，這讓我感到不舒服，不過克羅沙宏亮的笑聲讓這感覺煙消雲散。他身高比我高，體型也比我寬闊，需要小孩站在成人肩膀上，才能弄乾、梳理，並編織他的頭髮。

我塗完油，渾身散發香氣後，他們讓我坐在一張板凳上，換另一群村民做事。他們在我臉上鋪上一層粉，遮住我蒼白的膚色，然後塗上胭紅和口紅，為我添上一點生氣。他們把我的嘴唇塗上紅色，手指甲則是更淡的紅色，腳指甲也如法炮製，上色前也已修剪和整理過，他們甚至為我的頭髮抹油，使其閃耀渡鴉翅膀般烏黑的色澤。

最後他們為我拿來衣物，一件紅色金邊長罩衫，並以金色肩帶固定，下半身則是猩紅色的長褲和長至膝蓋的紅色皮靴，他們還為我搭配了一頂深棕色的寬邊帽，帽上裝飾著美麗的羽毛。接著他們交還我的腰帶，已經清洗、上油並修補過，我的小袋子也受到相同的待遇，他們甚至清理了我的魔杖，還在頂端裝上鋼鐵。

盔甲磨得和鏡子一樣閃亮的克羅沙朝我點點頭。「你看起來就像活人一樣。」

「是嗎？你看起來像個參加王宮慶典的演員。」

高大的女子對我們兩人露齒一笑。「他們帶給我骯髒，而我把你們變得優美，克羅沙或許還可說是亮麗呢。現在你們才配得上我們村莊，而且還會讓我們驕傲，去吧，讓所有人看看我們是怎麼榮耀尊容的潔拉妮莎頒布的命令，並讓他們擔心自己永遠比不上我們。」

20

我不知道自己受到**淨化**後該作何感受，我發現我們的名字前面加上**尊容**、**亮麗**、**骯髒**這些詞時，指的便是根據容貌形成的階級。我推測由於尊容只會加在潔拉妮莎的名字前面，所以應該是最高的階級，這很合理，而克羅沙和我成了優美階級，使我們位居中段。

顯然我應該覺得光榮，而且也要很感激，但我完全沒有任何謝意。當我望向其中一名村民遞給我的玻璃時，我看見的不是美麗，自己確實看起來比先前更有生氣，但所有顏料和色彩都無法改變已死的事實。他們在我臉上畫了一副面具，而在他們眼中，這副面具也成了我，他們的手藝成為評斷我的唯一標準，比較像是為了使用的色彩讚美一幅畫，而非為了畫作本身呈現或再現的內容。

克羅沙沒有同樣的領悟，他看了自己一眼，盔甲閃亮，皮膚回到充滿生氣的色澤，然後便大笑出聲。他全身上下看起來確實都像名美德騎士，可是如同我先前所說，是歌劇中的那種。每一樣東西都太過頭了，使他成為自己的滑稽複製品，真理騎士在那片玻璃中看見的並非真理，而是看見面具，並選擇相信面具讓他想起的事。

我們如遊行般走過村莊，獲得諸多讚嘆，將我們變成這樣的村民則獲得更多。他們似乎把我們視為一種寶藏、一種奇觀、一種集體的作品，每個人都有出一份力。我們也可能是一座穀倉、一座橋樑、一座瞭望塔，但我們兩人都不是這種材質製成，對一座村莊來說也沒有這麼高的價值。可是他們仍然像沙列瑞克看見黃金一樣，自豪地看著我們，在他們心中，將我們變成這樣才是最重要的。

有這麼多人在注意我，讓我覺得相當不舒服，克羅沙卻樂在其中，甚至有點誇張。我可以理解，一部分來說，他渴望回到從前的樣子，因為身為艾金多爾的美德騎士，代表他是萬人之上，地位僅次於他的同儕們和國王本人。失去這個身分，只能受死亡這個偉大的天秤評斷並打倒，而且只能一點一滴慢慢地想起他失去了多少東西，再怎麼說也會讓人非常迷惘。在這裡，他不用思考人們為什麼讚揚他，只需要沉浸在讚美之中，並讓他忽略靈魂中的缺陷就好。

貝拉里恩和費菈辛娜也經歷了類似的重塑，兩人都沐浴更衣，脫去盔甲，身穿明亮的絲綢。貝拉里恩穿的是綠色和棕色，一身獵人裝束，戴著一頂和我很像的帽子，不過少了美麗的羽毛。他似乎比先前更自在，我猜是因為這些衣物對他來說比盔甲更熟悉，就算只是能夠擺脫盔甲的重量，也是個愉快的改變。

費菈辛娜則成了一個古怪的生物，完全不像身為騎士的她，她的絲綢如蜘蛛網般輕盈，露出來的部分比遮住的還多，她挺起頭，充滿自信地前進，顯然知道所有目光都落在她身上並理所當然地接受。她的雙眼充滿神采，就和脖子及耳朵上的寶石一樣明亮。其他人臉上的表情，表明他們都忌妒貝拉里恩能和她作伴，那副外表肯定會催生許多人的幻想。

隨著下午邁向黃昏，全村也聚集在豪華的大廳準備慶祝。每個人都幫忙裝飾，擺花、掛上布條和旗幟，並開始準備食物。少數幾人——在我看來是最迷人的那些人——早早就結束工作回去打扮。而那些留下來工作的人，看起來也沒有抱怨或心生不滿，感覺就像他們相信其他人感受到的喜悅，也會以某種方式傳到他們身上。

準備過程中，我發現一件奇怪的事。原先要擺放十二張桌子，瑪拉薩卻叫人搬走三張，而在十八座花束中，也有六座看來不適合並遭到撤走。村長試湯、試酒、檢查一條條麵包和烤雞翅，然後隨意撤掉一些。那些上得了檯面的東西就會在慶典中供應，其他則搬到村莊後方較小的宴會，擺在先前撤走的桌子上，供受淨化者享用。

我在暗處觀察這一切，我不覺得自己是村莊的一員，而且因為不需要吃東西，也看不出任何參加慶典的理由。貝拉里恩和費菈辛娜身為座上賓，必須強制參加，我也不怪他們好好放鬆一下，這是這趟旅程中他們首次能夠休息的時間。克羅沙也因上述提到的種種原因，同樣享受慶典。我必須幫他說句話，至少有觀察到一次，他四下找我，但從沒發現我從黑暗的外頭窺視著大廳。

我離開現場，將自己深深裹進夜色溫暖的懷抱中，漫步至村莊的邊緣，並來到盆地的山脊，讓大廳傳來的音樂和另一個晚宴傳來的坦率笑聲慢慢消退。我試著理解人們為什麼會支持生活在一個人造之美可以帶來優越地位的系統中，特別是當他們自身的辛勤努力，可以讓某個像我這樣的人，骯髒的一員，變成優美的一員時。這不是說我認為變得美麗馬上就會讓某個人也變成傻子，就像我也不覺得胖子在道德上特別脆弱，或是沒有傷疤的戰士是個膽小鬼一樣。我要說的是相信透過化妝，不知怎地便能讓我變得比那些淨化我的人更為高等，實在非常愚蠢。

遠方黑暗中的某處，有東西鏗鏘作響，也許是鐵鏈打到鍋子吧，沒什麼好擔心的。我轉向那個方向，看見動靜，於是我往前走，聽見公牛柔和的哞哞聲，以及緩緩拉著木推車的嘎吱聲。我在接近後認出人形，大約十七、八人，正穿過下方乾涸的河床。

我往下朝他們而去，儘可能輕手輕腳，但這不是件容易的事。盆地邊緣之外，大地更加荒蕪，覆滿碎石，逕流在四處刻出溝渠，灌木叢生，垃圾堆滿顯然是優美村民當成垃圾場的地方。我繞過這些東西下到河床，位在隊伍後方，並迅速趕上。

「麻煩請等等。」

公然接近在黑暗中移動的人群似乎頗為愚蠢，但我並不害怕他們。不管是男人或女人——衣衫都如此襤褸，使我幾乎無法分辨——他們都沒有任何威脅。我只看見少數幾人持有武器，如果必須戰鬥，我會先解決掉他們。所有人都是步行，行囊放在推車中，推車有個輪子劇烈晃動。

他們停下腳步，看到我時隨即撲通跪下，每個人都咕噥著類似「請轉移您的視線，大人，我們不願冒犯」之類的話。我必須修正一下我的描述，因為並非所有人都跪了下來，那些拄著拐杖行走的人將拐杖丟到一旁，重重倒在地上，腹部朝上，並加入同伴喃喃自語的行列。

「等等，停下，停止。」我也跟著跪下。「我不是什麼大人，只是個好奇你們目的地的訪客。想知道你們為什麼在這，為什麼經過優美村，為什麼在夜間旅行，也不走會讓路途更輕鬆的大路？」

就連我問這些問題時，他們仍繼續自言自語。破爛的衣衫和拐杖，至少有一個人少了半條腿，那邊還有個人背部畸形，一邊肩膀上有個腫塊。這些是無法淨化的人，又跛又殘，生命對他們相當殘忍，使他們變得如此醜陋，是國家將其視為廢物的人。

他們依然轉開目光，繼續咕噥。

「請求你們，我是貝拉里恩王子的同伴，必須了解特拉法蘭人，這樣我才能告訴他這個國家的真相。」

其中一人看向我。「貝拉里恩？帕奈爾國王的後代？」

「對，就是他，他在優美村那邊，我們要到依瑟米亞去見潔拉妮莎。」光是提到她的名字，這群旅人就縮起身子，彷彿希望可以把自己埋進沙子深處般，有些人甚至在背上蓋上沙土，想要消失。

說話的女子站起身來，身高足以平視我。她帶著一把邪惡的曲劍，黑色的衣著只露出她深色的雙眼。她四肢健全，起身也沒有任何困難，接著轉向她的旅伴們，示意他們起身。

「謝謝你們，我的朋友，他是因為我才在此。我的旅程已經結束，而對你們來說，前往瓦塔利亞的旅程尚未完成。」她前去協助某些人起身，我也幫了一些，無法完全理解眼前的狀況。我碰到的人渾身僵硬，拒絕我的幫忙，至少一開始是這樣，接著便允許我幫助他們。即便如此，他們仍從未迎上我的視線，並且努力想把自己隱藏在罩袍中。

旅人繼續他們的旅程，開口的女子則繼續站在我身旁。她憂傷地目送他們，但沒有揮手道別，而且也沒有人回頭看，只是繼續緩緩朝西南方前進。

我轉向我的同伴。「這是怎麼回事？我認為那些人都是骯髒者是搞錯了嗎？妳和他們很顯然和我的情況不同。」

「這些人全都比骯髒者還更低等，再多的顏料都無法變回手腳或鼻子，也無法拉直脊椎或者治好嚴重斷裂的骨頭。」她指著離開的人群。「他們走的是流亡之道，這是條危險的道路，許多人都死在路途上。」

「潔拉妮沙知道這一切嗎？」我皺眉。「她一定知道。」

「尊容的潔拉妮莎不會費心在意怪物的生活，如果有場洪水沖走他們的醜陋，或是有土匪搶劫他們，那也只是洗去特拉法蘭的汙點而已。這樣他們才不會冒犯脆弱的雙眼，而流亡者隱匿行跡，在夜晚移動。」

「當然了。」一切終於都說得通了，優美村對我來說最怪異的地方，就是我沒有看見任何殘缺的人，甚至也沒有人因年齡長出皺紋。化妝可能可以遮住各種不完美，但沒有任何人少了一根手指或留下疤痕。如同垃圾堆在一塊，殘缺者也遭到拋棄。

「在特拉法蘭，家人會不會因為魚尾紋或少了顆牙齒就放逐大家長？禿頭會讓某人遭到拋棄，還是戴上假髮就能使罪孽受到寬恕？」

我的同伴笑出聲來，接著開始解開遮住她臉龐的破爛布料。「你聲稱不了解這個地方，但你確實理解，流亡之道蜿蜒繞過這樣的村莊，旅人們才不會嚇到特拉法蘭美麗的人民。」

布料完全解開，我看見我所見過最美麗的女人，費菈辛娜已美得令人屏息，但這名女子的美可說沉魚落雁、傾國傾城。一頭黑髮又長又捲，在星光中閃耀並傾瀉至肩膀，深色的雙眼現在毫無遮蔽，在深棕色中藏有更多樣的琥珀色。她略深的膚色，強烈又鮮明的輪廓以及自在的笑容，讓我希望自己確實曾深愛過某人，而我的愛又以某種方式在這名女子身上重生。

就連她額頭上的傷疤，從左邊髮線附近開始，一路往下延伸到幾乎右眉處，也讓她更添魅力。這其實是個微小的傷疤，又細又直，暗示她曾在異國展開冒險，也強調了她除此之外完美無瑕的面容，使我希望自己學過治療魔法，可以讓這道傷痕消失。

她盯著我看，聲音化為低語。「你是什麼人？」

「我叫作……」

她一根手指按上我的嘴唇，讓我安靜。然後繼續凝視著，**並看透我**，我擔心她的凝視可能會刺穿顏料，看見我的本質，我只是不想看見她的臉龐因恐懼而扭曲。

「我知道你是誰。」她拿開手指並說道：「我是瑟蕾西亞，侍奉艾金多爾王座的美德騎士。」

我摘下帽子，朝她鞠躬。「妳是美之騎士。我是法拉諾斯，貝拉里恩王子的同伴，和克羅沙及費菈辛娜同行，克羅沙和我一樣已經死去。但費菈辛娜，甚至我們先前遇上的蓋文，亙古以來都蔑視著死亡。妳又是如何同樣永保青春的呢？」

「我對國王的職責使我無法享受死亡的奢侈，帕奈爾國王命我尋找他的王國之美，並找出美麗真正的本質。多年以前，貝拉里恩大人也是其中的一部分，不過是因為他的母親，這應該不令人意外才對。總之我走遍各處，看遍萬物。」

「那妳怎麼會和流亡者結伴同行呢？」

「法拉諾斯，千萬不要認為他們缺乏美麗。他們和你一樣美，而那就是我的天賦，我能看見其中的美麗，並幫助他們留下這樣的美。」

我點點頭。「那麼這個瓦塔利亞一定是個非常美的地方。」

「我想是的。」

我皺起眉頭。「妳沒有見過？」

「我只會帶他們到這麼遠，然後便去找更多人。」她歪了歪頭。「這是我的虛榮，你懂吧，如果我到了瓦塔利亞，就是完成了我所有的職責，這樣我就有可能變得和你一樣，或是更糟。而現在我知道我做出了正確的選擇，因為貝拉里恩大人來了，而要是他想成為他命中注定成為的美麗，那他必須知道幾件事。」

21

「那麼，麻煩跟著我吧。」我往回朝優美村走。「他們為貝拉里恩大人舉辦了一場慶典，我認為妳會是其中最受歡迎的貴客。」

我帶著瑟蕾西亞回村，走的路線有些迂迴，我告訴自己這是最容易的路線，最不可能讓我們受傷，但我也知道自己在說謊。和她在一起頗為吸引我，她讓我非常感興趣，因為她顯然熱愛萬物，但又足夠成熟睿智，能夠深入欣賞世界之美。我邊走邊偷偷仔細觀察，希望她沒發現，但我認為她肯定注意到了。

而她沒有拒絕讓我覺得非常愉快。

我們抵達在村莊長屋舉辦的慶典時，已經非常晚了，所以多數人都已喝了好幾杯酒。克羅沙就算真的醉了，也絲毫不受影響，貝拉里恩相當放鬆，露出大大的笑容，聽見笑話也會跟著大笑。費菈辛娜也同樣頗為享受，而且常常靠向貝拉里恩，在他耳邊低語，用手指拂過他的手臂或臉頰。

我們的到來沒有引起什麼注意，直到瑟蕾西亞大步走進室內，並在貝拉里恩面前單膝跪下。特拉法蘭人認出了她的衣著，別開臉去，興致大減。瑟蕾西亞低下頭時，精緻的頭髮遮住了她的臉龐，就算沒有露出其他缺陷，也無疑讓主人認為她一定十分醜陋。接著，伴隨她抬起頭，望向貝拉里恩的雙眼，特拉法蘭人便和我一樣因她的完美倒抽一口氣。

「我很榮幸能夠侍奉您，貝拉里恩王子，我叫作瑟蕾西亞。」

貝拉里恩盯著她，邊點頭邊露出微笑。「我記得妳，妳在我們前往我沉睡的金字塔時，和我們旅行過一段時間，妳是美之騎士。」

「您記得真是太仁慈了，大人。」

費菈辛娜在椅子上坐直。「再次見到妳多麼開心啊，姊妹。」

「而妳，姊妹，妳一點都沒變。」瑟蕾西亞轉身朝克羅沙微笑。「你呢，我永不腐敗的兄弟，我也非常想念你。」

「我也一樣，瑟蕾西亞，雖然我已經開始腐敗囉，如妳所見。」

「美麗不僅限於生者，克羅沙，你心中依然十分美麗。」瑟蕾西亞起身，張開雙臂緩緩轉身，讓在場的特拉法蘭人看看她。我們的主人在看見她的美麗之後，也變得自在，他們慢慢開始繼續聊天，只是很小聲，不過在有人為美之騎士拿來一杯酒後，慶典的能量和音量就恢復了。

我繼續待在後方，疏遠現場的氣氛。我看出瑟蕾西亞剛抵達時村民的擔憂，以及發現她的魅力後他們的放心。但她的穿著，流亡者的襤褸衣衫，一定也提醒了他們自己放逐到那條孤獨道路上的親人。還是說特拉法蘭是個人民刻意對現實盲目，並且著迷於稍縱即逝事物之地？他們是否像這座村莊一樣，對外人展現最好的一面，把比較不美的部分藏起來，或是他們的欺騙成了現實，而其他事情都遭到遺忘？

我毫不懷疑就像在卡達爾一樣，社會的改變是從首都開始。如此不切實際的生活方式甚至能夠影響到這麼遠的鄉下，代表違反朝中的命令會有多可怕的後果。那些成為流亡者的人能夠在根本上停止存在，也表示任何人都有可能一夕之間變為醜陋並受到拋棄，沒有人會在乎或反抗。

慶典持續到凌晨時分，許多參與者都相當欣賞彼此的美麗，聚在一起，成雙成對，享受同伴陪伴的愉悅。他們漫步走入夜中，費菈辛娜和貝拉里恩留了下來，聚精會神深聊，時而發出讚嘆和笑聲。不願或不想找伴的村民則獨坐飲酒，凝視著虛無。我模模糊糊想起以前便曾見過處在這種狀態的人，並哀嘆我在墓中待了這麼長一段時間之後，人們還是沒有脫離這種行為。

我從來沒有發展出偷窺別人的癖好，於是走進夜晚之中，仰望星辰。我覺得天空已經物換星移，而地上的人們卻沒有改變，實在非常怪異。艾金多爾曾是個生氣蓬勃的國家，充滿黃金、美麗與力量，但在我最後踏上其道路的數個世紀間，國家的美德已淪為自身拙劣的複製品，社會嘲諷他們的根源。我在想帕奈爾會怎麼看待此事，也能輕易想像他如何暴怒地重新淨化整個國家，他會像園丁一樣砍去枯木，然後等待所有事物重新茁壯。

「星辰中有種冷酷之美，不是嗎，法拉諾斯？」瑟蕾西亞溫柔撫慰的聲音溫暖又熟悉。

「星星在這些年間改變位置，其方位卻從未改變。」

「改變的永遠是觀察者，而非觀察本身。」我轉向她，露出微笑。「我們找到貝拉里恩大人時，妳出現在他夢中。」

「我希望是好夢。」

「怎麼會不是呢？」

她皺起眉頭，這個動作完全無損她渾身散發的光輝。「他的最後一趟旅程並非我們初次見面，雖然他對那次見面特別印象深刻。嗯，他出生時我在場，他的母親過世，而他也差點死去時，我也在場。」

我揚起一邊眉毛。「我不知道這件事。」

「國王派我到艾金多爾執行第一次任務，目的是尋找美女，而我找到了容貌出眾的彌桑絲，她身上有種特質，一種我無法辨識的特質。」她抬頭面向星辰，凝視著過去。「也許很愚蠢吧，我帶她入宮，帕奈爾馬上喜歡上她，把其他妻子拋在一邊，她們當然不太開心。彌桑絲迷倒了他，她會朗誦詩歌，使國王相當入迷。她也會把野花編織成項鍊和花環，國王會將其放在王冠和其他金飾上。而他也帶她上床，在他的臥房連續待上好幾天，最後終於讓她懷孕。」

我用手指輕敲下巴。「我沒聽過這個故事，我懷疑貝拉里恩大人是否知道。」

「他不知道，也不該知道。」她嘆了口氣。「帕奈爾的各個妻子，她們知道要是彌桑絲順利生下孩子，國王必定會最寵愛他。她們無法容忍這件事，所以密謀讓王國擺脫她，殺死她和她的孩子，讓她們自己的孩子繼承。」

瑟蕾西亞轉向我。「朝中曾經有個美人，無奈紅顏禍水。國王手下有美德騎士，光鮮亮麗的戰士，維護他的法律，並促進國家的福祉。但為了平衡這股勢力，他還有另一個間諜，一個黑暗靈魂，某些人說他是從地獄召喚來的魔鬼，其他人則稱他『欺騙騎士』。有些人甚至認為國王擁有一整支這些殘忍手下組成的軍隊，全體稱為『毒蠍軍團』。國王的妻子以某種方式得到毒蠍的關注，並命他消滅彌桑絲。」

「毒蠍因為某種理由，告訴帕奈爾彌桑絲有危險，所以我便身負保護她的重任。我盡全力完成任務，隨著她的肚子一天天大起來，我們也逃離了毒蠍的魔爪。但在她分娩時，刺客發現了她，他用的是毒藥——沾著致命劇毒的針尖——而彌桑絲不幸過世，孩子還在子宮中，因為同樣的劇毒也即將死去。」

瑟蕾西亞顫抖起來，臉上滿是痛苦，持續了一陣子，於是我伸手扶著她。「妳後來怎麼做？」

「我救不了那名女子，我看著她的美麗凋零，所以我把孩子和她分開，並花了好幾天想盡辦法救活孩子，讓他活下來。我把他帶到日後他將長大的村莊，確定他一定能夠好好長大之後，才告訴帕奈爾。」

「這就是為什麼有這麼多騎士和學者到他家教育他。」我伸手摸摸下巴。「這也解釋了另一件事。」

「嗯？」

「克羅沙和我，當我們殺死某個東西、任何東西時，都能吸收其靈魂，我們能看見死者的記憶，死者的一生，然後變得更強大，而貝拉里恩大人也同樣能吸取靈魂。蓋文曾說過一個貝拉里恩大人差點溺死的故事，但因為他不像克羅沙和我，我一直沒有完全接受那個解釋。可是要是貝拉里恩大人出生時便已死亡，後來才重生……」

瑟蕾西亞鄭重地點點頭。「他的重生肯定早於讓你和克羅沙回到人世的任何方式，或許他出生時的狀況，甚至導致了你們經歷過的那種改變也說不定。這也能解釋**為何**我們將他送到避難所之後，世界如此迅速改變，清醒時他的意識可能阻止了這場災難，但隨著他陷入沉睡，災難也就失去控制了。」

我研究著她的表情。「世界改變得有多快呢？」

她往下盯著地面。「若以人類的世代來計算，真的非常快速，而且還是以面貌各異的方式襲來，某處爆發的一場瘟疫可能就會消滅無數人。一場入侵、種族滅絕、地震、巨大的風暴則為其他人帶來末日。河川改道，港口便凋零遭人遺忘。長達一個世紀的旱災讓帝國的心臟停止跳動，所有省分陷入野蠻的征戰。」

她沉默了一段時間，望向空中。「對我來說，艾金多爾之美眨眼即逝，但或許一個王后能夠密謀殺死嬰兒的國家，也不是那麼美麗吧。」

我瞇起眼睛。「貝拉里恩大人正肩負著一項任務，要拯救他的父親，並修復艾金多爾。如果妳質疑其美麗，還能心懷寬恕嗎？」

「在你看來，法拉諾斯，你認為艾金多爾會回到先前的樣子，帶著從前的缺點和一切，或是能在重生的過程中，了解完美為何物呢？」她把手心按在心上。「我想要的是看見艾金多爾真正體現其美麗。」

「這是個值得奮鬥的目標。」我朝她鞠躬。「歡迎妳加入貝拉里恩王子一行人，今早我相信我們擁有達成這個目標所需的力量。而現在我認為，我們也擁有能夠抵達終點的決心。」

†

正午前我們再次啟程，馱獸滿載優美村獻給王宮的禮物。而通往依瑟米亞的道路又直又正，兩旁若非林蔭夾道，就是通往一小片四周開滿野花的凹地。如果我們登上河岸，看向道路盡頭，便會找到更為荒蕪的土地，但在道路覆蓋的範圍內，特拉法蘭仍十分美麗。

我們確實曾離開大路，拜訪村莊，而且隨著我們往首都接近，也來到了城鎮，聚落全都和道路一樣美好，而在較大的城鎮中，我們也從未越過克羅沙認為是**劇院區的區**

域。每個新地方都會讓我們煥然一新，抹去上一座城鎮的痕跡，令我們趕上最新的潮流，跟上目前的審美標準。每次停下腳步時，我常常覺得自己是一件經過重新拋光的家具。

不過沒有半個人敢碰瑟蕾西亞。

盛宴繼續，禮物滿載，即便我知道流亡之道的真相，仍發現自己很容易就接受大多數人擁抱的幻想，雖然瑟蕾西亞能看見光譜上超越外表魅力的各式美麗，但對其他所有人來說，美麗就僅止於此。人們拚命試著想變得比原先更好，受人喜愛只代表接受阿諛奉承，甚至連我這個不死人稱讚他們時，人們也會洋洋得意。

只有少數人擁有足夠智慧，能夠看穿迷惑其他人的事物，但也只會和那些不會輕易受到蒙騙的人分享他們的觀察。有個男子告訴我一句古特拉法蘭諺語：「沒有什麼比徘徊不去的目光還腐蝕人心。」警告我不要太仔細觀察所有事物。擔心外表不再、被抓到小辮子，甚至只是年華老去的不安全感，都會引來徘徊不去的目光，我認為如果有天，所有特拉法蘭人醒來發覺自己活在一個幻覺組成的世界當中，那麼他們的認知將會完全崩解。

我們終於抵達依瑟米亞，並登上一座山頂，整座雄偉的城市一覽無遺。城市比起經過人為設計，更像自然發展的。沒有什麼直線，而是許多精緻的弧形、彎曲、裝飾。塔樓讓我想起貝殼，螺旋往上，刺穿天空，牆面線條流暢，道路蜿蜒滑行，緩緩彎過擁有圓窗、顏色鮮豔的社區。壁畫描繪的主題不是現實世界，因為真正的再現不可能達成，取而代之的是如絲帶般一圈圈潑灑的顏料，以及嬉戲般挑逗雙眼的線條，引誘訪客深入城市，甚至連路面上完美又平坦的鵝卵石，表面都刻有彎曲紋路。

城門守衛試圖攔下我們，但瑟蕾西亞露出臉龐，展現魅力，於是四名騎士上馬，帶領我們經過街道。隨著我們從城市外圍來到內部，則由階級更高、制服更華麗的守衛接手，街上的民眾也同樣變得更美麗，服飾也更鮮豔。等到我們抵達王宮一座彷彿以熔化的珠母貝建造的城堡時，人們身上穿著的絲綢已如此繁複多層，幾乎無法跨出腳步移動。

戴著高帽、腳踏高鞋的大臣以化了妝的臉孔和蕾絲面紗歡迎我們。他們給我們一人一條似乎是黑色蒙眼布的東西，只不過是以蕾絲製成，幾乎無法達成效果。我們跟隨他們進入潔拉妮莎的王宮，並縮小步伐配合他們的腳步，沿著一條豪華的紅地毯走下又長又高的走道。擁有相同面孔的美麗女子雕像立在壁龕中，壁龕則是夾在掛著畫作的鑲板間，畫中描繪的也是同一名女子，或著裝或赤裸，身旁是傳說中的男性和女性——所有人好像都相當陶醉在她的美貌之中。

我認為畫中的女子便是潔拉妮莎，而這些畫作使她獲得永生，如同沙列瑞克的王宮中也充滿對他的讚揚。經過的大臣會舉起右手或左手遮住自己的視線，以免看見藝術品，這讓我覺得有些奇怪。如果潔拉妮莎真如其描繪的一樣美麗，我無法想像他們會對她擁有慾望，而且日復一日看見這些畫作，也可能會降低其影響力才對。但無論如何，我也如法炮製，對畫作視而不見。

大臣帶領我們進入王座廳，我驚訝地發現距離頗近。刻有精緻金絲細工的象牙屏風將我們圍在中央，六根柱子從門口直通底部，地毯繼續延伸到柱子間的一道屏風，屏風後是座乳白色的王座，上面放著紅色天鵝絨座墊。王座的背部開展成蓮花圖樣，但並不對稱，彷彿有陣強風將葉片和花瓣吹往右側。

左方越過象牙屏風之處，出現了一個人影，骨瘦如柴，高得不可思議，移動相當緩慢，每一步只能前進幾公分。人影身穿金緞裝飾的腥紅色長袍，頭飾也是同樣的顏色，高達一百二十公分，顆顆鑽石組成的星群閃閃發光。一副精雕細琢的金色面具遮住了人影的容貌，面具上的臉孔和外面的雕像一模一樣，因而絕不可能錯認她的身分。

全身上下只纏著腥紅色腰布和蒙眼布，宛如華麗標本的僕人匆忙往前，在大臣們下跪時協助他們。最中間帽子比其他兩人還高出一個手掌的大臣，在潔拉妮莎緩緩走向王座時轉向她。「世界之光，尊容的潔拉妮莎陛下，我們為您帶來了一名自稱是貝拉里恩的男子……」

潔拉妮莎抬起手，袖子滑落，露出修長的手指和更長的指甲。「我知道這是誰。」面具上——或說我認為是面具的東西上——露出銳利的表情。「他宣稱是我的弟弟，但事實上，他是我的死亡。」

22

我盯著潔拉妮莎的手及她的手指，和蜘蛛非常像，戴著戒指的手指緩緩移動，指甲也塗上搭配戒指顏色的條紋和斑點，彷彿她的雙手抓著看不見的網子，將她拖向自己的王座。

接著我注意到她的視線仍然停留在總理大臣身上，忽略我們其他人。這相當古怪，因為如此大膽的指控，必定伴隨著注意力轉移，會說出那樣的話，一定是想要引起什麼會讓我們露出真正意圖的反應。可是她依舊看向她的大臣，不過並不是看著他，而像是根本沒有看見他，只是讓自己面向聲音的來源。

總理大臣深深鞠躬三次，額頭都碰到地板，頭飾上的金屬帶隨著每一次撞擊發出聲音。他的同伴同樣鞠躬，纏著蒙眼布的僕人協助他們重新站好。總理大臣挺起肩膀。

「那麼我們應該除掉這個名為貝拉里恩的醜陋東西。」

我提高音量。「我會認為，尊容的潔拉妮莎陛下，照耀萬物的仁慈之光，這並不是個解決尚未開展情況的美麗方法。」

金屬面具的表情緩和下來。「而你又是？」

「一個不值得您注意之人，陛下。」我看了克羅沙一眼。「我會讓我們的同伴，真理騎士克羅沙，向您證明貝拉里恩大人的品格和目的。若以其他方式進行，將會是用令人討厭的困惑浪費您的時間。」

「美德騎士啊，克羅沙，我記得你。你曾對我說過，世界永遠不會知道比我還美的美麗了，那時你說的是實話嗎？」

克羅沙單膝跪下，盔甲鏗鏘作響，他和先前一樣半瞇著眼看了我一眼。「尊容的潔拉妮莎陛下，若這並非真理，而是錯誤，那只是因為我低估了您的美麗。」

總理大臣回頭盯著騎士。「無上之光，這是出自被死亡拒絕者之口。」

克羅沙說話時潔拉妮莎笑了起來，但在聽見大臣的話之後眉頭深鎖。

克羅沙擠出笑聲。「無上之光，您的大臣說的是事實，我屈服於死亡，是因為我已見識過世間之美，而我拒絕待在墳墓，是因為希望再次看見您。光是見到您，就讓我希望自己還活著，和貝拉里恩大人一樣。」

大臣哼了一聲。「他說的男孩不可能是您的弟弟，如星辰般閃耀的女王，因為他相貌和穿著都如此平凡。」

克羅沙渾厚的聲音響徹王座廳。「無上之光，這是因為他謙遜又充滿敬畏。」

「他是嚇得目瞪口呆啊，尊容的潔拉妮莎陛下，他散發牧羊人的氣質，黯淡的雙眼不比羊群還聰明。」

克羅沙瞇起眼睛。「大臣，那麼你就是不理解牧羊人並不常穿戴盔甲、手持寶劍，也不會有三名宣誓效忠的美德騎士同伴，從卡達爾一路跟隨他來到你們朝中，只為完成任務。」

大臣本來還想回話，但潔拉妮莎再次舉起手，要他安靜。「其他騎士們，對我報上你們的名號吧。」

費菈辛娜走向前。「無上之光，我是忠誠騎士，侍奉貝拉里恩大人，如同侍奉您的父親。」

「永保忠誠，是的，當然了。那妳呢，另一名騎士？」

「我是瑟蕾西亞，萬物之光。」

「啊，是美之騎士，妳這麼多年來為何都沒有拜訪過我呢？妳和可憐的克羅沙一樣待在墳墓中嗎？」

「我的任務是尋找美，尊容的潔拉妮莎陛下，而不是讓我的醜陋玷汙您的朝廷。直到加入貝拉里恩大人的行列後，我才相信他的光芒足以取悅您，讓您不會注意到我。」

潔拉妮莎張開雙臂，現在可以看見她的雙手，兩隻編織無形之網的蜘蛛。「但我對妳如此印象深刻，瑟蕾西亞，妳的美麗比我黯淡，但也毫不遜色。我的父親曾告訴我要好好觀察妳，妳如何移動，妳如何說話，他說妳不經意流露出的美麗永不消逝。」

「您的父親真是太仁慈了。」

「第一個開口的又是誰呢，那個不值一提者？」

「無上之光，我是法拉諾斯，星辰間黯淡的一粒塵埃，沐浴在您散發的光芒中。」

她看著我的方向，我發現她並非失明，而是如果我們入不了她的眼，她就不會注意到我們。她可以強迫自己注意，但是城堡雄偉的吊橋可能會比我們還早出現在她的視線中。獲取她的注意會是她子民的目標，但同時也會邀請她看見他們的本質，這將導致評斷，而我擔心評斷的結果將比不受注意帶來更多傷害。

她盯著貝拉里恩。「而你，弟弟，你會為自己說話，還是滿足於地位較低者替你發聲？」

「我原先想保持沉默，無上之光，在您面前我發現我無法好好表達自己，我希望我的話語能取悅您，但我並不優雅。我是一名牧羊人，一名戰士，以及為您父親履行責任之人。」

「這話說得輕巧，卻很直接，也沒有漫無目的的諂媚。」她抬起頭，我擔心頭飾的重量會壓斷她的脖子。「比起引誘無辜之人與獎勵過於自私者的複雜禮節，簡潔的優雅更為討人喜歡，簡潔的優雅是種力量。」

潔拉妮莎說話時聲音從宏亮轉為輕柔，其中帶著一抹愉快，她的手勢也變得更為緩和，彷彿正在撫摸心愛寵物的毛皮一樣，而非編織蛛網。她的表情柔和，嘴唇露出少女般純真的微笑。

她對簡潔和優雅的接納，在朝中引發一陣情緒地震，所有僕人僵住了一陣子，然後垂下肩膀，步伐放鬆。就連牆上的火把都無精打采，忽明忽滅，大臣的長袍各處也因他們改變姿勢出現皺褶。然而，即便僵硬自他們的脊椎中消失，他們仍專心研究女王，試圖判讀最細微的線索，了解她之後會作何反應。

「我一向直來直往，尊容的潔拉妮莎陛下，您父親希望我蒐集三把鑰匙，我已從沙列瑞克那獲得黃金之鑰，也想向您取得美麗之鑰。」

她抬起下巴和右手，脖子的皮膚上環繞著一條乳白色飾帶，就像個活生生的刺青。色彩流動、旋轉、變暗，深深沉潛，接著以全新的紅、黃、藍色澤躍起，即便象牙屏風半掩，不斷變換的紋路仍讓我深深著迷。

「他告訴我有天你將到來，或許不一定是你，反正是某個宣稱代理他的人。他讓我在將鑰匙交給你之前，可以自由指派你完成一項任務，任何任務都可以，但要足以證明你值得託付這個責任，不是什麼妄想一夕致富的騙子。」

貝拉里恩低下頭。「我很樂意為您服務，尊容的潔拉妮莎陛下。」

特拉法蘭女王在王座上坐直，頭飾高過椅背。「你不是稱呼我為姊姊。」

「若是如此，那我將是以我無權使用的稱呼叫喚您。」貝拉里恩仍然低著頭，視線對著地板。「我這一生都以為我的母親在我出生時便已去世，也從不知道我的父親是誰。克羅沙和法拉諾斯喚醒我後，我才知道我們的父親是同一人，但您並不認識我，甚至從未聽聞過我。假如我覺得您對我的感覺和與您從小一同長大的兄弟一樣，那我便是愚蠢又無禮。」

「你已經到卡達爾見過沙列瑞克，而且無疑也將前往西瑞里克拜訪多拉雷德。我對你的看法和對他們不同，你應該覺得非常幸運。」

「您能想到我就已經很好了，尊容的潔拉妮莎陛下。」

「我是該想到你，還有鑰匙。」她指著總理大臣。「你要在黎明之翼為他們安排住所，並為他們準備，我們今晚要在星辰穹頂一起用晚餐。到了那時，或是明早以前，我就會決定如何安排美麗之鑰。」

「遵命，無上之光。」總理大臣鞠躬，額頭撞擊地板五次，並在協助下起身，他的同伴也以同樣方式起身，然後三人遮住視線往回走，穿過我們之中。我有些期待克羅沙會推倒其中一人，只為享受隨之而來的混亂，但他抵擋了這個誘惑。他們離開之後，我們也跟著離開王座廳，留下潔拉妮莎坐在她的寶座上，和宮中各處的雕像一樣靜止卻美麗。

僕人帶領我們到黎明之翼，這時我注意到一件怪事。所有雕像和肖像畫中的潔拉妮莎，都變得稍微年輕一點，也更為純真，和她面具上的新表情相仿。但我沒有察覺到任何造成這些改變的魔法，而且在我們經過之前要完成調整，會需要一整個軍團的畫家和雕刻家。我發現這一定和魔法有關，但並不是非常強大的魔法實際改變了雕像和牆面，而是操控了我們看待這些物品的方式。這代表王宮中的所有東西，甚至整個特拉法蘭，都是一個巨大的幻覺，讓觀者看見他們想看的事。

同時也取悅潔拉妮莎。

想抵達我們的住處，需要先登上兩道階梯，階梯彼此相連，使每層都有六公尺高的天花板，寬度可供八名騎兵並肩共騎，走道則可塞滿兩倍人數。高聳的黃銅雙扇門通往擁有四間套房的交誼廳，大師級的工匠以各式各樣的木材和布料製作其中的家具，座椅最適合想要休息一會的人，而如果我真的要睡覺，我睡覺的床甚至比我墳墓的空間還寬敞。僕人也帶我們沿著走道走向東邊深處，來到位於黎明之翼頂端的房間，這是一間浴室，牆上有一排窗戶面向日出的方向。

我們從這段額外的旅程回來時，其他僕人已在交誼廳擺好餐桌，桌上放著起司、葡萄、堅果、我認不出的水果、一壺壺紅酒和蜂蜜酒。即便克羅沙不需要補充營養，他仍然露出微笑，期待蜂蜜酒入口的滋味，接著在發現味道和他記憶中不同時皺起眉頭。

貝拉里恩從費菈辛娜手上接過一杯紅酒。「法拉諾斯，你開口介入時覺得會發生什麼事情呢？」

「總理大臣會下令將我們毀容，或許不會殺死我們，但一定會遭到放逐。」我看著瑟蕾西亞。「我的詮釋正確嗎？」

「流亡者中那些殘廢的人，多數是因意外，但有時也是受到懲罰，不過多數都是流放到村莊而已。我不記得毀容是這裡的主要刑罰，由於美麗相當受到重視，刻意毀容某人便永遠奪去了他們復原的機會。」

克羅沙搖搖頭。「我不覺得潔拉妮莎是個寬宏大量的人。」

「沒錯，確實不是。」瑟蕾西亞叉起雙手。「我認為我們最後看見的景象更麻煩，尊容的潔拉妮莎陛下可能只是說出內心的想法，甚至不是非常認真，但她的子民們將這些隨口說出的話語當成王家諭令看待。」

克羅沙將蜂蜜酒放回桌上。「我不懂那些屏風和僕人臉上的蒙眼布，還有潔拉妮莎穿著的層層衣物，隱藏她的美麗。」

美之騎士聳聳肩。「屏風、蒙眼布、衣物，都不是為了要隱藏她的美麗，而是要保護我們。尊容的潔拉妮莎陛下如此之美，我們只要直接看到她一眼，離開後便會悵然若失，結束自己的性命。」

費菈辛娜皺起眉頭。「她不可能真的這麼相信。」

「她相信什麼並不重要，姊妹，重要的是她的子民相信什麼。」瑟蕾西亞走向一扇俯瞰城市的窗戶。「居住在王宮周圍的人民，是為了取悅他們的女王而打扮，瞧，自從她說出簡潔便已足夠之後，風聲已經傳出去了。」

我到窗邊加入她，人民已脫下半數的衣物，減少穿搭層次，他們多年來第一次能夠大步經過王宮。僕人們急忙四處蒐集丟棄的衣物——而且說句實話，這些衣物都摺得整整齊齊，並按照顏色和質料堆在那抹顏色適合出現的地方。有趣的是，衣物下露出的人們看起來似乎仍十分完美——沒有任何流亡者偽裝混入城市。

克羅沙哼了一聲。「所以如果明天她隨口說戒指只能戴在其中一手的某根手指上，城市裡所有的珠寶商都會破產。」

「很有可能，我的朋友，或是……」我讓自己露出微笑。「隔天又有個大臣會澄清，請注意不同日子應該要戴不同戒指。或許我們會看到一道命令規定人們現在不准穿這麼多層衣物，應在用餐時才更衣，或者有晨裝、午裝、晚裝，搞不好甚至還有睡衣，以及慶典的正式衣物。」

「為不同的場合都準備點什麼。」貝拉里恩搖頭。「這真是愚蠢，會讓事情變得更糟。」

「其實並不會，大人。」我再次轉向窗戶。「這是命令，人們之所以遵守，是因為這讓他們比別人更占優勢，而且也提供他們可以擔心的小事，這樣就沒時間思考更大的問題了。如果你擔心要去哪裡找一頂紅帽，或是搭配的寶石戒指，你就不會思考一樁讓王子淪為流亡者的意外有何不公之處。而且這也能維持經濟繁榮，新產品會取代那些還沒用壞的東西。看似荒謬的事，其實振興了經濟，並穩定了國家。」

瑟蕾西亞一手放在我肩上。「除了流亡者之外，他們一生都毀了。」

我點點頭。「我沒有說這是個好系統，只是很有效率，可以讓人們分心並順從。」

貝拉里恩把酒喝光。「我們可不能分心，只要能達成我們的任務，我們就要照潔拉妮莎的系統玩，讓我們希望情況不會變得醜陋吧。」

23

日落時分，僕人前來協助我們準備和潔拉妮莎共進晚宴。克羅沙和我重新上妝，粉鋪得更厚一些，送來給我的衣物是深藍色和深綠色，並不難看，而且也不像我們先前在街上看到的那麼繁複。我們兩人都沒有得到頭飾，我們同伴們的頭飾則是頗為克制，並覆蓋著一塊飄動的灰色絲綢，幾乎遮住整個頭飾，他們走動時看起來就像頭上頂著飄散的煙霧。

我們同伴們的穿著也各不相同，貝拉里恩穿的是一件紅色的絲袍，前後都飾有古老的王室紋章，他的長褲和袍下的上衣也是搭配的顏色。長度及膝的靴子則是以紅色皮革製成，腳踝和腳指處飾有同樣的紋章，頭飾也配成一套，只是並沒有圍巾遮掩。此外，他也獲贈一個小刀鞘，裡面插著一把金刀，不過無法實際用來戰鬥。

美德騎士們的打扮類似，全都是深綠色，但費菈辛娜和瑟蕾西亞擁有平滑的長袍，多層的裙襬使移動頗為困難。克羅沙的罩衫飾有美德騎士的紋章——一把刺穿日出的寶劍——就在胸口。長袍的紋章則是位在左肩和右大腿處。灰色的面紗遮住了他們獲得的頭飾本身，但頭飾只有一個手掌高，大小和一個小蛋糕差不多。

讓我讚嘆的是，衣物都完全合身，而且根本不可能事先準備，特別是紋章的部分。

潔拉妮莎有什麼理由命人隨機將美德騎士的紋章繡在絲袍上？她一定有一隊手藝出眾的裁縫師，隨時準備好在眨眼間製好衣服，由於整個社會可能因她一個念頭就改變審美標準，這也頗為合理，只是其中的不切實際仍令我驚訝。

費菈辛娜和她在優美村時相同，看起來美豔動人。她的穿著和貝拉里恩不是成套，但很明顯仍屬於相同風格，本人看似相當開心，而她望向貝拉里恩時眼中的神采，使她錦上添花。

話雖如此，她仍比不上瑟蕾西亞，在瑟蕾西亞身上，化妝品只能**提點**和**暗示**，無法定義。不能穿她的黑色衣物似乎讓她有些不自在，所以她害羞地接受新的裝扮。瑟蕾西亞對新衣的讚嘆與移動時給她的感覺，使她生氣蓬勃，雙眼閃爍著對生命的熱愛，而她注意到我在欣賞她時，臉頰浮上一抹紅暈。

「我很抱歉，法拉諾斯。」

「抱歉什麼？」

「穿成這樣，讓你分心。」

我一手按著胸口。「要是我胸口中的心臟還在跳動，妳的美麗也會使其停止。」

「你人真好。」她轉開目光，但一絲微笑的痕跡顯示她很享受我的稱讚。

不像貝拉里恩，沒有一位騎士受贈任何儀式性武器，我也把我的魔杖留在房間。之後僕人到來，以緩慢的腳步帶領我們沿著走道來到階梯，我們再次爬上階梯。落日拉長陰影，並為拖曳的面紗添上幾分幽靈般的特質，這讓排在隊尾的我頗能欣賞。我們是久遠前死去的鬼魂，前來拜訪生者。

我們登上屋頂，位在六公尺高的柱廊之下，上方的穹頂飾有星圖壁畫，星辰的位置和我活著時相同。穹頂的背景是一片藍色，星辰以金箔製作，星體則是以符合其占星學象徵的顏色揮毫而成，不是世間的顏色。僕人已安排好一張能坐三十人的長桌，桌子往東延伸，超出柱廊邊界。

穹頂正下方是一座象牙屏風組成的迷宮，屏風以黑檀木細工裝飾，圍繞著一張小圓桌和一把雄偉的座椅。座椅角度經過調整，如此才不會直接面向下方的長桌，而是偏向側邊，坐在屏風外的賓客除了潔拉妮莎的側影外，什麼都看不見。

各式賓客皆已就座，留下我們一行人的空位，克羅沙和我在距離圓桌最遠處找到我們的位置。貝拉里恩則離圓桌最近，坐在最有可能一睹潔拉妮莎尊容的地方。各個大臣現在改穿較簡潔長袍，頭飾大小也較為收斂，他們坐在貝拉里恩附近，其他賓客則按地位重要性就座，直到我們這一側。即便我們這端的賓客長得並不難看，舉止也同樣優雅迷人，無懈可擊，但他們大多靜靜傾聽，偶爾開口也只是有禮的奉承。

五分鐘後，在我對同桌賓客開始感到厭煩時，一名僕人到來並宣布：「無上之光潔拉妮莎陛下即將駕到。」他輕搖鈴鐺通知女王的來臨，然後更多僕人出現在我們身後——一人一個——並在我們臉上綁上黑色蕾絲蒙眼布。不過由於屋頂上唯一的光源來自滿月和星辰，蒙眼布的效果非常有限。

潔拉妮莎登上階梯，走向她的象牙牢籠。僕人在後方為她拉著半透明的灰色絲綢，以便前進，她依然高得不自然，但現在移動更為容易，因為她也不再身著那麼繁複的長袍。長袍下肯定骨瘦如柴，而頭飾也同樣收斂許多，但仍是全特拉法蘭最高的人。她的長袍和貝拉里恩穿的一樣是腥紅色，全身上下都繡有金色的星辰和星體，金色頭飾寬闊的扇形代表破曉的太陽，也確實朝我們身上反射了幾道月光。

潔拉妮莎本人則是為我們的世界帶來光亮的光芒，她的出席使這場宴會熠熠生輝。她坐進椅子中，朝貝拉里恩的方向略微點點頭。「貝拉里恩，感謝你蒞臨我們的王國，我們希望你能真正了解王國，因而舉辦了這場盛宴，以讓你看見、理解並享用這名為特拉法蘭之美。」

暗處的某個僕人拍了一下手，我們的僕人再次登場，每個人手上都捧著擺在一隻大銀龜下的餐盤。他們將盤子放在我們面前，在聽到另一聲信號後，便以整齊劃一的華麗動作拿開烏龜。

我的晚宴同伴們全都倒抽一口氣。

而且是其來有自，第一道菜是以各種顏色合適的蔬菜製作，切成星形、新月形，與星體形，每一塊都擺在餐盤中央的金色水果旁。大廚精準擺放每一道食材，而且每個人的盤子看起來都不太一樣。騎士盤上的圖樣代表的是他們受封為騎士那天的星象，我猜其他人的則是他們的生日。

我的盤子上看不出任何重要意義，除了其代表久遠以前的某天，或是預測了不久將來的某天之外。

此時我注意到一件怪事，克羅沙和我的座位上都沒有擺放任何餐具，我認為應該是由於身為死者，主人並不期待我們用餐，或是她期待我們以手用餐。但其他賓客的桌上雖擺著各式各樣真正的餐具供他們使用，卻沒有人動手拿取，他們只是坐在那邊，雙手擺在大腿上，討論著菜餚。

接著僕人再度出現，將餐盤收走。

餐盤一道又一道上桌打開，然後沒有送任何一口到口中就又收走，根本沒人動過。湯品是濃稠的乳白色，形成一汪迷你艦隊漂浮其上的海洋。據我觀察，船隻大概是以麵包製作，紅色的生魚片刻成龍的形狀，在番紅花米飯上彼此繞圈追逐，甜菜根刻成的動物在羅勒泥做成的綠色草原上奔跑，整頓晚宴以酥皮火山中噴出的黃金蜂蜜作結。

潔拉妮莎邀請我們「享用」她的王國之美，佳餚上桌時確實十分美麗，準備食物的藝術超越了我自己記憶中，以及我重生後吸取的那些靈魂記憶中的所有事物。從所有層面來說，這頓晚宴都無與倫比。

而且說實話，用刀叉或湯匙碰觸食物，也會摧毀擺盤的完美。不過食物即便非常炫目，其意義卻不僅如此，再多吃幾頓這樣的晚宴，我們就全都會餓死。

但同時卻能讚嘆那殺死我們的美麗。

特拉法蘭便是如此，透過將外在的美麗提升為國家的目標，潔拉妮莎將生命的焦點由必須轉為奢侈。鐵匠若因意外失去一根腳趾、一根手指或一邊耳朵，也不會失去手藝。失去雙腿的畫家也不須遭到放逐，只是需要較低的畫架。而且無論美醜，有能力的老師都能傳遞對大眾有益的知識，並讓社會進步。但美是無法傳遞的，其標準也如同我們那天下午所見，可能任意改變。

最後一道菜收走之後，潔拉妮莎再度開口。「感謝各位賞光參加晚宴，你們都是美麗的同伴，除了我的兄弟和他的朋友們外，其他人現在可以離開了。但等他們完成任務之後，我會再度邀請你們，一同慶祝他們的成功。」

賓客們起身，由僕人們帶領安靜地離去。

「弟弟，我們相信你很享受晚宴？」

「我從未享用過如此美麗的食物，尊容的潔拉妮莎陛下。」

「這讓我們很開心。」她從長袍的袖子伸出右手，指甲經過修剪，並且全都重新裝飾，以搭配美麗之鑰流動的色彩。「我們已經考慮過美麗之鑰的任務，要不是你身負我們父親的重任，是不會考慮的，因為父親是我們的最愛。為了榮耀我們的父親，只要你和你的同伴們替我們完成一件事，我們便將美麗之鑰交給你，這是如此舉世無雙的美妙之物。」

「您只要開口即可。」

「在我們的王國中有一道傷口，不斷潰爛並毒害我們。黑色的毒液在像這樣的夜晚流過特拉法蘭，就在如此美妙的月光之下，嘲笑著它，嘲笑著我們，嘲笑著特拉法蘭，否定我們的一切。」

貝拉里恩坐正，前臂放在桌上說道：「告訴我們吧，尊容的潔拉妮莎陛下，我們會為您處理。」

「噢，要是鋒利的鋼鐵和火焰便已足夠，要是如此，我們便會召集我們的軍隊。各個階級的男男女女浩浩蕩蕩，軍容壯盛耀眼，他們將向前進軍，根除這邪惡。我們本應下令，只不過我們為人慷慨、善良與仁慈。」

克羅沙和我互看一眼，除非我們錯過了什麼，否則潔拉妮莎根本沒有軍隊。城市周邊有一、兩隊守衛沒錯，或許邊境的堡壘中也散落著一些部隊，但她的國家並不是一個強大的國家。即便部隊遊行時擦亮的盔甲和高高飛舞的旗幟可能很美麗，戰爭卻是一部吞噬美麗的機器，要她派出一支軍隊，就像要沙列瑞克放棄一小片黃金。

她把頭微微轉向貝拉里恩的方向。「南邊有座叫作瓦塔利亞的城市，曾是個至美之地，舉世無雙，但隨著時間經過，一切都變了。你記得這座城市嗎？你聽聞過嗎？」

「只在謠言中聽過，尊容的潔拉妮莎陛下。」貝拉里恩瞥了瑟蕾西亞一眼。「我聽說那是流亡者前去之地。」

「是的，我們允許他們前去避難，你可能會問為什麼？」她放縱地露齒一笑。「要是我們沒有黑夜，能明白白晝來臨嗎？如果我們不知道乾燥為何物，又怎能理解潮濕？若是不承認醜陋時時威脅著美麗，有可能了解美麗嗎？」

「不可能，尊容的潔拉妮莎陛下。」

「因此，為了特拉法蘭好，即使非常令人噁心，我們仍允許瓦塔利亞存在，並讓前去之人能夠平靜生活。」她的手指朝手心彎曲，在指甲限制的範圍內儘可能握拳。「但我們聽聞一則傳言，說有個出生在瓦塔利亞的女孩，據說比那裡所有人都還要美麗，有些人還說她是全特拉法蘭最美的。」

「但不可能像您一樣美，尊容的潔拉妮莎陛下。」

「弟弟，你觀察非常入微，無疑也是正確的。」她舉起食指強調。「而我們不會這麼耀眼的生物在那麼可怕的地方成長，我們要把她帶來這裡，讓她成為依瑟米亞的女兒，並讓她和漂亮的姊妹安全地待在一起。我們會讓特拉法蘭人知道，往上晉升是有可能的，如果不是他們，那就是他們的子女，我們會證明這個國家有個未來，一個美麗的未來。因此我交給你的任務非常簡單，前往瓦塔利亞，找到這個孩子並把她帶回這裡。帶她回來後，你就能得到美麗之鑰。」

「如您所願，尊容的潔拉妮莎陛下，我們會完成任務。」

「我們對你充滿信心。」潔拉妮莎起身，離開牢籠。她走下階梯時，一抹雲朵飄過月亮，使屋頂完全陷入黑暗。

克羅沙拿下面具。「聽起來她的要求非常簡單，瓦塔利亞有多遠呢，瑟蕾西亞？」

「假如和流亡者一起走，要花上兩週。」她解開蒙眼布的結，將其拿下。「但我們不像他們只能在夜間旅行，所以應該會更快，只不過我不建議這麼做。」

費菈辛娜搖搖頭。「取得美麗之鑰可不是我們可以耽擱的任務，瑟蕾西亞。」

貝拉里恩舉起一隻手。「等等，妳為什麼想要我們和流亡者一起走呢？」

「大人，流亡之道是條危險之路，我猜自己花了好幾個世紀協助流亡者抵達瓦塔利亞，而在您的協助下，我還可以帶上更多人。」

費菈辛娜皺了皺眉。「我們可沒有那麼多時間。」

我笑了。「我要提醒妳，忠誠騎士，我們為沙列瑞克完成的任務可是花了五年。」

「我支持瑟蕾西亞。」克羅沙用一根手指輕敲桌面。「雖然我沒有看見任何軍隊，但我也討厭自己做的、說的、回報的任何事，都可能導致潔拉妮莎發兵摧毀一座城市。要是有人能說服她這麼一場戰爭是美麗的，那她眨眼間就會變成屠殺的化身，這個國家也會變成刀劍和毒藥之地。」

費菈辛娜嚙起下唇好一陣子，最後點點頭。「兄弟，你的智慧不容質疑。」

貝拉里恩露出微笑。「很好，那麼我們明天進行補給——帶上足夠我們自己和其他人的份——然後在同一時間啟程前往瓦塔利亞。潔拉妮莎的心願將會完成，但只會以我們能夠接受的方式。」

24

有趣的是，準備我們前往瓦塔利亞的旅程中最困難的部分，是找一對馱獸來拉我們的馬車。潔拉妮莎向我們開放她的馬廄，她的馬廄管理員也著手替我們找最棒的馱獸，但他們都會優先選擇最英俊的，而非最適合在崎嶇路上拖拉沉重馬車的牲畜。此外，馬廄管理員還想要給我們一對相稱的馱獸，這又帶來了一連串其他問題。

最後貝拉里恩終於成功解釋由於我們是要走流亡之道，一對美麗的馱獸是我們最用不上的東西。他說服潔拉妮莎的手下給我們最實用的馱獸，告訴他們擁有最會拉車的馱獸，我們就能更快渡過旅程。馬廄管理員這才以為除非必要，否則我們不願在流亡之道上多待一拍心跳的時間，並默許了我們的願望。

比起腳伕想用一種讓貨物看起來順眼的方式打包好馬車，取得衣物和大量的補給沒有什麼大問題。費菈辛娜和他們展開角力，確保貨物擺放的效率應優先於顏色的搭配，但她很快便對腳伕的抗議舉白旗投降，決定我們上路後再重新打包。

黃昏時，再次換上流亡者裝扮的瑟蕾西亞帶領我們離開城市，我們先朝東方前進了十六公里左右，然後轉上一條往南的小徑。小徑延伸四百公尺穿越森林，接著通往樹籬遭砍伐出一塊缺口的區域，我們來到一塊充滿樹樁和半受侵蝕山坡的土地。道路蜿蜒穿越能夠找到的所有平地，有時還經過溪流，之後接上古老的林道。

我們沒花多久時間，便在前往瓦塔利亞的途中遇上流亡者，他們並非所有人都是殘缺或醜陋。有名十二歲的女孩帶著她十八個月大的弟弟，男孩被蟲咬到，左眼汙濁，他們的父母便把他帶到村莊離流亡之道最近的地方遺棄。女孩不知道父母是期待有人會把弟弟帶去瓦塔利亞，還是他會就這麼死在荒郊野外，於是她逃跑並前來照顧弟弟。

「妳把他送到瓦塔利亞後要怎麼辦？」

她聳聳肩。「如果有人要他，願意照顧他，我就會回家，也可能不會，我不確定那間屋子裡還有沒有美麗存在。」

我點點頭。「假如他需要我，妳會留在瓦塔利亞照顧他嗎？」

「會的。」她露出前臂。「我可以燒這裡，或割這裡，只要能留下疤痕就好，那他們就必須接納我。」

我把女孩和她弟弟抱上馬車後座。「我希望情況不會演變成那樣。」

「眼睛不好不是我弟弟的錯，而且他也不醜，只是有些人不這麼覺得。」

我留下她照顧弟弟——一個常常微笑，也很容易逗笑的學步嬰兒——然後回頭走在瑟蕾西亞身旁。「這麼多年來，妳看過多少像她一樣的人，願意為另一個遭到社會拋棄者犧牲自己的生命？」

「有一些，但很少這麼年輕。」她露出臉龐嘆了口氣。「最常見的是成人協助年老的父母前往瓦塔利亞，不算什麼很大的犧牲，因為很多人不久後也會遭到遺棄。然而，他們對其他人展現出的愛，也有獨特的美麗。擁有這樣的愛並依此行動的人非常稀少，比起拒絕一個因微不足道的理由便放逐人民的社會，相信自己遭到放逐的一天永遠不會到來更容易。」

「妳從沒想過去找潔拉妮莎，並向她解釋她的國家哪邊出了問題嗎？」

瑟蕾西亞以看透我的深邃目光凝視著我。「她是個只尋找美麗卻無法真正看見美麗的女人，以那個男孩來說，她只會看見他的瞎眼，不會看到他的笑容，也聽不見他的笑聲。她的世界只有一個維度，一種顏色，而她也繼續刻意對其他事物視而不見，除非她在一念之間看見了某種新的東西。所以我可以去找她，也可以和她解釋，但我說的所有話她都會充耳不聞，因為在她眼中，違抗她也是種醜陋之舉。」

我思考了一陣子。「她看不見理性之美。」

「沒錯，她把理性視為劃下獨斷界線的刀鋒。」美之騎士碰碰自己的額頭。「她會看著這道疤痕，並因此認為她比我還美。」

「即使在我第一次見到妳時，雖然因旅途飽經滄桑，光線也頗為昏暗，我還是覺得妳比她宮中最美的雕像還美。」我皺起眉頭。「這麼小的一道疤痕，怎麼會讓妳不如她呢？」

瑟蕾西亞望著遠方的黑暗，沉默不語好一陣子，最後終於縮起肩膀，壓低聲音。「帕奈爾國王在位時，我受封美之騎士。這讓潔拉妮莎的母親相當忌妒，她向國王抱怨，要求他把我趕走，國王拒絕，不是因為受我的美麗吸引，而是因為不願聽命於她。潔拉妮莎發現母親非常沮喪，以淚洗面，那時她好像才八歲，也可能更小。她問母親為什麼要哭，母親便向她解釋，於是小女孩去找父親，問她誰是朝中最漂亮的女人，國王回答是我，而女孩對他說：『你怎麼能允許有人比你的女兒還美麗呢？』」

「是帕奈爾對妳做的，就為了取悅一個小孩？」

瑟蕾西亞搖搖頭。「他叫我自己動手，以證明我的忠心。」

我一手抹抹額頭。「但她將其視為象徵，代表朝中沒有比她還美的女人，而如果在朝中是這樣，那整個艾金多爾也是如此。」

「所以一直以來都是這樣。」瑟蕾西亞搖了搖頭。「至少直到這個預言之子在瓦塔利亞出生以前。如果這個孩子真的比較美麗，我很擔心潔拉妮莎會有什麼舉動。」

†

夜晚緩緩離去，我們的隊伍也聚集了十多名流亡者。太陽升起時，我們離開道路，來到一個先前有人使用過的營地，營地的水質不錯，其他人也已經用樹枝和枯木搭好簡陋的避難所。我們在營地中心生火，我則在其他地方升起靈魂篝火，接著生者躺下以睡眠結束這天，而克羅沙和我負責照料馱獸與守望。

強盜在日正當中時出現，他們無疑曾經攻擊過這個營地，因為他們從幾座矮丘後接近。隊伍由十二人和八頭馱獸組成，顯然不是來自特拉法蘭，因為他們的盔甲已渡過黃金時期，靴子各處早已磨穿，罩袍也數個月沒有清洗，上面繡著各式不同紋章，但是都有一個共同標誌——位在頂部的一隻毒蠍。

我想起瑟蕾西亞說的有關貝拉里恩出生的故事，**毒蠍有沒有可能活了下來，而他的手下想要殺死貝拉里恩，以完成未盡的任務呢**？我以前會覺得這不太可能，但我回歸的這個世界有很多事都不太合理。

「克羅沙，叫醒貝拉里恩大人和其他人。」我拿起魔杖，彎身前傾，像個沒有拐杖協助就無法行走的老人，登上最近的山丘，往下望著山谷中的強盜們。「嘿，歡迎來到我們的營地，我們會交出所有東西。」

我的出現顯然讓強盜們很驚訝，而且和我是不死人一點關係也沒有，他們一定是計劃從下方偷襲我們，殺死反抗者，然後俘虜剩下的人。流亡者們身上最後的價值便是人力，所以我們會被趕在一起，而在向東前往西瑞里克的旅途存活下來的人，就會遭販為奴隸。

一會兒之後他們從最初聽到我聲音的震驚中恢復，露出輕鬆的笑容。有幾人從劍鞘拔出武器，其中身材最高大，皮革背心扣不上肚子的男子大笑。「我們會拿走我們想要的東西，不需要你的親切。」

他的手下在他開始爬上山丘朝我而來時大笑。我直起身，再也不是又老又殘，而是更為高大，且雖然還是死人，也更具威脅性。他的同伴朝他大叫，不過不是警告。「披著羊皮的狼啊，那傢伙，小心點！」他咒罵他們，接著在山坡處，因為侵蝕的關係，加上他的重量讓地面滑動，使他單膝跪倒。

這對他來說實在非常不幸，因為他朝我而來時，我射出一發咒語，原先是要讓他身首異處。但是他往下滑倒，所以蔚藍的電球直接擊中他的額頭，把眉毛以上的頭顱都炸飛，而他腦袋剩下的部分開始沸騰，然後沿著耳朵溢出。他看著我，眼神和我一樣了無生氣，然後背朝下倒地，滑落山谷。

即便他的同伴已沿著山谷朝山丘上的營地進攻，男子的靈魂仍流向我體內。有些刺痛，痛感來自我殺死他時的背叛感，並在他的人生中找到共鳴——老婆出軌、父親說要去市集日卻再也沒回來。他一生剩下的部分成了一團暴力的迴旋，並在他成為奴隸販子，將特拉法蘭最窮困的鄰居餵食給西瑞里克這部恐怖的機器時達到高峰。

他的同伴們沒半個想對付我，而是加緊攻擊我們的營地。他們先躲開我頗為合理，畢竟就算他們襲擊和殺死我的同伴，最後還是需要處理我，或許他們認為抓一、兩名人質可以讓我不要再煩他們。儘管在這一點上也很難理解他們的邏輯，因為他們都不會在意落入敵人手上的同伴命運，一點都不會。不過這些人可是奴隸，而他們並不是靠著謹慎的評估和良好的人生選擇才淪落至此。

他們攻進營地時，了解到我根本就是最不需要擔心的事。只穿著絲綢短褲的貝拉里恩把他的劍刃插進一人側面，轉身躲開一道劈砍，然後把第二名攻擊者開腸剖肚。費菈辛娜雙劍齊鳴，鮮血以紅色的弧形軌跡噴灑。克羅沙的巨劍閃爍銀光，用力揮下，把一人從頭到腳劈成兩半，接著刺穿第二人。

這三人令人聞風喪膽，冷血無情，瑟蕾西亞則是散發致命之美。她不是在戰鬥，而是在舞動，她靈活往前猛衝、旋轉、閃避、舉劍出擊，劃出一道銳利又輕柔的弧線，她的受害者甚至都不知道自己已經被砍中，直到鮮血從腋窩汩汩流出，反手一揮又在他的喉嚨劃出一條纖細的紅線，他跌跌撞撞朝瑟蕾西亞走了兩步，接著倒下。

剩下的最後兩人如大夢初醒般，逃離我同伴們血腥的武器，確保他們不會跑太遠的重責大任落在我身上。我的咒語缺乏瑟蕾西亞劍舞的優雅，但事實證明一樣有效。我將其中一人的脊椎燒成灰燼，終結他逃脫的希望，並融化了他同伴臉上震驚的表情。

戰鬥的騷動喚醒了流亡者，他們理解發生了什麼事，並停止思考原本可能會發生什麼事之後，便回歸人類亙古以來在戰鬥結束後會做的事。他們蒐集屍體，拿走所有有用的東西，然後把屍體丟在營地下風處的另一個山谷中。某些人也牽來強盜的馱獸，並把身上的重擔轉移到那些生物身上。

剩下的旅途中，我們只有再遇上一次強盜，而他們的下場就和第一次一樣悽慘。因為第二次襲擊是在我們路過小徑時發生，我無法確定有沒有人成功逃脫，並前去警告其他強盜，所以有可能這就是為什麼我們剩下的旅途平安渡過。不過更有可能是因為我們的隊伍在旅途中變得愈來愈龐大，而任何距離瓦塔利亞這麼近的隊伍，都早已學會如何對付強盜了。小型隊伍會是比較容易下手的目標。

隨著我們隊伍的本質改變，組成的人員也歷經變動，半盲的男孩和他的姊姊找到一對同是姊弟的年輕人照顧他們。流亡者自行組成小小的家庭，先前的陌生人彼此幫助，因為他們一起旅行，所以這也合理，但團結他們的是其他事物。他們共享被其他人拋棄的經驗，包括那些本應愛他們，支持他們的人。而新的連結之所以變得更為強大，正是因為這是出於自身的選擇，不只是環境所逼。

貝拉里恩的改變讓我最為驚豔，他一直以來都很討人喜歡又英勇，可是在我們一行人之中，他並沒有展現友善的理由。不過在流亡者隊伍中，他平等對待所有人，並沒有認為自己高人一等。他盡力幫助他們，協助守備和搬水，做得比他該做的更多。

人們因此敬重他，並開始尋求他的指引，他也在這樣的角色中成長茁壯，接受他們託付給他的責任以及權力。就連壞天氣讓道路變得一片泥濘，馬車陷入其中，他也沒有咒罵。他在意的是流亡者的福祉，想辦法移出馬車，讓我們繼續前進，甚至早在費菈辛娜說出他的身世祕密前，人們就開始尊稱他為「大人」。

我們等待太陽西沉時，克羅沙站在我身邊，看著貝拉里恩跟孩子們講故事。「他已不是我們從棺中救出的那個男孩了，對吧？」

「沒錯，或許他已經開始變得像一位王子了。」我一手摸著下巴。「他相信他父親會帶領艾金多爾重返榮耀，但我在想，這個任務是不是更適合他。貝拉里恩大人了解這個世界淪落成什麼樣子，因而也更知道世界需要什麼。」

真理騎士望著我。「你覺得貝拉里恩大人會和他父親作對？」

「等到他發現一切都不是這麼回事，還有他父親在艾金多爾的崩壞中扮演的角色以後，或許吧。」我瞇起眼睛。「而若他真的決定反抗，我的朋友，我認為他會得到我的支持。」

25

直到最近以前，我都被埋在無數塵沙下方的墳墓中消磨大多數時間，而且旅行經過的土地我也都不認得，所以我並不確定瓦塔利亞看起來會是什麼樣子。這座城市吸引殘缺和醜陋者的概念，似乎代表城市本身也會是個破爛的地方。城牆可能久遠前就因戰爭而毀壞，人民的住處比破敗小屋還好一點，建造簡陋，只能稍稍遮擋惡劣的天氣。溝渠中將躺著屍體，野生動物四處遊蕩，尋找任何一丁點食物，我們很有可能在看見城市前就先聞到城市的氣味。

因為我們在黎明前抵達，我對城市本質的第一印象是許多塔樓遮蔽了星光。隨著我們接近，破曉前的第一道曙光照亮天空，白色的城市映入眼簾，擁有七座高聳塔樓，以及一座環繞城市的帶狀城牆。我們經過一片草原，接著由農田取代，漸亮的陽光為植物染上青翠，紅色、橘色、綠色、黃色則是結出水果之處。

道路引領我們來到白色城牆的巨大城門前，四名年長的守衛堅守崗位，長矛靠在後方的牆上，他們沒有以懷疑或輕視地盯著我們，反倒上前歡迎。對他們來說，我們不是陌生人，而是找到新家的迷途者。

貝拉里恩將韁繩交給費菈辛娜，爬下馬車。「我是貝拉里恩，我們遠道而來，還帶著許多流亡者同行，我們需要和你們的領袖談談。」

最年長的守衛脫下磨損的鋼盔，搔搔腦袋。「我猜那是要找議會吧，但他們今天沒有開會，應該這禮拜都不會。」

「這很緊急，我們是來自依瑟米亞的潔拉妮莎王宮。」

男子把臉湊近。「我會通知議會，在那之前，先進城吧。」

上方的城牆高處響起一陣宏亮鐘聲，起初我以為這是要通知議會，但我在吵雜的鐘聲中找不到任何規律或信號。或許鐘聲響了十幾聲帶有什麼意義，不過就算如此，我也無法分辨。

我們的隊伍穿過城門，進入一個巨大的開放空間，中央是一座白色大理石噴泉。噴泉中心的柱子上矗立著一座女子雕像，全裸、窄臀、雙臂大張、頭部仰起並面向太陽。泉水從她口中噴出，灑下身體，接著流入泉中。水珠在陽光下閃閃發亮，噴泉上方出現一道橫跨兩側的彩虹。

進城時是一大清早，因而噴泉周遭的廣場空無一人並不令人意外，不過人們迅速湧入廣場——顯然是受鐘聲召喚——並在另一側形成一條人龍。他們的表情沒露出任何敵意，我在他們觀察我們時看見了好奇，甚至還有喜悅，特別是在從大人之間窺視的孩童臉上。

更重要的是，雖然許多人都四肢殘缺，或是身上有燒傷和疾病造成的傷痕，但每個人都散發一種內在之美。我覺得彷彿透過瑟蕾西亞之眼觀看世界，因為這些臉龐上的滿足，傳達出一種我不記得曾經看過的內在平靜。這些人了解某種我不了解的事，而他們擁有的這種祕密知識，為他們帶來了信心和大方的氣質，我不由自主受到吸引。

一名拄著拐杖，失去左腿下半部的女子走向我們。「歡迎來到瓦塔利亞，你們到家了。我們邀請你們進入美妙之泉，如此便能留下來成為我們的一員。」

我們隊伍中的流亡者有些退縮，很可能是因為在遭到先前認識的所有人拒絕之後，受到陌生人真誠的接納，讓他們心生困惑。接著那名將弟弟抱在懷中的女孩走上前，毫不猶豫，拄拐杖的女子露出微笑。他們一起走向噴泉，女子坐在邊緣，兩人一起脫去男孩的衣物，然後女子把他舉起來讓所有人看。

廣場上的人們舉起手，握住旁人的手，所有人連成一體，他們低下頭，開始低聲吟唱。我聽不出內容，但既不像毒蛇的嘶嘶聲，也不像野狗嘶啞的叫聲，比較像情人溫柔的呢喃。

女子坐在噴泉邊，將男孩完全浸入水中，再迅速將他抱起，男孩看起來相當驚訝，雙眼張得大大的，接著爆出笑聲。女子浸泡第二次，之後第三次，然後將男孩舉高。水珠從赤裸的男孩身上滴下時，人群的吟唱也來到溫暖的高峰，最後隨著人們放下手開始鼓掌而消逝。

接著發生了一件非常神奇的事，彩虹降下，包覆男孩。在一拍心跳的瞬間染上他深色的皮膚，然後進入他體內，在他汙濁的眼中旋轉，並再次往前衝，潑灑成拱形。彩虹離開後男孩閃爍耀眼光芒，汙濁的眼睛也變得清澈明亮。

男孩的笑聲在城牆間迴盪。

女子將男孩還給他姊姊。「妳弟弟已成了我們的一員，若是妳願意可以留下來照顧他，也可以選擇離開。」

「我會留下。」女孩把弟弟交還給女子，然後踢掉拖鞋。她顯然也要浸入水中，但女子搖了搖頭。「只有需要的人才能入水，妳為妳弟弟所做的事，顯示妳並不需要。」

女子拿回拐杖起身，朝人群中的幾人點點頭。「你們兩人現在都是瓦塔利亞人了，來吧，我來向你們介紹新的家人。」

我們隊伍中的另一名女子跛著腳走向前，人群中也走出新的儀式主持人。他幫助女子脫下長袍，將她放入水中，女子一腳骨折變形。在人群吟唱與泉水噴濺時，女子浸入池中三次。第三次起身時，彩虹圍繞著她並進入她體內。她把頭往後仰，和上方的雕像很像，然後開懷大笑。彩虹從她的喉嚨飄出，回到原位，女子便自行爬出噴泉。

費菈辛娜指著。「但她的腳沒有復原啊。」

女子的表情平靜，舉止優雅。她搖了搖頭，把水灑得到處都是。「讓我殘缺的並不是骨頭而是擔憂自己不討人喜歡，也不完美的羞恥。受他人評斷決定的人生，多麼浪費啊？」她盯著忠誠騎士一會兒，或許是想在費菈辛娜臉上看見理解，然後把衣物抱在手中，讓主持人帶她去認識新的家人。

一個接一個，或是一小群家人一起，我們隊伍中的流亡者都靠近噴泉，每個人都經過了由主持人引導的儀式。彩虹接納他們所有人，有時甚至治療了他們——雖然從來不會治好禿頭、老年或神智——但所有人離開水中時都伴隨著吟唱帶來的平靜感。他們因為外在的不完美受到鄙視和獵捕，在路上則因需要而團結。但在這裡，成為瓦塔利亞人之後，他們才理解真正的接納為何，這在他們打破潔拉妮莎獨斷的美麗法則之前，可說從未想過。

人群散去，將我們的旅伴們一同帶走，流亡者拋棄了身上攜帶的破爛財產。我思考了一會兒，然後發現這些東西只不過是他們過去人生的碎屑——他們和這段人生沒有連結，物品也沒有任何作用。在成為瓦塔利亞人之後，他們不需要任何來自上一段人生的東西。

人群離開後十幾名瓦塔利亞人仍留在後頭，其中一名失去雙腿的年老女子坐在一台小小的輪椅上朝我們而來。「我們便是議會，我是議會的發言人，聽說你們帶來一則來自特拉法蘭女王的訊息。」

貝拉里恩走上前，然後在女子面前盤腿坐下，以便直視她的雙眼。「我是貝拉里恩，帕奈爾之子。我的父親交付我一項任務，蒐集能夠開啟他監牢的鑰匙並釋放他，這樣他才能讓世界回到之前的樣子。」

發言人寬容地笑了，就像在和孩子或笨蛋說話。「如果您真的這麼相信，那您或許也該去泡一下水，貝拉里恩大人。」

「我知道這故事聽起來很難相信，我會告訴妳所有始末，但這同時也是事實。」她舉起雙手。「無意冒犯，貝拉里恩大人。我在瓦塔利亞長大，每天都會看見奇蹟。相信您已經活了非常久，就和您的美德騎士一樣。」

貝拉里恩眨眨眼。「妳認得他們？」

「瓦塔利亞是座古老的城市，紀念他們榮耀的壁畫留了下來。」發言人瞇起藍眼。「我對您的故事存疑的部分，是您相信令尊會讓世界回到從前的樣子，為什麼他要這麼做？很顯然我們現在的世界便是從那樣的基礎發展而來。這就和期待修剪到根部的玫瑰叢，有可能長出任何除了荊棘和玫瑰之外的東西一樣愚蠢。」

王子緩緩點了點頭。「妳說的話有些道理，然而，從同樣的基礎開始，並不代表我們會重來一次，對吧？只要他知道事情的結果，他難道不會做出改變，以避免世界再度變成如此嗎？」

「我希望你對父親的信念是有憑有據。」發言人將雙手放回大腿。「潔拉妮莎想要從瓦塔利亞得到什麼？」

「她聽聞一則謠言，說有個孩子，一名女孩在瓦塔利亞出生，那是有史以來最美麗的女孩。她希望我們把這孩子帶回她的朝廷，並把孩子當成繼承人撫養。」貝拉里恩說話時表情一沉，因為他明白了自己話中真正的涵義。潔拉妮莎交付我們這項任務時，我們以為瓦塔利亞會是個煉獄，任何孩子無論美醜，都值得受到拯救。我們原先是要救出一個孩子，讓她過上值得的生活。

潔拉妮莎的社會所定義的值得的生活。

但我們現在是在要求瓦塔利亞人交出他們的一分子，接受這項任務，就表示我們也接受了潔拉妮莎對流亡者和他們價值的評斷。站在這裡，無疑顯示在接受了她的任務之後，我們也接受了她對現實的看法，並成了流亡者當初逃離的那類怪物。

發言人沒有因為這個要求而害怕或退縮，她將雙手舉到頭上，並拍拍手。「把在瓦塔利亞出生的孩子都帶來這裡，過去五年內出生的所有人。」

議會的其他成員離去執行她的命令，幾分鐘後人們就帶著孩子來到噴泉廣場。其中有些還是嬰兒，需要人抱，其他人則順從地牽著父母的手，如果是雙胞胎，就會緊抓著另一人。不只一個孩子拿著有些破舊，但顯然頗受愛惜的娃娃。

瑟蕾西亞單膝跪下。「不可思議。」

「什麼？」

她指著其中一個孩子，還有另一個跟下一個。「看看他們，每個孩子都比前一個還美麗。」

我無法否認每個孩子都很美麗，身材勻稱、四肢健全、臉頰飽滿、雙眼明亮，每個人都滿心期待地等待著，好像我們要送他們某種禮物。他們的父母看起來也頗為快樂，即便議會成員一定已告訴他們，我們是奉潔拉妮莎之命而來，仍沒有任何人試圖藏起孩子，或是替孩子擋住我們的目光。

貝拉里恩目瞪口呆。「這麼多美麗的孩子。」

發言人點點頭。「而且每個都比潔拉妮莎還美，他們是她拋棄的人們結出的果實，請從裡面挑一個吧。」

我們的領袖轉向瑟蕾西亞。「美之騎士，由妳來選擇。」

她的鼻子上掛著水晶般的汗珠。「拜託，大人，請不要命令我這麼做。」

「在這類事情上，妳擁有最敏銳的雙眼和最精確的判斷。」

瑟蕾西亞重新起身，走向孩子的隊伍，她一開始往右邊走，走了一步之後又轉向左邊，她躊躇不前，抹去眉毛上的汗珠。然後伸手輕撫一名小女孩亞麻色的頭髮，瑟蕾西亞把手拿開，盯著自己的雙手。

她轉向我。「法拉諾斯，拜託你。」瑟蕾西亞雙眼上翻，之後顫抖倒地。

我衝向前將她翻過身，她的身體顫抖不止，眼皮不斷跳動，只露出眼白。嘴角也吐出白沫，身體不由自主抖動。她的脊椎彎起，讓她僵住了一會兒，接著便倒抽一口氣全身癱軟，但胸口仍在起伏，雖然她口中發出聲音，卻都是無意義的囈語。

發言人推著輪椅接近，她的陰影籠罩著瑟蕾西亞的臉龐。「我們認得她，她帶領好多人來到這裡——包括我也是，在許久以前——不過她總是在太陽親吻我們的塔樓之前便動身離開。」

「瓦塔利亞對她做了什麼？」

「摧毀了她的現實。」發言人直勾勾盯著我。「想想看吧，美之騎士，她是用什麼標準衡量美麗？」

我從瑟蕾西亞的嘴角抹去唾液。「她自己的美麗。」

「就是這樣，她的虛榮定義了她的世界，她在這裡學到世上存在超越自己理解的美麗。」發言人將一隻骨瘦如柴的手放在瑟蕾西亞額頭上。「真理摧毀了她的神智。」

我望著噴泉。「讓她進入水中。」

「這泉水只能治好其他人施加在我們身上的東西，對她不會有用。」發言人嘆了口氣。「但瓦塔利亞會照顧她，並不是因為她帶這麼多人來此，所以我們欠她，而是因為我們了解對我們所有人來說，接受現實都是最困難的挑戰。」

我彎身捏捏瑟蕾西亞的手，接著起身。「貝拉里恩大人，我認為選擇的責任現在又落回你身上了。」

王子站起來，在隊伍前來回踱步，他看看孩子，再看看他們的父母，並一個個感謝父母們，然後叫他們回家。最後他挑中了一個四歲女孩，烏黑秀髮淺色系眼瞳，且滿臉笑容。

他在女孩面前單膝跪下。「我是貝拉里恩，我奉命將瓦塔利亞最美麗的孩子帶回依瑟米亞，妳會協助我嗎？」

小女孩點點頭。

「妳叫什麼名字呢？」

「席拉。」

貝拉里恩朝她伸出一隻手。「那麼妳的娃娃，妳的朋友，她叫什麼名字呢？」

「她叫艾洛西。」

「妳很愛艾洛西，是不是啊？」

席拉嚴肅地點點頭。

「席拉，那麼我要請妳讓我把艾洛西帶回依瑟米亞，將她當成瓦塔利亞最美麗的孩子獻給潔拉妮莎。」

席拉兩手拿著娃娃，遞給王子。「艾洛西，妳要乖乖的。」

娃娃繡著笑容，擁有一顆鈕釦眼睛，她毫無異議接受命令。

女孩將娃娃放到貝拉里恩手上，而費菈辛娜來到他身邊。「大人，這樣騙不過潔拉妮莎的。」

「艾洛西受到很多喜愛，非常受到關愛，我很確定程度超過我父親的任何孩子。」貝拉里恩起身。「某個值得獲得這麼多愛的東西，一定就是這裡最美麗的事物。在席拉眼中如此，現在在我眼中也是如此。」

26

整趟回程我們一行人都悶悶不樂，景觀的改變顯示我們待在瓦塔利亞期間也失去了不少時間——不像我們協助沙列瑞克時損失的那麼多，但也有整整六個月。對我來說似乎更長，因為少了瑟蕾西亞的陪伴，時間流過宛如尖銳的荊棘劃過血肉。

甚至連遇見並屠殺了幾群奴隸販子，也沒有讓我們的心情變好。我們消滅他們時更是特別冷酷無情，因為我的同伴要是發現我們帶走的是席拉，而非她的玩偶，那我們身上的每一吋都會跟奴隸販子同樣邪惡。我儘量快速殺死他們——不過根據我吸收的靈魂，我和他們對快速的定義，從痛苦程度看來差別非常大。

克羅沙和我在某場伏擊結束後坐在一顆石頭上——這次是我們埋伏敵人，不是他們埋伏我們——我們飲用著藥瓶，修復他們造成的微小損害。我在割傷癒合前把最後一點腸子塞回腹部時，克羅沙對我咧嘴一笑。「我的朋友，隨著我們的旅程繼續，你也愈來愈驍勇善戰，不過我認為，你錯過了每名戰士都知道的重點，那就是比起被打，最好打中別人比較好。」

「我知道這點，真理騎士，我已經吸收夠多的戰士靈魂，聽見他們所有人都在哀嘆沒有達成這點。多數人也都認為我不是個可敬的對手，因為我的魔法根本避無可避，沒幾個人閃得過。」我聳聳肩。「我最討厭的是那些戰士用尖銳物品刺中我時，他們都非常開心。」

他點點頭。「隨著我吸進靈魂，並繼承那些靈魂的力量，戰鬥也愈來愈容易。我還活著的時候，甚至是我們剛遇見時，只靠我們四個人去埋伏將近二十人根本與自殺無異。但現在我們獲勝了，而下一場戰鬥我們還會贏得更容易。」

「確實。」我們遇上好幾批不同的強盜，其中有些人身上飾有毒蠍紋章，這些人通常比其他人更頑強，但不管怎樣我們還是輕而易舉擊潰他們。「下一場戰鬥很可能是在依瑟米亞的王宮中。」

「你不覺得潔拉妮莎會接受玩偶，對吧？」

我把藥瓶放回腰帶上的袋子。「你覺得會？」

貝拉里恩抹掉臉上某個人的髒血，加入我們的談話。「她會接受那孩子的。」

克羅沙皺起眉頭。「您怎能如此篤定，大人？我同意您的決定，我們不能把一個孩子和她的家人拆散，只為取悅潔拉妮莎。但她要是看不出我們在欺騙她，就一定是瞎了眼。」

「她看不出我們在欺騙她，因為她不相信自己有可能受到欺騙。」貝拉里恩指向北方和西方。「沙列瑞克建立了一整個重視黃金勝過所有東西的國家，黃金羊毛、黃金皮革、黃金穀物、黃金害蟲，全都因其象徵價值而繁榮昌盛。老鼠讓他的國家衰敗，但仍因毛色受到珍視。而他本人身邊圍繞著黃金，眼裡也只看得見黃金，相信黃金是寶物，他不會讓自己看見真相。」

我露出微笑。「而您的姊姊也是。」

「她還更糟呢，法拉諾斯，沙列瑞克用忽視打造他的王國，而他從未頒布保護害蟲的命令，但很顯然是他造成人民重視黃金羊毛。人們將這個顏色和價值連結，所以只要是金色的東西，都具有非凡的價值。我給了你一個金戒指，但在他們眼中，戒指可能就跟王冠一樣，沙列瑞克在無意間摧毀了卡達爾。」

「而潔拉妮莎只要提到某種她喜愛的東西，她的臣子馬上就會讓她的願望眾所皆知。他們刻意控制她的念頭，使其成為法律。或許她不知道這為國家帶來什麼影響，但我很懷疑。她活在屏風之後的世界，那些囚禁她的屏風，但這無法讓她對事物的本質視而不見，只要肯離開王宮，到依瑟米亞的街上看看，就會看見真理。」

克羅沙哼了一聲。「特拉法蘭的真理是什麼？」

「潔拉妮沙覺得美麗的事物就是真理。」費菈辛娜把雙劍收回腰部的劍鞘。「我們要怎麼說服她艾洛西是美麗的呢？」

我搖搖頭。「我們不需要說服，讓她覺得艾洛西很美，只要讓她相信艾洛西比她**還美麗**就行。」

忠誠騎士鄙夷地瞪了我一眼。「這件事更困難吧。」

「不，費菈辛娜，法拉諾斯說得對。」貝拉里恩瞪大雙眼。「這和她一生最大的恐懼有關，她躲在屏風後面，把臉藏在面具後，要我們戴上蒙眼布，這樣我們才不會被她的美麗所傷。但這是真的嗎？還是這樣就沒人能清楚看見她，並發覺自己並不是世界上最美麗的人。她害怕某個比自己還美的人出現的那天。」

一陣寒意沿著我的脊椎竄下。「瑟蕾西亞曾告訴我她額頭上的傷疤是怎麼來的，帕奈爾要她自己割的，這樣潔拉妮莎的美麗便無人能及。」

「是的，法拉諾斯，你證明了我的看法。」貝拉里恩嘆氣。「這個恐懼深植在她心中，我們要喚醒它，而她會相信我們成功了，並把美麗之鑰交給我們，然後我們就可以離開。」

「大人，但我們究竟要怎麼說服她呢？」費菈辛娜牽起貝拉里恩的右手。「她可能是個瘋子，但她不是個傻瓜。」

「恐懼會讓我們所有人都變成傻瓜。」貝拉里恩轉身，親吻費菈辛娜的額頭。「艾洛西會成為潔拉妮莎的恐懼，我們會利用特拉法蘭社會的規則來說服她。」

我們的馬車只由一匹綁著蒙眼布的馱獸拖著，在距離依瑟米亞主城門四百公尺外停下。同樣綁著蒙眼布的貝拉里恩走在我們前方，前去和守衛談話。他交給守衛每人一條和他一樣厚的蒙眼布，這是我們從死去的奴隸販子們身上撕下的罩袍所作成。

雖然我聽不見貝拉里恩說了什麼，但他很顯然發揮得不錯，嚇到了守衛。他們不僅都綁上蒙眼布，其中一人還開始敲鐘，另一人則在城門上升起黑旗。城裡的其他鐘也響起應和，從我們的城門開始像火勢般擴散，旗竿上升起更多旗子，一隊拿著黑色旗幟和手搖鈴的守衛在道路兩旁集結。

每一個人臉上都綁著蒙眼布。

克羅沙再次驅車向前，我們在城門半途將貝拉里恩接上車，繼續前進。王子露出微笑，並壓低聲音。「只要告訴他們我們其中一匹馱獸看見那孩子，然後當場死亡就夠了。」

費菈辛娜騎在馬車後方，身旁是個覆蓋黑布的籃子。「鐘聲又是做什麼的？」

「一個古老的系統，如果潔拉妮莎想要出來街上，鐘聲和黑旗便會警告人民待在室內，或是綁上蒙眼布，才不會被她的美麗所傷。」

我大笑出聲。「就跟您預測的一模一樣，大人。」

「這很明顯啊，法拉諾斯，從她在宴會上登場就知道了。」

克羅沙也笑了。「這應該能成功。」

拿著旗幟和鈴鐺的守衛引導我們穿過城市，我們所經之處門窗緊閉。有些行人還昏了過去。父母將小孩趕進室內。我們六個月前第一次造訪依瑟米亞時如此開心又美麗的人民，現在讓恐懼和蒙眼布把他們變得醜陋。我們不確定是他們知道我們的任務，或是貝拉里恩告訴守衛的故事已經在我們到來前傳遍全城。

特拉法蘭人知道我們歸來以及我們帶回的孩子，可能會從根本上改變他們的社會。如果孩子是黑髮淡眼，這可能就會變成新的審美標準，所有人都會以此受到審視。那些原先因髮色和眼珠顏色位居高位的人，可能會一夕殞落。最高位者可能成為流亡者，地位較低者則會晉升取代他們。

我們抵達王宮的時機恰到好處，總理大臣和他的兩名副手在階梯頂端等待我們。守衛牽走馱獸和馬車，人民聚集在我們身後的廣場並議論紛紛。我實在很想轉身看看他們，但這麼做會破壞我們的計畫。不過一整個國家的人民全都因為一則謠言而自願綁上蒙眼布的景象，實在是難得一見，這幅景象應該受人銘記。

總理大臣伸手要解開籃子上的黑布，但克羅沙抓住他的手腕。「你要讓太陽因照耀到這個孩子而毀滅嗎？」他的聲音夠大，讓人群開始抱怨，總理大臣在克羅沙放開他之後畏縮後退，然後再次帶領我們前往王座廳。我們沿著地毯前進，看見潔拉妮莎坐在她的王座上等待我們。

貝拉里恩走向象牙屏風，並把籃子放在一張小木桌上，距離他姊姊三、四公尺遠。「如同您的要求，尊容的潔拉妮莎陛下，我們前去瓦塔利亞。證實了美麗女孩的傳言，並把那個孩子帶回來給您。」

「那裡？就在那籃子裡？孩子睡著了嗎？她一點聲音也沒有。」

如同我們在旅途中排練的，我走向前演出我的戲分。「無上之光，這個孩子了解沉默純粹的美麗，她無疑受您的美麗震撼，因為她從未見過和您一樣美麗之人。」

潔拉妮莎臉上的面具表情變得冷漠。「你們少了一名成員——瑟蕾西亞，我可以信任她對孩子美貌的評價。」

克羅沙負責回答這句話，因為只有他才受到信任。「無上之光，在瓦塔利亞時，瑟蕾西亞見到這樣的美麗，超出她所能理解，因此失去神智。這是她從未見識過的美麗。」

這不是謊言，半分不假，真理騎士也非常具說服力。潔拉妮莎盯著他，然後半瞇起眼睛。「跟我說說這個地方，你們怎麼帶出孩子的？」

費菈辛娜站到貝拉里恩身旁。「如同您所想像的，無上之光，流亡者的城市是個黑暗之地。就像您所說，是道潰爛的傷口、劇毒的深淵，我們找到正確的道路——並在路途中殺死許多西瑞里克奴隸販子——抵達後我們表明自己的身分。光提到您的大名，那些自稱為瓦塔利亞人的扭曲畸形生物便四處逃竄，如同陽光下的陰影。瑟蕾西亞勇往直前，找到這孩子並將她帶給我們，她名叫艾洛西。瑟蕾西亞帶孩子來時她就已在籃中的黑布之下，且警告我們千萬不可以看，必須綁上蒙眼布。接著，如同真理騎士所說，我們的姊妹暈倒在地、身受重創、口吐白沫。她看見了艾洛西，導致喪失神智，成了瓦塔利亞生物的一員，注定永遠困在那裡。」

在那麼一拍心跳間，潔拉妮莎的沉著消失無蹤，她的嘴唇露出稍縱即逝的冷笑。對她來說，瑟蕾西亞必須待在瓦塔利亞，永遠無法離開，似乎是再適合不過的結局。

「瓦拉丁總理，這個孩子應該成為依瑟米亞的女兒。馬上召集所有大臣，召集所有公爵和女爵，要他們一個小時內到這裡來，快去。」

臉色陰沉的總理帶著其他兩名大臣離開王座廳。潔拉妮莎身穿藍綠色絲袍，散發耀眼光芒並來回踱步，彷彿母老虎在她的象牙牢籠中瞪著外頭的佳餚。面具上的表情變得尖銳，讓她看起來更像貓科動物，而且儘管她的步伐仍是高貴又緩慢，流暢的動作還是散發出一種無可質疑的掠食者氣息。

貝拉里恩張開雙臂。「姊姊，我理解您必須和朝中重臣介紹這孩子，但我們還要處理美麗之鑰的事。」

她將手舉到脖子處並說道：「我沒有忘記，你是該獲得獎勵。」她往後退，接著喀嚓一聲，其中兩道象牙鑲板之間露出了一個寬度僅容貝拉里恩擠進的空隙。「來吧，我的弟弟。」

兩人移動的方式，以及他們的身高，可說是一門對比的學問。潔拉妮莎身高過高、身形苗條、優雅外顯，貝拉里恩則青春洋溢、肌肉結實，輕易便會露出笑容。他滑進她的領地，鑲板再次闔上。費菈辛娜往前半步，彷彿擔心貝拉里恩的安危，然後及時制止自己，轉而走向嬰兒籃旁。

潔拉妮莎一語不發靠近貝拉里恩，伸出右手輕撫他的左臉。手勢充滿溫柔，只是被她骨瘦如柴的手指削減了幾分，接著她迅速將手指伸進他髮中，捧著他的後腦，將他拉向自己。潔拉妮莎用力一拉，讓他頭向後仰，抬起下巴，然後把臉往下靠向貝拉里恩，嘴對嘴澈底深深地吻了他。

魔法在兩人之間脈動，乳白色飾帶從她的脖子往上滑，消失在她的面具下，不過隔著象牙牢籠看不太清楚，所以我不確定其消失在我的視野之外多久，但接著飾帶便出現在貝拉里恩的下巴下方。隨著兩人持續接吻，飾帶也爬下他的脖子，最後安頓在他的肩膀和鎖骨處。

潔拉妮莎移開嘴唇，在貝拉里恩耳邊說了些什麼，他往後退一步，單膝跪下並低下頭，她伸手輕撫他的頭髮，然後輕輕笑了。潔拉妮莎又摸了他一下，接著抬手轉身——如同貓科動物對獵物失去了興趣。

她轉頭看了一眼費菈辛娜。「再一次，他是妳的了。」

貝拉里恩依然跪著，看起來無精打采，直到一手無意間碰到脖子上的鑰匙。他手腕上的鑰匙和脖子上的一起發光，只不過比較微弱。而他的雙眼也散發著同樣的光芒，接著他眨了眨眼，站起身來，沒有一絲虛弱的跡象。

象牙鑲板再次分開，貝拉里恩回到我們身邊，費菈辛娜緊緊抱住他，他在她耳邊低聲說了些什麼，使她露出微笑。兩人之後回到裝著艾洛西的籃子旁，撫平蓋住籃子的布料上看不見的皺褶。

總理大臣和他的同僚們回到王座廳，全都穿著飾有綠邊的耀眼藍色長袍。貴族跟在他們後面進入，穿的則是藍色裝飾的綠色長袍，其中某些人曾出現在我們出發前參加的晚宴上，不過如果我的記憶力沒出錯，只有少數幾人還和那晚的同伴們在一起。

總理大臣拿出一把細長尖銳的匕首，刀鋒跟我最細的指頭差不多寬。「最明亮也最耀眼的潔拉妮莎陛下以她閃耀的智慧，決定這個孩子將成為依瑟米亞的女兒。各位，她忠實的臣子和親愛的貴族，也都要盡一份力，你們要實現潔拉妮莎陛下的願望。」

總理大臣雙手緊握刀柄，盲目地將匕首刺下布料，刺進艾洛西。他滿臉震驚，因為沒有哭聲伴隨他的攻擊出現，而刀子插進時也不可能搞錯活生生的嬰兒和填充玩偶之間的差別。總理大臣瞪大雙眼。

在我沒有的那一拍心跳之間，我滑過費菈辛娜，把雙手包覆在總理大臣的手上，並凝視著他的雙眼。「真是個完美的孩子啊，如此美麗，她甚至不會流血。」

他渾身發抖。「她甚至不會流血。」

我把總理大臣擠到一邊，雙手仍緊握匕首，然後看向下個大臣。「快過來按照無上之光陛下的指示做。」我們兩人都緊抓著匕首，我也確保他強調刺穿的動作，每一名大臣和接下來的所有貴族都說出那句虛假的墓誌銘：「她甚至不會流血。」加入其他人的騙局。有些人一邊說一邊雙眼盈滿眼淚，其他人露出狡詐的眼神，多數人則是流露擔心遭到揭穿的恐懼。但是隨著愈來愈多人加入陰謀，他們口中說出的謊言也愈來愈自然，每個人都了解要是一個人穿幫，就是所有人穿幫。

輪到克羅沙時，他更是紮紮實實為這個騙局釘進最後一根釘子。「我真理騎士克羅沙，發誓這名艾洛西甚至不會流血。」

臉色有些蒼白的貝拉里恩轉向他的姊姊。「她要到哪裡才能加入她的姊妹，成為依瑟米亞的女兒呢？」

潔拉妮莎的面具再次遮住所有情緒。「總理大臣會將她送去。」

「是我帶她展開這段旅程。」貝拉里恩提起籃子緊抱在胸前。「我也會確保這段旅程平安完成。」

「多麼高貴啊。」潔拉妮莎隨意揮了揮手打發貝拉里恩。「如你所願。」

我們肅穆地跟著總理大臣往下前往地底深處，等同晉見潔拉妮莎時往上走的距離。隨著愈是往下，階梯也愈是粗糙狹窄，我們最後用提燈和火把完成這趟地下之旅，自然光從來沒有照到這麼深的地方。我們穿越城堡地基，蜿蜒往下來到一座亙古以來形成的洞穴，不過洞穴現在的形狀是人工開鑿而成。

洞穴地面分為許多層和小型的側室，全都整整齊齊擺滿棺材，在火光中可以輕易看見十幾副，還有更多藏在陰影中，究竟有多少我甚至連猜都不想猜。最大的棺材裝得下成人，但總理大臣帶我們繞過那些棺材，來到一個擺放小型石棺的區域，這些石棺非常適合艾洛西。

而她將在此安息，就在這麼多一定很樂意和她一起玩耍的孩子們之間。

貝拉里恩把籃子放在一副空石棺中，然後看著總理大臣。「總共有多少？」

大臣遲疑了，接著垂下頭。「太多了，美麗的孩子和艾洛西一樣送到這裡來，但美麗並不孤單。要是母親懷了醜陋的孩子，失去地位將非常可怕，所以傳出謠言，說這個孩子有多麼漂亮，然後她便會加入依瑟米亞的女兒，以她的犧牲拯救全家。」

克羅沙皺起眉頭。「而你可以原諒這種事？」

大臣疲憊地看著他。「如果能讓一個孩子免於她在此地需要受到的折磨，那麼，是的。」他指著黑暗深處。「我的女兒三歲時得到雪痘，她活了下來，但是傷疤……她現在已不會痛苦，也不會受辱。」

一個把醜陋的孩子說成美麗，讓他們得以死去，免受折磨；而某些美麗的孩子則要說成醜陋，才能在瓦塔利亞生活的社會，讓我乾枯的血肉都皺了起來，我看著貝拉里恩。「我們最好趕快離開這裡……」

「沒錯，你們全都應該離開，這個地方不適合你們。」總理大臣搖搖頭。「但你們要前往西瑞里克，那裡也盤據著許多死亡，而且是以你能想像最醜陋的方式。只要在那裡渡過一天，你就會希望自己身在特拉法蘭。」

27

我們決定在破曉前離開依瑟米亞，克羅沙開玩笑表示是因為我們知道沒有任何首都居民會這麼早起床，不過事實上，由於艾洛西的命運，貝拉里恩和費菈辛娜也幾乎沒有睡。我不確定我們能否逃出這場騙局，但仍收拾行囊和其他人一同離開。守衛完全沒注意到我們，我們在太陽升起前便已取得不錯的進展。

交通是個問題，因為我們回到依瑟米亞時有一輛馬車和一匹馱獸，但都很快遭到帶走。於是我們決定偷幾匹馱獸上路，同時為了遵循特拉法蘭人安全的文化習慣，我們只從潔拉妮莎的馬廄偷走醜陋的坐騎。貝拉里恩確實為她留下一張非常有禮的感謝字條，提到我們都不覺得自己值得接受她的款待，還有我們正要前往西瑞里克消滅那些威脅她人民的奴隸販子。

我們騎上流亡之道，朝東北東方前進，這不是直接通往西瑞里克首都海拉席亞的路線，因為要是潔拉妮莎打算派兵追趕我們，我們認為他們一定會選擇最快通往鄰國首都的路線。透過這條更偏東方的路線，我們可以躲避追兵，再怎麼樣也能拖慢追兵的腳步。我們在拜訪卡達爾和特拉法蘭時已學到教訓，所以花點時間熟悉西瑞里克似乎也是個好主意。

通過特拉法蘭和西瑞里克的邊境花了將近一週，結果發現雖然我們離開依瑟米亞時除了坐騎、裝備和一些簡單的補給外一無所有，卻隨身帶著某種甚至比卡達爾的黃金更有價值的事物。我們擁有首都最新時尚潮流的**流言蜚語**，而人們為了這類資訊願意付出極高代價，我們用故事交換了良好的補給和更棒的坐騎。

這類互動對我們來說還行得通，因為社會互動迫使我們保持禮貌，甚至變得熱情，雖然我們的經驗大都不是出自對社交的熱愛。我們在村莊間旅行時，除了指出水源或是我能夠升起靈魂篝火的地方之外，幾乎不怎麼說話。潔拉妮莎統治地區的人造之美，讓我們想起艾洛西的命運，還有和她一起埋在地底世界的其他所有人，就在潔拉妮莎的豐饒富庶之下。

進入西瑞里克讓我們心中的水壩潰堤，並不是因為這塊土地能夠和特拉法蘭之美匹敵，事實恰恰相反，這個國家陽光明亮，極度寒冷，狂風颳過地表上的雪花和刺人的沙塵。西瑞里克似乎剛從一個漫長的冬季甦醒，大雪壓壞了金色的草地，四處都有新生的綠芽，呼嘯的狂風折磨著纖細的葉片。雪在馱獸的蹄下嘎吱碎裂，即便我們讓牠們自行覓食，牠們也找不到什麼愛吃的草。

貝拉里恩把一件毯子裹在身上當作斗篷並說道：「即使我很討厭這個地方，還是比依瑟米亞好，這塊土地非常醜陋，但完全沒有試著隱藏。」

費菈辛娜回頭望向西方。「我希望這裡的人還能擁有哪怕一絲特拉法蘭人喪失的理智，要是我們當時真的帶了個孩子回去，他們也會毫不猶豫，一拍心跳都不會，直接殺死那個孩子。」

「妳說得對，而這便是為什麼我父親希望我去救他。」貝拉里恩搖搖頭。「為了救一個孩子我願意殺人，我會把他們全都殺光。」

克羅沙哼了一聲。「他們毫不猶豫，是因為他們已經殺過太多，在他們心中，殺孩子已經成了一種美德——他們是負責任的父母，讓孩子們能夠免於在瘋狂中長大的痛苦。」

我張開雙手。「他們饒過了孩子，卻沒有做任何事改變系統，只要有一個人站出來，其他人就會把他撕成碎片。而且也沒有人會反抗潔拉妮莎，因為他們成長的過程中一直將她視為女神，有誰膽敢弒神呢？」

「不只這樣，法拉諾斯，這也是我應該殺死她的理由。」貝拉里恩轉向左後方看了我一眼。「她親吻我，要將美麗之鑰交給我時，我們產生連結，開啟了一道門，我的心智門戶大開，她本來可以知道所有的事，因為我完全無法隱藏。我們的騙局原先會遭到揭穿，而我無力阻止，我不可能預先警告你們這個風險。」

費菈辛娜轉身緊挨著他。「您會找到方法的，大人。」

「不，即便我真的很想，我也找不到。」他盯著地面。「她本來可以透過那連結得知所有事，但她沒有藉此審問我，而是將她對自己的印象投射給我。她很美麗，這點她很確信，而且她也很美妙，她的人民敬愛她，就和她的許多情人們一樣，雖然沒有半個人真正配得上她。」

貝拉里恩握著費菈辛娜的手。「她暗示我說妳不如我，而且要是我和她在一起，我們就能摧毀她的兄弟，自己則以神的身分統治。」

我瞇起眼睛。「她也可能會摧毀你。」

「她可能**榨乾**我，而等到我成了一個用完的空殼，她就會拋下我。要是我夠幸運，還有可能逃到瓦塔利亞，如果不是，我就會和艾洛西躺在相同的黑暗中。」他的表情陰沉，但雙眼閃爍灼熱目光。「潔拉妮莎和她的態度，她對現實的忽視，還有滿足於活在一個從她牢籠望出視線所及的天堂中，就是為什麼她是我父親必須消滅的對象之一。她是我在這裡——**我們**一起在這裡的部分原因。能愈快找多拉雷德取得力量之鑰，對我們所知的一切就會更好。」

貝拉里恩話中的堅決讓一行人挺直背脊，並在大家心中倒進熾熱的渴望，就連坐騎都受到感染，嚼著韁繩催促我們前進。大雪覆蓋的大地沒有什麼遮蔽物，所以大夥兒持續趕路，直到在雪地下發現馬車痕，蹄子踩碎了上方的雪堆，車轍朝北方而去，我們也是。

景觀逐漸改變，速度頗為緩慢，使我起初沒有注意到其中的差異。青草和野花確實沿著道路各處從雪中冒出頭來，或在雪地的邊緣。隨著我們往前騎，青草也愈來愈顯眼，不過要一直到我們來到一座狹窄蓊鬱的山谷，髒雪才開始消逝。更往北方，沿著一條不大的溪流，農田的穀物在我們經過時摩娑我的鞋底。即便莖桿還沒完全長高，某些看起來已經可以收成，周遭菜園中的豆類和瓜類也是。

山谷中央矗立著一座有圍牆的小鎮，小屋和長屋以灰泥和籬笆搭成，搭配著茅草屋頂。村莊周遭的圍牆也是以相同方式建造，突出圍牆的樹枝頂端削尖，村民在基部周圍挖了一條壕溝，將圍牆墊高，並用泥土加固，不過傾盆大雨時颳起的強風就有可能把整堵牆給吹垮。

但村民該擔心的不是風暴，而是一群遊魂，多數穿著生鏽的盔甲和半腐爛的罩袍，朝村莊發動攻擊。他們直直撞向圍牆，砸碎乾土，扯下露出的樹枝。某些還往上爬，卻只是被村民用乾草叉和十字鎬推下。一名女遊魂想辦法讓自己爬上頂端的樹枝，她瘋狂揮舞雙手，並對防守的村民發出憤怒的嘶嘶聲。

貝拉里恩拔劍出鞘，我的同伴們也跟上他的動作，他們馬刺朝馱獸腹部一踢，便往不死人堆衝去。我指揮座騎往左前進，改變我接近的方向。

「不要靠近壕溝！」我希望他們在雷鳴般的蹄聲中有聽見我的話。

他們三人組成隊形，衝入遊魂之中。馱獸將前後枯萎的士兵們撞飛，位在左翼，離圍牆最近的克羅沙揮劍下砍，把一名遊魂劈成兩半。費菈辛娜的雙劍也把遊魂撕成碎片，而貝拉里恩的劍術則是讓他們暈頭轉向，各式身體部位朝四面八方飛去。

我在坐騎抵達壕溝時從牠身上跳下，正好落進溝中，於是我露出笑容。壕溝直直往北通往戰場，而我包抄的遊魂沒有半個發現我的到來。我舉起魔杖，開始專心施咒。

火球颼颼飛過壕溝，直接燒穿第一個碰到的遊魂，接著又吞噬了另一個。我傾身向左，仔細瞄準，然後沿著牆邊丟出另一發嘶嘶作響的火球，把一名遊魂燒成兩半，並在白色的牆面上留下焦痕。那時遊魂們才發現我是多麼危險，五、六名遊魂停止攻擊圍牆，搖搖晃晃朝我的方向而來。

壕溝讓他們全都緊緊擠成一團，而我的魔法燒穿他們。屍體飄出油膩的黑煙，遮蔽了戰場。我手腳並用爬出壕溝，又燒了兩名遊魂，然後朝北走以遠離血肉燃燒的甜膩惡臭。

費菈辛娜還騎在馱獸上，往東而去，以攔截那些殘存理智、想要逃離的遊魂。她的雙劍在陽光下閃閃發亮，將遊魂切成碎片。一顆頭顱以一道高到可以遮擋正午太陽的弧線飛越空中，然後彈到一顆約莫是其兩倍大小的橘瓜旁停下。

克羅沙和貝拉里恩已經下馬並肩作戰，他們是一顆金屬包覆的岩石，遊魂的浪潮拍上之後，浪便碎裂。他們的劍鋒劃出一個圓圈，在此範圍內只有他們能夠活著離開，遊魂和其殘骸重重倒在他們身旁的地上。打前鋒的遊魂因為後方的同伴不斷將他們擠向前而死去，其他還剩下一絲理智的遊魂則四處逃竄，遭到費菈辛娜一一殲滅。

隨著我消滅的遊魂死亡，他們的靈魂碎屑也流進我體內。這些人曾是西瑞里克的戰士，受過精良訓練，以榮譽和傳統編為部隊。所有人都帶給我鮮明驕傲的回憶，教官或親愛的老師交給他們一件罩袍，胸口繡著華麗的紋章。對許多人來說，這段回憶都是他們一生中最榮耀的時刻，而對某些人來說，這只是眾多榮耀的時刻之一。雖然他們早已不記得自己曾經是什麼人，或者他們是在多久以前來到墓中，這些榮耀在他們的生命結束後甚至仍持續代表著他們。

戰鬥的吵雜聲停了下來，我找到坐騎，牽著牠朝村口而去。費菈辛娜也找到其他人的坐騎，前往同樣的方向。而貝拉里恩則單膝跪地，臉上汗如雨下。克羅沙仍保持警覺站在他身前，面向村口。入口開啟，貝拉里恩抬頭，看著村民們期待的臉龐露出微笑。

村民們並不怎麼注意我的同伴——只除了他們的存在有些擋路之外。人們蜂擁而上，籃子拿在手上或背在背上，跑向菜園。他們開始採收所有能夠採收的東西，工作速度比我和同伴們消滅遊魂還迅速。此外，奇怪的是，當我望向我先前注意到的橘瓜時，我可以發誓橘瓜從我上次看見以來膨脹得更大顆。

村民在入口忙進忙出，把裝滿的籃子搬回村中，再拿出空籃時，一名手持官員權杖的老人也從村莊走出。他後方跟著一男一女兩名青年，老人在貝拉里恩面前停下。女孩翻開手上拿著的書本，她的同伴則是帶著一面旗幟，旗幟上的紋章描繪的是青綠原野上交叉的連枷和鐮刀。

老人盡他所能挺直腰桿。「我們非常感謝，你們是屬於哪支部隊呢？」

他身後的女孩拿起羽毛筆準備記錄。

貝拉里恩站起身來。「我是貝拉里恩，其他人是我的同伴，真理騎士克羅沙與忠誠騎士費菈辛娜，這位則是法拉諾斯，我們重要的成員。」

老人點點頭。「請問你們是隸屬於哪支部隊呢？」

重複的問題，這次語氣顯然更為正式，讓貝拉里恩瞇起雙眼。「先生，我們並不隸屬於任何一支部隊，而是一同為我的父親完成一項任務。」

老人搖了搖頭。「你們一定隸屬於某支部隊，你們在此戰鬥，顯然弄丟了旗幟，但我必須知道你們的身分。如果我不知道，那我要怎麼把紀錄寄給你們的主人呢？現在請回答我，你們隸屬於哪支部隊呢？」

貝拉里恩用一片破舊的罩袍擦擦他的劍。「我們不屬於任何部隊。」

女孩臉上血色盡失，潦草地寫下紀錄。

周遭的村民仍繼續做事，但離我們更遠了些。

我走向前。「請你原諒，但我們是來自遠方的旅人，我們唯一遇上的西瑞里克人戰鬥時也沒有旗幟，他們是特拉法蘭的奴隸販子。我看得出來你對我們的回答不甚滿意，但在不了解任何背景的情況下，我們也不知道該如何回答。」

老人聳聳肩。「現在不關我的事了，你們未經允許便展開戰鬥。我會派人通知行政區總部，他們會前來捉拿你們入獄，願神憐憫你們的靈魂。」

28

貝拉里恩舉起雙手。「我們會遵照你的要求，但也要請問你兩件事。首先，這裡是什麼地方呢？」

老人盯著男孩手上的旗幟。「那邊。」

我們的領袖抓抓脖子後方。「我沒看見任何文字。」

「明顯至極，西南部最佳穀物村。」老人搖搖頭「你們特拉法蘭人什麼都不懂。」

他說話的時候，我悄悄繞到一側，瞥了一眼女孩手上拿的書。書頁上沒有任何文字，而是刻著符號，多數是抽象符號，但我認得出不少。幾座墓碑是最近才加上去的，我認為指的是發動攻擊的遊魂，四把劍和一顆火球代表的則是我們，還有代表我們坐騎的馱獸。

我盯著老人並說道：「她用符號記事，和許久許久以前的人們一樣，你們這裡的文字亡佚了？」

「文字隨艾金多爾而去，艾金多爾也是因文字而崩毀，多拉雷德王子是這麼說的。他回到古老的方式，**純粹**的方式，符號便足以述說需要述說之事。」老人將目光移回貝拉里恩。「你還想從我們這邊得到什麼呢？」

「我們拯救了你們的村莊，所以我要求為我們和馱獸提供食物、飲水、住宿，這應該很合理。」

「我會給你們兩個籃子，自己去蒐集吧。」他指向溪邊越過菜園之處。「那裡另一側的大石頭邊，有個供他那類人使用的篝火，你們可以在那裡紮營。」

費菈辛娜皺眉。「你的村民像蝗蟲掠過菜園一樣，根本就沒有剩下東西給我們。」

「你們什麼都不懂。」老人哼了一聲。「去拿籃子，然後你們就知道了。」他轉身昂首走回村莊，同時大聲下令。村民們跟著他，兩個孩子則拿著不大的籃子跑來交給我們。

費菈辛娜一腳把籃子踢翻。「他是要我們拿這兩個籃子怎麼樣？」

克羅沙一手重重放在她肩上。「發脾氣前先看看四周吧。」

「什麼？」

我走到最近的菜園半途。「這還真奇怪。」

貝拉里恩撿起一個籃子。「你看到了什麼，法拉諾斯？」

「一件非常明顯的事，很抱歉我先前沒注意到。」我張開雙臂。「我覺得要是遊魂沒有讓我分心，我應該早就發現了才對。這個地方和我們先前行經至此的道路，還有我們經過的鄉下，有什麼不一樣呢？」

「這裡的植被比較豐富。」貝拉里恩思考時表情一亮。「也更溫暖，不應該是這樣的，沒有下雪。」

我點點頭，走向最近的植物，然後單膝跪下，並拔起一顆跟我拇指一樣大的瓜子。

「除非我心不在焉，否則籃子剛剛送來時瓜子還不在這，它還在我手中繼續生長。」

貝拉里恩靠過來，綠色的瓜子在我手中愈長愈大。「這怎麼可能？」

「我不知道，大人，但我認為這塊土地因為我們到來有了反應。我們在路途上看見的植物之所以會生長在那裡，是因為我們接近造成。這座村莊或許也為植物提供了賴以維生的溫暖、陽光與生命力？」

費菈辛娜搖搖頭。「而人們食用植物創造的生命力，回過頭來又長出更多植物？這感覺是個不可能存在的系統，因為人口也沒有成長。一定另有隱情，空氣或土壤中的某種東西也為這個循環作出貢獻。」

「一個無法餵飽你的謎團。」克羅沙彎下身研究植物，彷彿它們是敵軍一般。「我的武器教官曾告訴我，負責收割人命代表我永遠不需要種菜。」

費菈辛娜大笑。「而他現在已經死了。」

「是嗎？」貝拉里恩開始摘豆子。「他也可能跟法拉諾斯或克羅沙一樣。」

「我們只能這麼希望，他和多拉雷德相處了很長一段時間。」

我看著我死去的同伴。「你認識多拉雷德？」

「費菈辛娜也認識，我們都是美德騎士。」克羅沙笑著說道：「意思是我跟他不太熟，他是勝利騎士，而真理和勝利很少觀點一致。勝利總是有更多**想像**，而非回憶。」

費菈辛娜也開始採豆子。「我記得在宴會上，他舞跳得很好。」

「我不記得曾受邀參加太多宴會。」克羅沙起身。「但是當時，我常常在外為他贏得讓他能夠在宴會中跳舞的勝利。」

一位快馬加鞭離開村莊的馱獸和騎士中斷了我們後續的討論。我們把蒐集到的水果和蔬菜帶到村長所說的地方，並開始紮營。我升起靈魂篝火，貝拉里恩則升起真正的篝火。克羅沙和費菈辛娜負責照料馱獸，牲畜在溪邊吃草吃得津津有味。

看來我們的出現似乎真的加速了植物的生長，雖然我注意到隨著太陽西沉，生長速度也慢了下來，這讓我相信植物在正午陽光最充足時長得最快。我在想雲層遮蔽太陽時又會是什麼情況，並認為在我們這趟西瑞里克冒險結束之前，我就會得到答案。

破曉一或兩個小時後，騎士回到村莊，後方跟著一隊士兵——四男兩女——全都穿著罩袍，上方飾有我認為是西瑞里克國徽的標誌：劍柄朝下的交叉雙劍，底部則是紅色的原野。他們的腰部也繫著紅色腰帶，就在劍帶上方，腰帶上有以精準的手藝繡上的其他紋章和符號。年紀最大的士兵裝飾最多，兩名最年輕的士兵則只有一或兩個。

士兵們和村長交談，然後騎向我們的營地，他們的領袖下馬，並把韁繩拋給她的副官。「我是隊長維凡亞，以西南部第七軍事區之名逮捕你們。你們要隨我一同到西南部第七軍事區的總部受審，罪名是詐欺。若敢違抗，這飢渴的土地今日就將痛飲一番。」

貝拉里恩點點頭。「妳需要沒收我們的武器，還是會相信我們的話，同意我們自願和妳一起走？」

「你問得好像我有理由知道你是誰，並因而相信你說的話。」

「我是貝拉里恩，多拉雷德王子之弟，其他人是我的同伴，我們是遊魂殺手。」

如果貝拉里恩這番血統宣稱對維凡亞有任何意義，她也沒有表現出來，但他對我們所做之事的簡短敘述似乎打動了她。「我願意相信你說的話。」

我們集結馱獸，準備上路。六名士兵的出現似乎真的讓小溪附近的青草長得更快，我發現這很有趣，但他們好像沒有半個人注意到。維凡亞選擇騎在隊伍最後，她的兩名新士兵則騎在最前頭。克羅沙和我並肩騎乘，前方是貝拉里恩和費菈辛娜，貝拉里恩故意把他的劍鞘綁在坐騎上，讓他看起來稍微更難拔劍，維凡亞也注意到這點，接著點了點頭。

因為村莊的騎士是昨天下午出發，今早才回來，所以我期待會有一場漫長旅程，但事實上，我們只騎了四小時，而且也沒有加快腳步。總部位在西南部最佳穀物村的正東方，道路帶領我們經過其他數座村莊，許多村莊的旗幟上都有交叉的連枷和鐮刀。但下方原野的顏色不同，大小也不一，這一切對村民來說無疑相當重要、別具意義，但這些村莊看在我眼中大致上都很類似。

某些更大的聚落——我猜應該是城鎮，這也是為什麼他們的旗幟上還有一個更小的旗幟符號——在郊區則是有獨立的建築。看起來就像小型的堡壘，但牆上的紋章與維凡亞隊長和她士兵身上的不同。紋章描繪的是軍事主題，圓圈圍繞著中央的劍、矛、弓。我們的護衛聽了也不為所動的叫喊和擊劍戰鬥聲響，顯示這些地方是軍事訓練學院。除了糧食之外，戰士似乎也是西瑞里克的經濟作物。

西南部第七軍事區的總部是個大型堡壘，周遭圍繞八座我認為是軍事學院的建築，我在其中兩座上，認出和先前經過的村莊學院相同的紋章。八座堡壘的牆上都飄揚著旗幟，還有另外幾座沒有旗幟，我認為那應該是學校，負責教育駐紮在大型堡壘中的士兵們。

堡壘本身是以巨大的石塊紮實建成，城牆圍繞的橢圓形區域可以容納得下好幾座我們經過的村莊。南端則有個小角落供維持堡壘運作的農夫和其他勞工居住，其中便包含了我猜測是從流亡之道上搶來的奴隸。堡壘正中央有個廣場，四周圍繞著四座軍營和兩座馬廄，一道彎曲的坡道往下通向主城門，任何攻破城門的部隊想要繼續攻下斜坡都會遇到很大的麻煩，因為城牆上和廣場中的士兵們可以朝他們發射箭雨和扔下落石反抗。

堡壘北端是一座巨大的監牢，而維凡亞隊長正帶領我們朝此處前進。奴隸牽走我們的坐騎，我們跟著她進入主廳。由於西瑞里克森林稀少，距離又很遠，大小也比一小塊林地還大不了多少，所以有這麼多厚實的木材支撐著主廳的拱頂，讓我非常驚訝。堡壘的牆面和地板同樣鋪著木材，全都拋光成耀眼的蜂蜜色，而牆上掛著一面面旗幟，離地約兩公尺高，離入口最近的似乎最新，遠端窄牆上的則較為古老。

一名白髮男子坐在主廳末端的一張大桌邊，我們進入時他抬起頭，然後揮手要我們過去。維凡亞隊長走在我們前面，並在桌前兩公尺處單膝跪下。「將軍，和先前回報相同，這四人在西南部最佳穀物村和遊魂戰鬥。他們沒有旗幟，不屬於任何學院也沒有任何紋章。」

她的長官上上下下仔細打量我們。「維凡亞隊長的報告正確嗎？」

貝拉里恩走到維凡亞身旁，同樣單膝跪下。「是的。」

「很好，那我現在要宣判了。」

「什麼？」貝拉里恩起身。「等等，我們還沒提出抗辯，你還沒讓我們解釋。」

「不須抗辯，也不須解釋，你已承認在未經允許的情況下展開戰鬥。」

「我們殺的是遊魂。」

「你們偷走了榮耀！」將軍一拳砸向桌面。「西瑞里克的男男女女花了一輩子訓練，以將戰鬥的藝術淬鍊至完美。看看維凡亞隊長的腰帶，每一個紋章都代表她獲得的學位，不管是透過訓練，或是透過擊敗那所學院的冠軍。而那些白色菱形紋章，每個都代表一名遊魂，中央有黑點的菱形則是代表一百名遊魂，只要她的劍下再多幾名遊魂喪命，她就能晉升為大隊長，負責管理一座小型哨站。你們奪走了她晉升的機會。」

「對不起，隊長，但是將軍，我要指出的是當我們消滅那些遊魂時，不管是維凡亞隊長或是她的手下，都不在村莊附近。」貝拉里恩回頭看著我。「我們總共殺了幾名遊魂，法拉諾斯？」

「屍塊太多了，大人。」我聳聳肩。「至少二十幾隻吧。」

「不可思議！」

克羅沙的喉嚨發出低沉的笑聲。「將軍，我是真理騎士克羅沙，法拉諾斯已告訴你我們做了什麼，我自己殺了九隻。」

將軍揮手示意我們停止。「我不想再聽了，你們未經允許便展開戰鬥，你們明天正午將被綁在木樁上處以火刑。」

克羅沙邁開沉重的腳步上前。「西瑞里克已經拋棄所有文明禮節了嗎？」

「這是王子頒布的法律，你們必須受到懲罰。」

真理騎士冷哼一聲。「懲罰與法律是必要的，但我說的是傳統。遭判死刑不能上訴嗎？我們難道不能要求比武審判嗎？」

將軍低聲抱怨，一手抹抹額頭。「比武審判只適用於擁有紋章者，你沒有紋章，所以不可能。」

貝拉里恩指著後方的牆面。「我有紋章，就是那一個。」

費菈辛娜倒抽一口氣。

他指著的紋章是黑色原野上的一座紅色高塔，塔頂是金冠形狀，城垛便是王冠上的尖刺。「那是我的紋章，生來便屬於我。」

將軍轉身，搖了搖頭。「你罪加一等，你可知道那是誰的紋章？」

「那是艾金多爾王室的紋章。」貝拉里恩微笑。「我是多拉雷德王子同父異母的弟弟，我早已告訴過維凡亞隊長，我應該以那旗幟戰鬥。」

將軍瞪著他的下屬。「妳早就知道？」

「我不相信他的說法，您也不應相信。」

將軍從書桌後方走出，看著貝拉里恩。「你不懂我們的法律，所以我應該給你一個重新思考的機會。」

「所以你會免除我們的死刑？」

「我不能那麼做。」

「那我就應以我與生俱來的權利戰鬥。」

「請了解這點，當你為某個旗幟戰鬥時，你就代表所有為那旗幟戰鬥的人。如果你選擇的是某個學院或某個小單位，那麼你在比武審判中要面對的就是他們的冠軍，且因為西瑞里克的戰士是全世界最強的，你將死去，不過痛苦很快就會結束。但你挑中的可是王室旗幟，所以西瑞里克所有學院、單位、家族的每一名冠軍都有權挑戰你，根據我的計算，在這座堡壘中，你將一次面對二十四名戰士，你不可能獲勝的。」

貝拉里恩笑了出來。「比起跟火焰戰鬥，我跟他們戰鬥表現得會比較好。」

「你的朋友們也會共享你的命運，你的遭遇便是他們的遭遇。」將軍回到書桌另一頭。「這是你最後的機會，你該怎麼辦？」

「拿一根長一點的旗竿來。」貝拉里恩肅穆地點點頭。「我希望明天的所有對手都能好好看看他們將死在其下的旗幟。」

29

維凡亞隊長讓我們在第七軍事區的大牢中過夜，她給了我們每個人一間牢房，但牢門大開，她甚至把鑰匙留在鎖孔上。我不確定是什麼促使她這麼做，我們全被判處死刑，所以都有充分的動機逃獄。或許是接續她先前願意相信我們的話，也可能是對貝拉里恩無畏的話語還有無論結果如何，都堅持自己的選擇而新浮現的敬佩吧。

牢房的鐵窗確實讓我們能清楚看見廣場，戰士徹夜準備，每個單位都為自己的冠軍搭起一頂帳篷。廣場周遭很快就圍滿各式顏色鮮豔的帳篷，大多數都飾有寬闊的條紋，垂直的條紋則是取自紋章上的紅色、綠色或藍色。帳篷全都是尖頂，一小面繪有紋章的三角旗飄揚在中央柱頂，真正的旗竿則插在入口旁的凹洞。

維凡亞並沒有將貝拉里恩選擇的旗幟掛在特別長的旗竿上，但她確實把旗子掛在大牢的屋簷上，使其比其他所有旗幟都高。

克羅沙和我看著眾人準備，費菈辛娜則和貝拉里恩坐在他的牢房中。而不死騎士哼了一聲。「戰士們看起來準備得非常認真，你覺得他們會作弊嗎？」

我皺了皺眉。「這全都維繫在榮譽之上，所以作弊會被視為玷汙，擊敗貝拉里恩的人會因獲勝受賞，我無法想像他們會願意讓勝利蒙羞。不過我倒是注意到一件有趣的事情。」

「什麼事？」

「這座堡壘，加上學院，這裡總共能容納多少駐軍？將軍手下指揮多少軍隊？」

克羅沙轉向我，然後靠在窗台上。「八座學院，用雙層床來算，那一座學院會有四十名戰士——如果他們和負責守望的人共享床位，那人數還會加倍，再加上軍官，整個堡壘最多五百人吧。但我們只看見大約一百人——這代表貝拉里恩要跟四分之一的人戰鬥？」

「沒錯，而且記住，將軍曾說假如維凡亞升任大隊長，就會獲得一座小哨站，或許有五十人歸她管轄？」

「啊，也許我知道你要說什麼了，西瑞里克看似是個非常軍國主義的社會，但武裝部隊數量卻很少，這不太合理，對吧？」

「我是覺得不太合理，除非他們真的訓練精良，不用太多人就能保家衛國。」

克羅沙露出微笑。「從誰手上保衛呢？特拉法蘭沒有軍隊，卡達爾也沒有。」

我揚起一邊眉毛並問道：「內憂？會不會是軍閥瓜分了西瑞里克，內戰讓軍隊元氣大傷？」

滿面愁容的費菈辛娜走進牢房。「這有什麼重要的？貝拉里恩就要死了，而你們卻袖手旁觀，你們有什麼計畫嗎？」

克羅沙搖了搖頭。「沒有，我相信他會贏。」

「一次對上二十四個人？」她瞪著我。「證明你還有點用吧，找個魔法幫幫他。」

「小姐，這麼做無疑會違反戰鬥的規則，並讓西瑞里克人占優勢。」我指向窗外。

「妳可能會覺得我們的對話毫無用處，但我們對這個地方的運作愈了解，獲勝的機率就愈大。」

她哼了一聲。「進了墳墓那都於事無補，魔法師。」

「身為一個待在墓中許久之人，我能向妳保證墳墓裡**沒有任何東西**能幫上忙。」

「拜託，夠了。」貝拉里恩站在牢門邊，他沒有看著我們，而是望向我們身後，目光聚焦在遙遠的某處，看著某個我們永遠無法看見，也無法理解的事物。「明天我將會獲勝，我必須贏，這是我父親的願望。而且我也應該要獲勝，因為落敗代表你們也都會死掉，我向你們保證，不會讓你們回到墓中。」

克羅沙低下頭。「這點我毫不懷疑，大人。」

「我也是。」我轉回窗邊。

「原諒我，貝拉里恩大人。」費菈辛娜的聲音降為一陣溫柔的低語。「我只是不想失去您。我的恐懼來自我不想要離開您，而不是懷疑您的能力。」

「我知道。」他伸出一手，輕撫她的臉頰。

她握住他的手，親吻他的手心。「您會獲勝的。」

我轉過頭凝視窗外，就著火光看著各個冠軍們繼續他們的練習。他們使用的武器各異，全都在操練一連串精心設計的攻防動作，一名人高馬大的男子大力揮舞著一把戰鎚，身體因動作閃爍汗珠，另一名嬌小的女子則是使長劍和長刀，用速度和靈敏閃避及防禦五、六名看不見的敵人。其他人也都是如此，每個人都精通特定動作，而且連我這個外行人都看得出來，某些動作似乎很明顯是為了對抗特定敵人設計，同樣道理，有些動作適合力氣大的人，其他則為靈巧的人帶來優勢。

我觀察時突然靈光一閃。「克羅沙，你看看他們，有什麼我先前理應發現的東西，你看見了什麼？」

騎士轉回窗邊，默默凝視了幾分鐘，頭部在他跟隨某個冠軍的動作時不住輕點，之後再換下一個。接著他站起身，向後退，前後擺動身體，彷彿正和隱形舞伴跳舞。他點點頭，改成看著另一名冠軍，再變換他自己的節奏和姿勢。他破解他們的招式時會發出哼聲，然後繼續重複。

最後他終於停下動作，轉向我。「我看見了。」

貝拉里恩挑起一邊眉毛。「你看見了什麼？」

「他看見的事物，大人。」我露出微笑。「便是您明天獲勝的關鍵。」

隔天上午，維凡亞隊長來找貝拉里恩。「你應該知道，如果你打敗了其他所有人，最後將會對上我。」

貝拉里恩微笑。「我擊敗你們愈多人，打敗我就更榮耀，是吧？」

「這麼聰明的人必須死在這裡真是可惜。」

「妳可能現在就想去熱身了，隊長。」貝拉里恩指著廣場中央。「他們沒有人能將我的紋章繡在腰帶上。」

貝拉里恩走向將軍所站的廣場中央處，並在途中將劍收入劍鞘。老人打開一捲蓋著西瑞里克印記的薄薄卷軸，開始大聲朗讀。「根據王室諭令一〇三號，此人貝拉里恩，已因未經許可展開戰鬥受審並遭定罪。他代表自己和他的同伴們上訴，宣稱自己隸屬艾金多爾王室紋章。我在此允許各位，以自己努力的成果對他判刑，由於他的罪行屬於重罪，你們要為自身家族、學院與國家的榮譽而戰，至死方休，讓我們開始吧。」

將軍接著來到廣場另一端，拿出一個黑天鵝絨袋子，沿著冠軍的隊伍走下。每個人都將一張圓紙條丟入袋中，上面標示的很顯然是他們代表的紋章。蒐集完所有紙條後，將軍搖搖袋子，抽出其中一張，並高舉讓所有人看見。「西瑟蘭，此等榮耀歸你。」

一名身形非常瘦長，手持長矛的男子出列，朝將軍鞠躬，接著走向貝拉里恩。他再度鞠躬，然後報上名號。「我是查阿家族和拜柯爾學院的西瑟蘭，有一百名遊魂死在我手下，我曾贏過七十七場決鬥，只落敗過十幾次，在此為正義和法律而戰。」

他擺出戰鬥姿勢，並伸出左腿，矛尖朝下。矛尖和矛柄交界處繫著的腥紅色流蘇垂下，離地只有毫釐。

貝拉里恩也以流暢的動作拔劍。「你看起來較適合拿那東西挖蕪菁，而非戰鬥。」其他戰士倒抽一口氣，也有人偷笑。西瑟蘭震驚地瞪大雙眼，接著矛尖朝前彈起，速度比毒蛇吐信還快。貝拉里恩大步閃避，並在戰士試圖刺向他雙腿時抬腳閃避矛尖。西瑟蘭以長矛往側邊一刺，但貝拉里恩將其敲到一邊，並往後跳了一步。

西瑟蘭移動到廣場右側，矛尖不時彈起，阻擋貝拉里恩的佯攻。他開始反擊，快速向前衝，矛尖仍然擺低，然後猛然往上刺向貝拉里恩的鼠蹊部或腹部。王子閃過這些攻擊，低哼一聲，轉向左側，朝西瑟蘭前進的方向而去，但西瑞里克人也往左側閃。

貝拉里恩後退一步，不再防禦。「這是至死方休之戰，西瑟蘭，但我跟你保證我絕不會老死，發動攻擊吧。」

敵人瞇起雙眼，再次以低處攻擊試探，然後全力往前衝，瞄準貝拉里恩的心臟。貝拉里恩舉劍阻擋，所以西瑟蘭矛尖朝下一轉，急攻向貝拉里恩的大腿。

貝拉里恩轉身，縮回右腿，長矛失之毫釐，差點使他負傷濺血。接著在西瑟蘭從這一擊恢復之前，貝拉里恩伸手抓住矛柄，就在矛尖下方幾公分處，然後用力一拉。西瑟蘭鬆手，長矛往前滑，但他在武器完全脫手前再次握緊。

貝拉里恩的劍以閃耀的弧度劃下，把長矛劈成兩半，他把另一半丟到一旁，然後往前衛。西瑟蘭想要撤退，但貝拉里恩快速縮小彼此的距離，將右肩撞上高個子的下巴，讓他一頭向後仰。敵人往後摔倒，腦袋重重撞上廣場的石頭，就算貝拉里恩剛剛的攻擊沒有讓他失去意識，石頭的衝擊力道也會讓他昏過去。

貝拉里恩彎下身，快速解開男子腰部的腰帶，將其取下並拿來擦掉臉上的汗水，再丟到大牢的陰影中，他轉向將軍。「看來我不會再遭遇抵抗了，下一個是誰？」

將軍從袋中抽出另一張紙條高舉。「布絲妮亞，此等榮耀歸妳。」

一名女子拿著兩把曲劍，扣除一頭紅色長髮之外，都和費菈辛娜像同個模子刻出來的。她朝將軍鞠躬，然後走向貝拉里恩並朝他鞠躬。她先把折斷長矛的另一截踢到廣場外，接著轉回來露出輕鬆的笑容，不過她的雙眼仍帶著幾分警覺。「我是帝卡納家和賽隆學院的布絲妮亞，有八十三名遊魂死在我手下，贏過相同次數的決鬥，只落敗過七次，我在此為正義和法律而戰。」她用雙劍揮向面前的空氣，然後一手舉高，一手擺低，準備戰鬥。

貝拉里恩彎身撿起西瑟蘭長矛的尖端，擺好姿勢，一手高舉矛尖，模仿他的對手。

「來吧，帝卡納家的女兒。」

她朝他衝來，又猛又快，雙劍宛如一團模糊的影子落下。貝拉里恩先低身閃過幾波攻勢，再側身躲過另一些，然後用劍或長矛擋下其餘的攻擊。他用兩把武器輪番戳刺，卻無法擊中對手，但這只是因為她總在一拍心跳間閃過，再馬上彈回來發動攻勢。

貝拉里恩改變姿勢，將長矛當成劍揮舞。他只用長矛阻擋和閃避，並在時機出現時繼續戳刺。他不斷逼退布絲妮亞，迫使她讓出空間，她也不情不願照做，並持續觀察貝拉里恩的劍，想知道他何時會拔劍。

布絲妮亞愈發受挫，所以也改變攻擊方式，將雙劍瞄準長矛。她用三道閃電般快速的攻勢將矛尖打飛，並把長矛劈成兩半，讓貝拉里恩手上只剩毫無威脅性的矛柄。

貝拉里恩哼了一聲，把矛柄丟到她腳下。

布絲妮亞的上唇輕蔑地噘起，如孩童跳繩般輕易跳過矛柄，直到抵達頂點時，她才發現自己的錯誤，並隨即了解她已無力挽救。因為隨著她往上跳，雙手也自然垂在髖部附近，以保持平衡，可是這讓她毫無防備，貝拉里恩便在此時出劍。

如果貝拉里恩朝前猛刺，就會乾乾淨淨把她劈成兩半，但他並沒有。相反地他抬起劍尖，扭動手腕，往前甩出，劍刃鈍面直接打中布絲妮亞的臉，打斷她的鼻子並擊中額頭。貝拉里恩改變握劍姿勢，持劍手在上，讓劍柄圓頭砸中布絲妮亞的下巴，使其閉上嘴巴，她以弧形從空中往後飛，肩膀重重著地，雙劍彈走時發出清脆的鏗鏘聲。貝拉里恩在一拍心跳間便將一邊膝蓋壓上對方胸口，另一腳踩著她的右手腕，並以劍尖指向她的喉嚨。

「認輸吧，布絲妮亞，我沒理由殺妳，因為我殺死遊魂只為拯救村莊。」

女子點頭，然後解開腰部的腰帶，貝拉里恩起身時從她手上接過，然後將其丟到上一條腰帶邊。「將軍，若您願意，請繼續吧。」

克羅沙和我交換笑容，我前一晚發現的事便是冠軍們繫著的腰帶雖講述著光榮的勝利故事，但他們的身體並沒有。他們露出來的皮膚上太少傷痕，根本不可能是腰帶上宣稱身經百戰的戰士。我並不懷疑上面的紀錄，只是發現這些決鬥一定大多都是儀式性的——只要見血就結束，或是以其他標準判定勝負——以便保全士兵的性命。西瑞里克的士兵人數比應有的還少很多，這代表他們兵不血刃——除了面對遊魂之外。而且因為和我們戰鬥的遊魂們都曾是士兵，再加上我在堡壘周遭並沒有看到任何墓地，這代表死在戰鬥中的士兵，比一般人變成遊魂的機率還高，這是沒有人想要面對的事實。

簡而言之，當對手是活人時，他們戰鬥的目的不是要殺死對方。面對活人，他們並不真正了解如何殺戮。

克羅沙的戰士之眼也注意到這點，他還發現了更多事情，每名冠軍都精通某種戰鬥風格，而這種風格也完美搭配他們使用的武器，因而他們訓練的重點，以及他們決鬥的本質，都和使用的武器非常有關。只要奪走他們的武器，如同貝拉里恩對西瑟蘭所做，或是使用特殊武器和以特殊方式使用武器，那麼這些戰士就會欠缺快速調整應變以取得勝利的技巧。而遊魂雖然使用非正規方式戰鬥，但連用斧頭砍柴火，都比殺死遊魂需要更多戰鬥技巧。

這些原因，再加上貝拉里恩從他殺死的所有敵人身上獲得的額外力量，就使他夠快也夠壯，足以打敗堡壘中的所有冠軍。不管是破壞他們的武器，使用手肘、膝蓋、踢擊來結束戰鬥，或者只是讓對方耗盡體力，貝拉里恩就這樣一一擊敗他們。他將手下敗將的腰帶堆成一堆，接著邀請下一名對手上前。

將軍倒倒袋子，表示他已經沒有紙條了。

貝拉里恩朝維凡亞隊長鞠躬。「那麼，現在只剩我們了。」

女子搖搖頭並解下腰帶遞給貝拉里恩。「帶領您見多拉雷德王子將是我的榮幸。」

貝拉里恩點點頭。「那麼我們在破曉時出發，或是更早——只要你們的裁縫師能為我準備好一條記錄**我**所有勝利的腰帶。」

30

我們隔天破曉數小時後啟程，且並非獨自上路，在維凡亞隊長提議擔任貝拉里恩的嚮導後，他命她將腰帶繫回，接著他一個個交還落敗者的腰帶。所有人都接受了——不省人事的則由別人代領——所以隔天一早我們幾乎成了一支擁有各式旗幟的**部隊**。事實上我應該是唯一沒有腰帶的人，因為當地人非常好心，也為美德騎士織了幾條。

不過因為我侍奉貝拉里恩，所以也隸屬他的旗幟之下。

除去正式的禮節和我們面臨的快速審判外，戰士們都非常好相處，他們以純粹的敬畏對待貝拉里恩，這從他們的表情和聲音就看得出來。維凡亞隊長的欣賞大都隱藏得不錯，但她安排自己騎在我們的領袖旁邊，並和他討論西瑞里克的現狀，這本應使費菈辛娜不安，不過她和布絲妮亞一起騎在隊伍前頭，兩人開心聊著怎麼同時揮舞雙劍。

我騎在貝拉里恩另一側，詢問了維凡亞隊長一個問題。「根據我非常有限的資訊，西瑞里克的遊魂似乎大多是從前的戰士，這是真的嗎？如果是的話，妳知道背後的原因嗎？」

她的表情明顯顯示她沒有預料到我會詢問這麼深思熟慮的問題。「你說的並不算不對，法拉諾斯，只有在很罕見的情況下，復活的人不是戰士，而且也完全沒有人復活後還能保有你和克羅沙這樣的神智。至於這是為什麼，要是我們的哲學家和神學家人數夠多，那他們一定會不斷爭論。據說，許多世紀以前，多拉雷德王子曾擁有一支龐大的軍隊，試圖在艾金多爾中央統一三大王國，並重建他父親的帝國。他招募和訓練士兵，準備足夠的糧草，揮軍進攻。潔拉妮莎和沙列瑞克都無法阻止他，但是西方吹來一場大暴風雪，冰凍萬物，將其埋在雪下。軍隊因為曝露在外而死亡，還有許多人死於凍傷造成的壞疽以及後續各式疾病。」

「因受挫而盛怒的王子，將他的國家獻給戰神——不是我們崇拜的法修恩，而是一位更古老的神祇。」

貝拉里恩在坐騎上坐直。「是**維爾瓦**。」

我盯著他。「您怎麼知道這個名字？」

「所有牧羊人都知道，我們詛咒祂，維爾瓦是狼群之神。」他搖搖頭。「當冬天提前到來或者太晚離開，使狼群飢腸轆轆，那就是維爾瓦幹的好事，祂是位野蠻又殘忍的神祇。」

「在西瑞里克祂名為毒蠍之王，大人。」維凡亞隊長掃視道路兩旁的田野。「土地中的魔法會榮耀戰士，快速餵養我們，這樣我們才能變得更強壯，但土地也渴望我們的鮮血。魔法降臨後，血腥的戰爭襲捲西瑞里克各地。男人跟野獸一樣，四處燒殺擄掠，毫無紀律和理由，到處散播毀滅，這本應使我們亡國。」

貝拉里恩眼睛一亮回應道：「直到學院開始教導紀律後，混亂才受到控制。受過精良訓練、彼此實力相當的小型單位，為了榮耀決鬥，而非鮮血，也是為了不要滿足飢渴的土地。」

西瑞里克士兵點點頭。「當我們大批聚集時，似乎就會湧出古老的瘋狂。若我們真的發生戰爭，有軍閥想要開戰，便會派出小型菁英部隊前往戰場，並在拔劍相向前先設定好勝利條件，談好補償或貢品。」

我瞇起雙眼。「那麼我們的罪行——未經允許便展開戰鬥，有可能會因為我們缺乏紀律，就激起範圍更大、更狂亂的混亂嗎？」

「正是如此。」

貝拉里恩嘆了口氣。「而我兄長沒有做任何事彌補他的過錯？」

「恕我無法回答這個問題，大人，我們沒有人見過王子，更不可能跟他談論這些事情。」她對他露出了一個微弱的笑容。「或許這個我們其他人只能猜測和害怕的問題，您能夠得到答案。」

前往首都的旅程花了兩週，我們本來可以更快，但這麼做會羞辱貝拉里恩和那些跟隨他的人。隨著我們朝北前進，也經過各個大城小鎮，而在那些學院和我們成員所屬學院敵對的地方，我們就會面對挑戰。每個學院都會派出他們最好的戰士，我們則會提供他們對手，兩名戰士會站得離彼此非常遠，然後演練一連串固定的攻擊、反擊、格擋、閃避與還擊動作。每個戰士的動作都流暢又快速，展現出紀律和技巧，最終決定要是他們在根本不可能發生的情況中交戰，會是誰獲勝。

而當地的冠軍總會獲勝，但會親切允許落敗者在當地過夜並接受款待，直到隔天黎明。多數情況下我們不會在敵對地區待那麼久，而是快速通過，繼續前往下個地方。某些學院確實會派出學生目送我們離開，但我將其視為偵查訓練，不是真正的威脅。

我們停留下來的城鎮，都擁有一個以上訓練出我們隊伍中士兵的學院，事實上，啟程的第一天我們便停留在西南部九號羊毛谷，這裡是賽隆學院的故鄉。布絲妮亞和費菈辛娜早我們一步進入學院，等我們抵達擁有雙塔的建築時，賽隆學院的大師便已帶著麵包和清水出來歡迎我們。貝拉里恩按照禮節收下，接著學院的學生出現，照料我們的坐騎，並帶我們到過夜處。意思是說帶我們到他們的房間，讓出他們的雙層床，自己則睡在床腳的地板上過夜。

那晚大師將我們所有人召集到學院燈火通明的廣場上，學生已掃去塵沙，並在主建築的門廊擺好餐桌。除了為我們準備晚餐的學生們之外，其他人圍繞著廣場，學生年齡從六歲到三十多歲不等，每個人都繫著一條紅腰帶，不過寬度只有畢業生的一半，也只有大師的四分之一。學生的腰帶上裝飾著小小的符號，我猜是對應他們學習上獲得的成就。

他們提供的是粗茶淡飯，不過和西瑞里克的本質相同，所有食物都是新鮮現採。為克羅沙和我準備的食物裝在小小的茶杯中，因為我們不用進食，而其他人則要吃多少就有多少。貝拉里恩吃的份量和大師或維凡亞隊長相比，並沒有多出任何一匙，他的禮貌其他兩人也都注意到了。

上菜的空檔，賽隆學院的學生來到廣場展現他們訓練的精彩成果，雖然他們決鬥只是為了表演，仍用上真正的武器，還是非常尖銳的武器，他們全都操練同樣的招式當成序曲，複雜程度和速度則是隨著年齡漸增。表演完基本招式之後，他們便會換成不同的動作，展現出不可思議的敏捷和準確，他們的意思非常明顯，貝拉里恩之所以能獲勝的關鍵，在於他願意打破規則，但他們絕對不會這麼做。缺乏紀律將毀滅西瑞里克，而最恥辱的行為莫過於此。

餘興節目的最後一個部分，和先前大相逕庭，布絲妮亞手持雙劍踏入廣場，朝大師鞠躬。她穿著沒有任何裝飾的罩袍，背後掛著一塊象牙色絲綢鑲板，黑色皮革面具遮住她的下半臉——代表她在接下來的劇碼中並不是扮演自己。紅色緞帶垂下她罩袍的接縫和褶邊。

而她的對手則戴著一副全臉木頭面具遮住面容，面具塗成黑色，中央裝飾著一隻金色毒蠍，蠍尾沿著鼻梁往下延伸，爪子在額頭處大張。黑色絲袍的背部繡有西瑞里克王室紋章，紋章上方也有一隻金蠍。毒蠍同時也出現在前後胸口、袖子、裝飾絲袍接縫和褶邊的金色緞帶上。

我發現這幅景象異常熟悉，但是其意義仍徘徊在我意識理解的邊緣。「克羅沙，你知道嗎……？」

「一個傳說。」真理騎士的表情嚴肅地繃緊。「她的對手應該是在扮演毒蠍，他是國王手下的傀儡，騎士以美德所行之事，他都要反其道而行。而我雖然用的是『他』，但我並不知道毒蠍是男是女，又是一人或多人。」

「告訴我所有事，瑟蕾西亞之前曾提到……」

「我會的，我的朋友。」克羅沙舉起一手。「在這結束之後……」

大師拍手，兩名戰士揮舞著劍並尖叫著展開一場激鬥。劍刃呼嘯刺過空氣，火星四濺，金屬在滑過彼此時發出嘶嘶聲，絲綢破裂，緞帶飛舞。當劍刃邊緣劃過時，片片緞帶飛進空中，再懶洋洋地飄落地面，和疾如閃電的戰士形成強烈對比。

布絲妮亞的動作宛如煙霧般流暢，又帶有眼鏡蛇出擊的精準。所經之處金色碎片飛旋，她彎身躲過某些攻勢，再起身躍過另一些——但絕不重蹈讓她敗在貝拉里恩手下的覆轍。她和對手旗鼓相當，至少從廣場上灑落的雜亂金紅碎片看來如此——而且至少有兩次，她本可以劃開他的腹部或砍下他一隻手，但都只有切下緞帶。

接著毒蠍轉身，雙劍高舉到右側，並以要把對手砍成兩半的力量劃下。布絲妮亞交叉雙劍接下這連續兩擊，但攻擊的威力讓她單膝跪地。毒蠍再次使出同樣的招數，她也以相同方式接下，這次換另一膝跪地，第三次攻擊是雙劍同時向下重擊，布絲妮亞擋住了那麼一秒，她的雙劍下一秒隨即折斷。毒蠍的雙劍則緩緩分開，在布絲妮亞的雙劍鏗鏘撞上廣場的石頭時，輕點她的肩膀。

毒蠍挺起身，雙劍交叉擺在胸前，然後向布絲妮亞伸出其中一把。布絲妮亞低下頭並舉起雙手接下劍。接著她單膝跪起，讓毒蠍挑去象牙鑲板，鑲板輕易落下，露出繡在她背上的光榮賽隆紋章。布絲妮亞完成儀式，將自己的其中一把劍交給毒蠍，達成一次風格獨具的宣誓效忠。

賽隆學院因而證實了其在毒蠍手下建立的正當性——毒蠍即是混亂之神的代理人。學生臉上愉快的笑容證明了我的猜測，身為王室代理人的毒蠍，測試了學院建立者的實力，並決定他的技巧足以成立學院。

我靠向克羅沙。「顯然賽隆學院的起源可以追溯至毒蠍。」

「如果我記得的事是正確的，那還真是個不祥的徵兆。」克羅沙點點頭，目光飄向遠方。「在我為他執行的最後幾項任務中，帕奈爾國王派我到北方的一座強盜堡壘。應該是位於現今卡達爾的邊境之外，他說那裡的強盜讓當地居民頗為困擾，希望我去確認這是否屬實。我獨自啟程，但從來沒有真正感到獨自一人，我沒看見任何人或任何東西，而且所經之處都是廣闊的沙漠和平原，沒有東西能逃過我的視線。我在夜幕降臨時找到堡壘，篝火的火光開始在窗戶間和牆上飛舞，我本來可以馬上殺進去，但我決定先稍事休息，並打算在白天好好觀察一下。」

「我在隔天早晨時啟程，並在距離營地五百公尺處發現四名強盜。他們都死了，但每個人身上都只有一處刺傷——而且還不深，每個人都一樣——這不可能造成他們的狀況。」

我揚起一邊眉毛。「毒藥？」

「我也是這麼想的。」克羅沙聳聳肩。「我往堡壘前進，卻發現城牆的閘門升起，城門大開。裡面萬籟俱寂，我只聽見狗叫聲、頭上禿鷹盤旋。我進入堡壘並發現強盜死了，全部都死了，許多人的死狀都跟外面的探子相同，傷口非常小，但有幾個人曾經抵抗，不過抵抗得不太順利。而屍體的傷口如果很淺，就非常平坦，要是較深，另一側的傷害就非常嚴重。重擊造成的傷口也是，凶手用的是雙刃劍，底部三分之一是鋸齒狀，砍進身體會砍穿皮肉和肌腱，甚至深刻入骨。」

「你認為那是毒蠍做的？」

「我不知道，但強盜首領躺在她的血泊和腸子之中，她在地上寫著『事實在此』。我發現這很接近帕奈爾交付給我的任務，卻又覺得受到嘲弄，我很確定有人從宮中跟著我來到那裡，我當時認為那一定就是毒蠍。」

我搖搖頭。「帕奈爾為什麼要派你去確認他交給毒蠍的任務？」

「或許他懷疑毒蠍的忠誠，他確實時不時會測試我們，我們所有人都會。」他再次聳聳肩。「但這也只是另一個需要解開的謎團，重要性不比了解毒蠍是如何和西瑞里克建國初期有所牽連。」

「這是個不錯的出發點。」

克羅沙和我討論毒蠍的時候，貝拉里恩已起身走進廣場，他問候並感謝布絲妮亞和毒蠍。有那麼一刻我在想他會不會向毒蠍發起決鬥挑戰，但他反倒請他們兩人加入他的行列。他接著繞行了廣場周圍，問候每一名學生，詢問他們的名字，稱讚他們的表現，問他們腰帶上的各式符號代表什麼意義，並喊他們的名字告別，繼續找隊伍中的下一名學生。

大師看起來非常開心，學生們也洋溢著喜悅，我們走進賽隆學院時頂多只是變數，最差還可能是以不公平的方式打敗他們其中一員的敵人。但在貝拉里恩繞行完全場後，他擄獲了整個賽隆學院的心。

我們剩下的旅途中，還在四座其他學院停留，每個學院都有類似的表演，也包括效忠毒蠍的戲碼，這都讓一件事昭然若揭——毒蠍一定是個技巧精良的戰士，因為他擊敗了所有使出渾身解數的學院領袖。他們全都對毒蠍宣誓效忠，並透過毒蠍對王室效忠，如此所有學院就都和其他人共享某種程度的正當性。

戰鬥戲碼中描繪的毒蠍形象，感覺和克羅沙的堡壘故事以及瑟蕾西亞的描述互相衝突，如此公然和強大的敵人對決，似乎不符合毒蠍的作風。如果他是美德騎士的對立面，就不太可能和其他人正大光明對決，而且一個如此身在暗中的人物會和王室有這麼公開的牽連嗎？

一切似乎很不合理，但是等到我們抵達首都，第一次看見海拉席亞這個地方時，我便理解為什麼西瑞里克的戰士學院會如此相信這齣戲。

31

海拉席亞在一座遼闊平坦的紅土山谷中央鋪展開來，一條又寬又汙濁的大河將山谷和城市一分為二，還有一座巨大的牛軛湖，從南岸延伸到東北方。王子的宮殿便位在湖中央的土地，宰制整片景觀，高度是城市其他建築的兩倍高。從北方山脈挖出的紅色石頭建成了一座巨大的堡壘，這便是多拉雷德王子的居所。

宮殿本身雖已相當令人讚嘆，但和上方雄偉的裝飾一比，似乎便顯得微不足道。宮殿上方矗立著一座毒蠍雕像，因鍍金而明亮無比。毒蠍的身體及尾巴和建築等長，爪子伸向東翼和西翼，尾巴彎曲，螯針閃閃發亮，彷彿受到毒液滋潤。

我揚起一邊眉毛。「克羅沙，那就是你的毒蠍。」

騎士點點頭。「多拉雷德將這片土地獻給的戰神……」

「維瓦爾……」

「沒錯，在特拉法蘭我們總認為祂是頭狼，但在這裡，如果我模糊的記憶還可靠，祂的信徒將祂看作一隻毒蠍。」克羅沙嘆了口氣。「當多拉雷德下定決心要完成某件事時，永遠不會只做半套。」

那條河在當地叫作海拉河，顏色是來自紅土，以血塊凝結的速度流動。河上交通由大量渡船聯絡，唯一的橋樑是一座巨大的拱形建築，在擁有城牆的堡壘北端連接城市的另一半。較低的城牆則將城市劃為不同區域，每個區域都有一座更小的堡壘，而且除非我認錯上方飄揚的旗幟，小型堡壘應是由學院負責運作和管理。

我們從維凡亞隊長的學院——瑞卡蘭吉——控制的城門入城，並快速挑一名榮譽嚮導帶領我們深入城市。內牆使我們需要經過一條迂迴的路線才能前往宮殿，我們就像迷失在孩童的迷宮中，不過入侵的敵軍也會面對同樣的困難，所以我們無法抱怨。當然，以卡達爾和特拉法蘭的威脅程度來說，這個預防措施似乎有些小題大作。

我們抵達宮殿入口時，貝拉里恩下馬，身旁是維凡亞隊長，費菈辛娜和克羅沙也加入他們，我則和其他人待在後頭。貝拉里恩走向前，讓守衛能夠看見他的紋章。「我是艾金多爾王室的貝拉里恩，來此是為了和我的兄長多拉雷德王子談話。」維凡亞、克羅沙與費菈辛娜也同樣報上自己的名號，遵照西瑞里克的習俗，三人全都列出他們的勝利和榮耀。入口的守衛隊長接受，而且顯然不需要做紀錄，便啟程通知他在指揮鏈上的上級。

我以為我們會需要等上一段時間，或許甚至還會被請回，等明天天亮時再回來。但不到十分鐘便出現一名氣喘吁吁的大臣，她穿著一件白袍，黑色的腰帶繡有卷軸和羽毛筆裝飾。幸運的是，她並不覺得有需要對我們列舉她的成就，否則一定會跟國家倉庫的會計帳簿一樣大書特書。她馬上帶領我們進入宮殿。

我們穿越城牆之中的一條隧道，中間頗為狹窄，兩端都有閘門，拱頂上點綴著殺人孔。隧道長三十公尺，可以容納一千人，在熱油或箭雨從上方降下時人們將受困在此並死亡。

毒蠍的圖騰不只限於我們現在走在其陰影下的雕像，工匠們將毒蠍刻在門楣和紀念碑上，我認為在宮殿較古老的部分，看起來就像後來才加上，在較新的建築上，則刻得更完整。而在繡有王室紋章的掛毯上，王冠中也加入了一隻毒蠍，彷彿與金屬本身融為一體。

很難不誇大宮殿建築本身雄偉的規模，其使用的每一塊石塊高度和深度都是我身高的兩倍，寬度則是四倍。要打開巨大的雙扇銅門需要動用平衡錘和一大群奴隸，打開城門則是需要一隊馱獸。內部的拱頂很可能也繪有精雕細琢的裝飾，但是從下方完全看不見，宮殿的石頭地板上則是鋪著許多地毯。

不過即便宮殿規模十分宏偉，內部卻不加修飾，頗為荒涼。紅色石頭和黑色地毯帶來些許溫暖，除此之外便一無所有。沙列瑞克和潔拉妮莎身旁圍繞各種華麗裝飾，透過在身邊創造一個人造的世界，把自己和他們王國真實的本質隔絕，多拉雷德則看似在他選為住所之地擁抱了他的王國荒涼的現實。

越過無數廳堂，穿過容易遺忘的類似房間後，我們終於抵達位在宮殿較舊區域的王座廳。此地比其他房間還小，天花板更低，走廊掛上窗簾，也擁有更多家具，可是沒有什麼豪華的裝飾，而是更多你會在將軍的作戰帳篷中找到的實用輕便家具。經歷卡達爾和特拉法蘭的浮誇後，這是個愉快的對比，但在這麼有權有勢之地，似乎仍然有些不適合。

多拉雷德袒露胸膛，肌肉結實，閃著油光，他站在小型檯子上較高的輕便椅前，和他的子民相同，他的身上傷痕也太少，無法證明描繪在雙倍寬紅色腰帶上的種種勝利。多拉雷德鬍子剃光，稍加打扮後應該頗為英俊，他將長度中等的黑髮往後梳，下半身則穿著一條紅色短裙，還有及膝的棕色靴子。

雖然他沒帶武器，座椅旁的劍架卻擺著三把劍，最下方是一把匕首，中間掛著一把費菈辛娜會喜歡的那種長劍。最上方也最巨大的武器，則是一把鋸齒狀的雙刃闊劍，克羅沙和我都同時注意到，並彼此交換眼神。

我還注意到他的左手腕看起來纏繞著一圈擁有細小鉚釘的鋼鐵飾帶，和他的血肉一起散發紅光，我想這大概就是力量之鑰。

多拉雷德露出笑容，張開雙臂。「直言不諱的克羅沙、永保忠誠的費菈辛娜，我一直以來都以為你們早已成為傳說——比生前**更偉大**的傳說。看到我的同袍們還活著，真是令我開心。」

克羅沙向他鞠躬，費菈辛娜則點了點頭，接著站到貝拉里恩身旁。「陛下，很榮幸向您介紹貝拉里恩大人，您同父異母的弟弟。」

多拉雷德愉悅的表情減弱。「我同父異母的弟弟啊，是啊。」然後他的笑容又回來了。「如果他和你們一同旅行，我的美德騎士同袍們啊，那他就比我遠在卡達爾的弟弟更像我的兄弟。歡迎你，貝拉里恩。」

「謝謝您，兄長。」貝拉里恩鞠躬，並禮貌地停留了一段時間，接著轉向維凡亞隊長。「這是西南部第七軍事區的維凡亞隊長，來自夏恩家和瑞卡蘭吉學院，是她負責帶領我們來到您的宮殿。」

她朝多拉雷德敬了個禮，他也俐落回禮。「感謝妳的服務，隊長。」

貝拉里恩接著轉身，將我們隊伍中所有成員一一叫上前，介紹他們的家族和學院。他記得這些細節讓我非常驚豔，因為就我所知，他只有在決鬥時聽過他們完整的名號。我在多拉雷德身上察覺到無聊，但我們同伴的臉上全都閃耀著純粹的敬佩，並非因為他們的王子，而是來自貝拉里恩和他能夠正確介紹他們所有人的禮貌。每個人都向王子敬禮並接受回禮，然後轉身回到同儕隊伍中的位置。

最後貝拉里恩揮揮手介紹我。「而這位是法拉諾斯，他和直言不諱的克羅沙相同，對我最為忠誠，也幫了我最多忙。」

我帶著深深的敬意鞠躬，維持姿勢五秒，再緩緩直起身子。

多拉雷德以一絲疑惑盯著我看，接著對我點了點頭。「感謝你一路以來的幫助，法拉諾斯。」他轉身坐下，有些隨意地靠在座椅上。「現在，我的弟弟，告訴我你為何來此。」

「我是為力量之鑰而來。」貝拉里恩指向多拉雷德的手腕。「我們的父親交付我一項任務，要我蒐集所有鑰匙，打開他的監牢。」

王子瞇起雙眼。「我依稀記得我的父親將這鑰匙託付給我時，說過類似的事，他說我可以請你做一件事，交付你一項任務。如果你完成，我就要把鑰匙交給你。」

「是的，您的弟弟請我為他取來一把權杖，而您的妹妹則想要瓦塔利亞最美麗的孩子。」貝拉里恩雙手揹在後腰處。「我們一行人，我的同伴和我，完成了這兩項任務。現在我們要滿足您的需求，您需要我們做什麼呢？」

「有很多事情要做，簡直永無止盡。」多拉雷德抬起左手，仔細研究環繞在手腕上的飾帶。「力量之鑰不可能這麼輕易就交出去，因為這是萬物之鑰。沒有這把鑰匙，你就什麼都做不成，無法統一三個王國，也無法讓艾金多爾重獲新生。」

「您誤會我的目的了，兄長。我並不是要讓艾金多爾重獲新生，我只是想完成我們父親的願望，我只是他意志的媒介，如此而已。」

「但這仍是件驚人的事，所以你要為我做的事，勢必得非常驚人。」多拉雷德從椅上傾身向前，指向北方。「那裡，在其血肉圍繞著我們這座宮殿的群山中，有個地方，一個充斥強盜以及叛亂的省份佩加莎，如同我身上永遠的芒刺，早在王國崩毀之前，也是我父親靴子裡的小石頭。一名叫作艾加媞的女子帶領著佩加莎人，他們不承認任何法律，蔑視所有懲罰，幾乎不訓練戰士，並依賴山中的堡壘保護。他們宣稱自己想要平靜生活，卻靠著燒殺擄掠維生。我要你們偷偷摸進佩加莎中心，為我帶來艾加媞的首級，完成之後，你們便無疑夠格得到力量之鑰。」

貝拉里恩點點頭。「我會為您完成這項任務，兄長，但我需要您提供地圖和嚮導協助，而我也想帶著我的同伴們同行。」

「當然，當然。」多拉雷德舔舔嘴唇。「我對佩加莎的所有知識都任你差遣，而你的同伴們，沒錯，他們當然應該和你一起，我理應把他們所有人都升為隊長，維凡亞則升為上校。你們每個人都應前往各自的學院，挑選自己的同伴，出發踏上這段遠征。你們對國家的貢獻將永遠留在歌謠和歷史中。」

貝拉里恩露出微笑。「您實在非常慷慨，兄長。」

「你一定會做得很好，弟弟。」年紀最大的王子站起身伸展四肢。「你們將在這週內啟程，或許三天後吧，以便出奇不意，你知道的，艾加媞一定沒料到這招。」

「是的，兄長。」

「但今晚我們應該要慶祝，以向我的騎士同袍們致敬，去吧，你們所有人，回到各自的學院，然後再到我為你們在此準備的房間。」多拉雷德兩手在胸前交叉。「你們是西瑞里克的榮耀。」

貝拉里恩對他深深鞠躬，我也是，其他人則敬禮，王子舉起一根手指時，我們全都正要離開王座廳。「弟弟，我能否借用你的法拉諾斯一會兒？」

貝拉里恩看著我，而我聳聳肩。

「當然沒問題，兄長。」

「你人真好，弟弟。」

我沉默地站在原地，其他人動身離開，我們獨處後，我轉向王子。「您需要我幫什麼忙呢，陛下？」

多拉雷德坐下，凝視了我一會兒。「克羅沙和費菈辛娜，我非常了解，他們是美德騎士，協助貝拉里恩，是因為久遠之前我父親交付的任務。而維凡亞上校以及其他人，他們也願意為貝拉里恩而死，我懷疑你看得懂他們的腰帶，但他擊敗了他們，然後還將腰帶歸還。他們不可能得到比這更高的榮譽了，他們之間也不可能有比這還要深厚的連結，這無堅不摧。」

「但是你，你又是誰呢？你為什麼在這裡？」

我在他的問題中察覺幾絲威脅，以及更為強烈的懷疑。「我只是個不死人，陛下，我對自己也不甚了解，起初我受到驅策，要救出貝拉里恩，但驅策我的是什麼，我也不明白。如果是您父親，我在墓中卻找不到任何支持這說法的證據，但我也想不出會是其他人，您的弟弟待我非常好，我也很榮幸能夠侍奉他。」

「我也可以對你非常好，法拉諾斯，假如你侍奉我，你會得到更豐厚的獎賞。」

「您是要試圖引誘我嗎，陛下，看我是否會背叛您的弟弟？您是不是要尋找我心中的欺騙，以便保護他呢？」

多拉雷德哼了一聲，摸摸下巴。「你對我的王國了解得夠深，知道他的出現帶來混亂和我們維持的紀律對立，而紀律正是我們的國家不會回到古老血腥混亂之中的原因。我了解貝拉里恩光榮、真誠、立意良善，要是因為他最親近的同伴背叛了他，使他的計畫出了任何差池，就會讓我的王國陷入危機。我不可能允許這種事發生。」

「陛下，我想不出有任何事會促使我背叛您的弟弟，或是威脅您的王國。」

「那還真是要感謝神祇讓你的想像力如此受限啊。」多拉雷德自己笑了出來。「你認為貝拉里恩能消滅艾加媞嗎？」

「我還沒見過他搞砸任何任務。」

「很好，非常好，謝謝你，法拉諾斯。」

「我隨時聽候差遣，陛下。」

「非常好，我已耽誤你太久了，去吧，加入你的同伴。」王子輕輕揮手要我離去。

「但是，法拉諾斯，如果你發現任何疑慮，任何一絲疑慮，請毫不猶豫立刻告訴我，你會發現我將對此非常感激。」

32

一名僕人帶我深入宮中，仍位在原先建築的區域內，這起初讓我感到有些安心，因為我將其視為多拉雷德想讓他的弟弟和同伴們待在他身邊的跡象。但我接著想起，如此鄰近也可能讓背地裡捅一刀更為方便。

僕人領著我到一間中等大小的房間，就在克羅沙的套房旁，我房中的家具仍維持作戰風格，雖然擁有書架，但架上唯一的書籍只有軍事史和我從未聽過的將軍與軍閥的格言集。我的小小圖書館有十幾本書，而根據觀察，多數根本從未打開過。

克羅沙的身形填滿了相鄰套房的入口。「我猜不管是多拉雷德還是他的客人可能都不太愛看書。」

「也不貪圖其他物質享受。這和你記憶中的多拉雷德一樣嗎？」

克羅沙聳肩。「從前我並沒有太注意他，他是受到指派才成為勝利騎士，實際一點來說，騎士和國王間確實需要溝通管道，而派多拉雷德去和他父親討東西也頗為有用。倘若我們需要什麼，騎士們會先討論，然後費莅辛娜會把我們的想法傳達給多拉雷德，他再告訴他父親，事情便完成了。」

「我能看出其中的價值。」

「所以，我的朋友，他為什麼想和你單獨談話呢？」

我皺起眉頭。「他擔心他的弟弟是否會使西瑞里克陷入動盪，他強調紀律和秩序，並希望貝拉里恩不會干擾秩序。不過說實話，我覺得他是想試探我願不願意在我們一行人中擔任他的耳目。他以頗為迂迴的角度提出這件事，而我選擇忽略他的暗示，**假如**這真的是暗示，我不覺得他是個多麼精明的人。」

「就像盤據在宮殿上方的那隻俗氣毒蠍指出的一樣嗎？」克羅沙大笑。「你看到劍了，對吧？」

「在我看來，那非常像你的描述中毒蠍使用的武器。」我瞇起眼睛。「**他**會不會就是毒蠍？他會不會甘願成為父親的傀儡，並扮演這個角色，然後把你們所有人蒙在鼓裡？」

「我不知道。」真理騎士嘆了口氣。「我認為這一切都離不開帕奈爾的手掌心，將他最信賴的代理人放到騎士之間監視我們。接著，等脫離他父親的陰影後，多拉雷德就接受了這個身分，認為這可以保護他的王國，就像當初保護他父親的一樣？」

「我認為有可能，但他也暗示如果我願意成為他的傀儡，獎賞將頗為豐厚。若是毒蠍，我以為他會更了解你我身為不死人，可能會想要不同的獎賞。」

「這是真的嗎，法拉諾斯？」已脫去金屬外殼的騎士坐進我房間的一把椅子中。「我一生侍奉王室，完全是為了侍奉王室的榮耀本身。雖然我現在已經死了，仍在做相同的事，也相當享受，他能提供我什麼？」

「看來他是沒辦法。」

「他又能提供你什麼？」

我搖搖頭。「我也看不出來，我對自己的記憶有所殘缺，所以甚至不知道自己現在做的事，是不是以前的自己會認同的事。有趣的是，貝拉里恩透過給我這個金戒指，表達了他的感激，我並不是以戒指的價值來衡量他的感謝，只是他願意這麼做實在非常真誠，如果這樣說有任何道理。」

「我也有感覺到，這使我更樂意侍奉他。」克羅沙往前傾身。「我認為你會發現多拉雷德無法這麼真誠。」

「這便是為什麼需要監視他。」我拉來一把椅子在騎士對面坐下。「當你、費菈辛娜、貝拉里恩埋首地圖，策劃我們前往佩加莎的遠征時，我會好好注意多拉雷德和他的黨羽。畢竟除了他的榮耀之外，沒有其他事物能約束他將力量之鑰交給貝拉里恩大人，並不是說會出現背叛，但毒蠍早已臭名遠播。」

騎士表情一沉。「務必小心，我的朋友，你在玩一場危險的遊戲。貝拉里恩大人絕對會非常信任他的兄長，因為他仍相信他的任務是榮耀又正義的。若你指控多拉雷德欺騙，而多拉雷德也對你做出同樣的控訴反擊，無論事實為何，鮮血將決定一切。」

「你的謹慎非常睿智，克羅沙，我開始相信你沒花更多的時間待在朝中真是太可惜了。」

「我是真理騎士，朝中充斥太多謊言，花時問待在朝中就跟下油鍋一樣。」克羅沙站起身。「務必記住，我的朋友，多拉雷德或許和他的父親不同，但他仍是活在宮廷中的生物，並且無疑因而非常致命。」

接下來四天中，我學到許多和西瑞里克及其國王相關的事物，全都和維凡亞在路途上解釋的吻合，克羅沙和我猜測的其他事，也都證實是正確的。所有人都相信如果拋棄紀律，世界就會回到混亂和殺戮，且雖然多拉雷德就是將西瑞里克獻給**維爾瓦**之人，他同時也是創立秩序者。而秩序隨後便為國家帶來和平，最後一點尤其重要，前面的事要不是遭到遺忘，便是已受到寬恕。多拉雷德在人民心目中的印象已牢不可破，是所有人的救世主，而他們都需要以永恆的效忠償還。

我和國王的互動主要發生在每天結束時的慶典，而慶典本身便十分耐人尋味。他的人民不斷供應大量食物，卻沒有半個人顯露出任何暴食的跡象，紅酒和其他烈酒源源不絕，不過人們仍同樣相當節制。此外，僕人也在酒類中摻水，所以就算某人飲酒過量，也不會有任何副作用。

隨著我探索宮殿和鄰近區域，我也開始辨識出事物在秩序建立前後的差別，比如宮殿較古老的部分，便擁有更多裝飾性石雕壁畫，但是內容早已消逝。外頭較悠久的街道石塊也較大，由工匠安裝。較新的道路則是以非常普通的鵝卵石鋪成，紋路簡單——且每顆石頭幾分鐘內就可以用其他石頭替換。

在秩序建立之前，西瑞里克充滿創意。但自此之後，失序的恐懼讓西瑞里克人的心靈變得無聊，鼓勵他們遵守國家的命令勝於一切。

沒有出外探索時，我便加入遠征的準備會議，儘管直接朝北走會是通往佩加莎最短的路線，也能讓我們沿著最好的道路前進，但這樣強盜派出探子後，便會早在我們甚至還沒看見群山之前，就發覺我們的到來。因此大軍會先朝東前進兩天，再轉向北方，我們會沿著兩條平行的道路前進，以加快速度，並在山丘上的平地集結，迫使強盜正面迎戰。

多拉雷德相當喜歡這個計畫，他會不定期出現在會議上，由於他的支持，我們享有各式協助，貝拉里恩因而對有事瞞著他感到有些抱歉。祕密便是在軍隊直接前往佩加莎時，貝拉里恩、維凡亞上校、一群菁英戰士、美德騎士和我全都會往西走，然後儘快轉向東北方。當佩加莎人驚覺軍隊抵達而準備防禦，或是愚蠢到決定迎戰軍隊時，我們就會溜進山中，殺死艾加媞，並把她的首級帶回來給國王。

這是個出於貝拉里恩對同伴的信任，而非可行性的計畫，但是如同我們在研究地圖以及佩加莎人的情報時所發現，**沒有**任何對抗他們的計畫可以視為實際。要澈底剷除他們，我們將需要一支龐大的軍隊，這種規模的軍隊早在**維爾瓦**到來之前便從未出現過，而且根據傳說，這麼一支軍隊也會讓西瑞里克陷入混亂和死亡。

國王有幾次發現我落單，而這類會面多數也不是出於偶然，他總是先問候我，並詢問我對帕加莎遠征準備的進展有什麼看法。他會保持禮貌，傾聽我說的事，但總是以邀請我跟隨他出去為這類會面作結，以防我覺得有任何事需要讓他知道。

我們啟程前往帕加莎的那天黎明，灰濛濛的天空布滿烏雲，間歇下起陣雨，不過天氣並沒有澆熄我們部隊的熱忱。他們全副武裝在旗幟下方集結，馬車駕駛集結載滿補給的馬車，馬夫也將馱獸趕成一大群，以防我們需要更換新坐騎。即便我認為要成功攻下強盜省分，這樣的兵力還是太少，但我們的部隊仍信心滿滿，覺得他們能在入夜前征服全世界，中間還可以停下來吃頓悠閒的午餐。

我們唯一面臨的真正問題在於費菈辛娜身體不太舒服，前一天她便開始咳嗽與流鼻水，我們啟程那天早晨則變成發燒。「我不會成為負擔的，貝拉里恩大人，您必須讓我一起去。」

貝拉里恩握著她的手，他身上穿著藍色罩袍，上面飾有翱翔在白色原野上的紅色艾金多爾雙頭鷹，上方還有頂王冠點綴。「這真是太糟糕了，希望妳可以健健康康的，吾愛。」

貝拉里恩通知多拉雷德，國王召來海拉席亞最好的醫生，我們在等待醫生出現時，貝拉里恩下令軍隊開始往東進發。在費菈辛娜的抗議下，多拉雷德仍相當讚賞這個決定——可見即便身體不舒服，費菈辛娜仍舊保有足夠的理智，知道在國王面前隱瞞我們的騙局。

醫生們一小時內便抵達了，並為病人進行詳盡的檢查，雖然他們對費菈辛娜究竟沾染上什麼疾病意見不一，仍都同意她在床上休息一週，加上服用鍊金藥，就能儘快讓她康復——且不到一週她就會變回從前的自己。費菈辛娜不怎麼能接受，因為這提醒了她，自己實際上究竟有多老，並試圖從病床上起身，卻遭貝拉里恩壓回。

虛弱的她根本無法抵抗。

國王一手放在弟弟肩上。「別擔心，貝拉里恩，我保證她會獲得妥善照顧，她會健健康康回到你身邊的。」

貝拉里恩露出微笑。「那麼等她康復後，您會派她到我身邊嗎？」

「我會立刻下令。」

兄弟相擁，接著除了貝拉里恩之外的所有人都跟著國王離開病房，國王向維凡亞敬禮，並擁抱克羅沙。「我知道我弟弟擁有非常好的同伴，我可以信任你們將遵守命令，並確保他毫髮無傷。」

克羅沙點點頭。「這您絕對可以放心。」

「沒有問題，騎士兄弟。」國王轉向我。「而你，法拉諾斯，雖不是名士兵，卻仍如此忠誠。」

「我的本性便是如此，陛下。」

他握著我的手，把我的戒指舉到他唇邊。「我的弟弟對我來說，就像這只戒指對你一樣珍貴，千萬別忘記這點。」

「我永遠不會忘記的，陛下。」

貝拉里恩在走廊加入我們，再次擁抱他的兄長。「我知道您會好好照顧她，在完全康復前，別讓她來找我。」

「我向你保證。」多拉雷德嚴肅地點點頭。「現在，歷史在等待你們，願各方神祇保佑你們一路平安，完成任務。」

留下多拉雷德照料費菈辛娜，我帶著貝拉里恩、克羅沙與維凡亞穿越蜿蜒的宮殿走道。先前探索時我在宮殿古老區域的側邊找到另一個入口，通向一條地下隧道，許久以前帕奈爾國王——很有可能也包括多拉雷德王子——將其當成神不知鬼不覺偷渡密友和情人進宮的祕密通道。我們進入隧道，朝西方前進，穿越宮牆下方，接著登上一道陡峭階梯，並出現在一座馬廄中。要陪我們一同襲擊佩加莎的菁英戰士們便在那裡等候——我們的馱獸也已載滿裝備，準備好出發。

貝拉里恩望著眾人，露出微笑。「你做得很好，法拉諾斯，我很確定多拉雷德從未有半分懷疑。如果我們成功騙過他，那我們也騙過了所有佩加莎人在海拉席亞安插的間諜。」

「我也誠心希望如此，大人。」我撥弄戒指上的寶石，寶石喀噠一聲轉到一邊，露出平坦的金色表面，我把上面刻著的符號給維凡亞看。「妳了解這個符號代表什麼意思嗎，上校？」

她點點頭。

我指向貝拉里恩。「很好，那麼抓住他，綁好，並替他套上頭套。克羅沙也是，以免他背叛自己如此珍視的真理。」

貝拉里恩瞪大雙眼看著我。「你怎麼敢？」

我為他話中的受傷嘆息，讓他看看戒指，寶石下露出一隻毒蠍，刻在先前遮住它的表面上。「您相信多拉雷德，貝拉里恩大人，您永遠都不應該相信毒蠍的。多拉雷德有這麼多東西可以賜給我，引誘幾乎早在開始之前便已成功。」

33

我們回到宮殿古老區域的深處，途中沒有引起任何警報，我帶領一行人穿越黑暗的走道，來到多拉雷德私人臥室下層的空間。接著拉開貝拉里恩的頭套並舉起一根手指。

「保持安靜，一點小聲響就會讓我們全都喪命。」

貝拉里恩左思右想這個警告，看來他已準備好放聲大叫，但克羅沙伸手捏捏他的肩膀。「請不要，大人。」

「你也背叛我了嗎，克羅沙？這算是真理嗎？」

「我還在您這一邊。」

「那就殺了法拉諾斯救我出去。」

美德騎士搖搖頭。「我相信法拉諾斯有他的理由，要是這些理由不夠好，我就會照您說的做。」

「假如我的理由是錯誤的，克羅沙，我就應該讓你殺了我。」我快速對真理騎士擠出笑容。「我本來想先告訴你這個計畫，但你不能說謊，這讓你在我們一行人中獨樹一格。」

我把戒指壓在牆上某個黑暗的凹槽中，有什麼東西喀噠一聲，裝置低沉落地。一部分牆面往後退並移往一旁，後方是個狹窄的房間，有道陡峭階梯通往右上方，另一道則朝向左下方，我指著往上的階梯。「上校，往上到第二層平台並在那安靜等待，帶上貝拉里恩大人和克羅沙，其他人也跟著他們。」

一行人都登上階梯後，我再次關上門，然後擠過士兵來到第二層平台。眼前出現第三道朝上的階梯，我爬上前兩階並轉頭看著貝拉里恩。「貝拉里恩，有關真理的問題，便是有時我們不想相信。比如你的兄長曾多次找我出去，明確表示如果我成為他的傀儡，他便會賞賜我。我抗拒了好一陣子，因為倘若我馬上屈服，他就不會尊重，但要是完全拒絕他，他也會殺了我，讓我無法繼續協助你。因而當時機來臨時，我便同意為他工作。」

貝拉里恩凝視著我。「你在說謊。」他的語氣頗為堅定，但仍將聲音壓低為耳語。「這就是為什麼我有必要四處探索。」我又登上幾級階梯，接著轉身。「在探索宮殿時發現了這些通道和階梯，進而找到更多事物。」

其他人默默跟著我前進，我們爬上一道狹窄的走道，內牆裝飾著木格鑲板，光線從鑲板另一側透進來，但不是很明亮。鑲板上還覆蓋著第二層更華麗的鑲板，不過只要稍微移動身體和頭部，我便能往下俯瞰多拉雷德的私人臥室。厚重的枕頭遮住地板中央，房門對面放著一張大床，牆邊還有幾張長沙發，唯一不是軟綿綿也不是絲綢製成的家具是兩座盔甲架，上面掛著盔甲和武器。

完美上演大病初癒的費菈辛娜躺在一堆枕頭上，就在她的盔甲附近，舉起一只金色酒杯，讓多拉雷德為她斟滿暗紅色的紅酒。多拉雷德則比往常還靈巧地直接從酒瓶中飲酒，紅酒灑落在他袒露的胸膛，費菈辛娜大笑，舉手阻擋潑濺的酒液，然後舔掉手指上的液體。

他將手指伸入她頭髮中，讓她仰起頭，露出頸子。「我等了這麼久，只為再次享受妳的陪伴。」

「我也是，親愛的。」費菈辛娜開懷大笑。「我對您永保忠誠，陛下。」

多拉雷德挑起一邊眉毛。「妳和我弟弟在一起時，看起來可不是這樣。」

「要對您忠誠，我必須欺騙他。」她露出微笑。「而我知道，這麼多年來，您並未對我保持忠誠，但這也不重要。您就是您，有自己的需求，我也從不反對。我們如此勤勉等待的就是這一天，勝利的這天，所有事情都會值得的，我的王子。」

「很好，我非常期待。」多拉雷德坐到床腳，再次痛飲。「卡達爾和特拉法蘭，他們無法阻擋我們？」

「卡達爾的軍隊數量很少，裝備破爛又未受訓練。您的弟弟太過於吝嗇，無法組建一支可靠的軍隊。他的統治無疑非常糟糕，任何人都能輕鬆征服他的王國，只不過沒有人想要罷了。」她啜飲紅酒。「當然，除非他們想吃裝在金盤中的肥胖老鼠。」

「我會把沙列瑞克的首級放在這樣的盤子上。」多拉雷德用手背抹抹嘴。「那我妹妹的王國呢？」

「更糟，她有軍隊，但只是為了遊行時好看。」費菈辛娜打了個冷顫。「她的王國是個變態之地，建立在謊言之上。她如此愚蠢，蠢到把一個玩偶當成活生生的孩子，又是如此殘忍，竟邀請她的人民殺死這個孩子。答應我，愛人，讓她死在我的手下。」

「當然。」王子起身開始踱步。他接著說道：「妳覺得貝拉里恩會把強盜王后的首級帶來給我嗎？」

「試圖繼續完成他的使命時，他總是頗為精明，能夠達成不可能之事。接著您便能殺了他，這樣另外兩把鑰匙就歸您了。」

「我必須先得到鑰匙，**再**殺了他。持有者死亡時，鑰匙會回到先前的主人手上——至少在我父親其他後代蒐集時是這樣。」多拉雷德聳聳肩。「他們在同樣可怕的任務上失敗，所以我的願望一直無法達成。」

「貝拉里恩不會讓您失望的。」

「很好，等我獲得鑰匙，就會救出我父親，殺了他，然後完全獲得一直以來理應屬於自己的東西，已經等得夠久了。」多拉雷德搖搖頭。「曾經有段時間，我已不再相信我父親還有任何代理人存在。接著貝拉里恩就出現了，還帶著妳一起，還有另一個，克羅沙，我從來都沒喜歡過他，如此正氣凜然，如此相信自己和真理。」

費菈辛娜伸伸四肢。「我會很樂意幫您除掉他，親愛的。」

「那這項殊榮就應歸妳，費菈辛娜。」多拉雷德張開雙臂，紅酒在瓶中搖晃。「我一直以來都很害怕他，直言不諱的克羅沙，接著發現一件重要的……事實。真理可以自己創造，一開始只是謊言的事物，可以變成謠言，再變成傳說和大家公認的理念，最後便成了真理。人們認為我將這塊土地獻給**維爾瓦**，是源自我們失去了那麼多軍隊，但失去那些軍隊，是因為我將他們獻祭給**維爾瓦**。而這使我完整成為毒蠍，戰士都信任我，我卻背叛了他們，因為這是毒蠍的天性，發動攻擊也是毒蠍的本性。接著我創立了學院並禁止未受允許的戰鬥，如此便沒人可以集結足夠兵力反抗我——除了佩加莎人之外，我允許他們存在，這樣痛恨我的人才有個地方可以逃離。直到艾加媞出現以前，佩加莎人都不足以構成威脅。」

「您真是非常睿智，多拉雷德陛下。」

「是的，我當然是。」他露齒一笑並說道：「所以我讓我的敵人為我工作。我接著應該在貝拉里恩和他的部隊回來時消滅他們，然後我們倆再殺死我的父親，並以神的身分統治艾金多爾。」

兩人爆出一陣大笑，因自己的邪惡滿心歡喜。

貝拉里恩和維凡亞上校凝視著我。

我點頭，壓低聲音對他們耳語。「上校，妳和妳的手下以為自己遵循毒蠍的命令，但你們現在已經知道，他不值得你們的忠誠。你們理應要信任貝拉里恩大人才對，希望可以原諒我的欺騙。」

維凡亞點點頭，然後為貝拉里恩鬆綁。

「而您，貝拉里恩大人，希望您也能原諒我。」我轉頭看著木格鑲板。「要是我直接告訴您，令兄要置您於死地，而費菈辛娜已侍奉他數千年，您一定不會相信。」

少年垂下目光。「你是怎麼知道的？」

「我的記憶還沒完全恢復，但我曾來過海拉席亞，就在這座宮殿，當我看見他們在一起時，有什麼東西點燃了，接著……」

「你是對的，我原先一定不可能相信你。」貝拉里恩用手揉揉臉。「我以為她是忠誠騎士，便是對我忠誠。」

克羅沙哼了一聲。「事實上她一直都只對自己絕對忠誠。」

貝拉里恩嘆氣。「我現在該怎麼辦呢？」

我用手指輕點他的胸口。「您現在了解到一個重要的事實，力量之鑰永遠不會自動送上門來，而是屬於最強者。」

我轉身往前走了三、四公尺，來到一道向下的階梯，接著走下階梯，停在底部，並將我的戒指壓在牆上的開鎖機關上。機關落地發出嘎吱聲，暗門滑開，貝拉里恩拔劍往前衝，而克羅沙跟在他後頭。

多拉雷德一臉驚愕，撲通一聲跪下，舉起一手哀求他的弟弟住手，另一手則指著費菈辛娜。「她是個巫婆，弟弟，她引誘我，要我和她一樣背叛你。」

費菈辛娜站起身，臉龐因輕視而扭曲。「你父親竟然把力量之鑰交給他最軟弱的兒子，真是令人驚訝啊。」她走向盔甲架，把多拉雷德的劍丟向他，劍還在劍鞘中。「可以的話，保護一下你自己吧。」

依舊瞪大雙眼的多拉雷德從地上撿起劍。「但他穿著鎖子甲，我沒有，至少給我一場公平的戰鬥吧，弟弟。」

我瞇起眼睛。「小心點，貝拉里恩大人，千萬不能相信毒蠍。」

克羅沙冷哼一聲。「不用擔心他的盔甲，多拉雷德，他是我訓練的，你根本碰不到他一根寒毛，更別說要刺穿盔甲了。」

多拉雷德往後退了一步。「我現在懂了，你們全都是一丘之貉，費菈辛娜負責引誘我，這樣你們就能趁我不備偷襲。法拉諾斯則假裝是我的盟友，引誘我背叛貝拉里恩，但我只不過是在保衛我的王國。我就知道你們一直都心懷鬼胎，我必須對付你們，以拯救西瑞里克。維凡亞上校，我現在命令妳為國履行妳的職責，給我殺光他們。」

維凡亞在胸前雙手交叉。「貝拉里恩大人贏得了我們的忠誠，你一直以為我們應該對你忠誠，但你已配不上我們的國家。」

多拉雷德雙眼大張，充滿恐懼，他跑向門邊。「守衛！守衛！殺人了！」

多拉雷德一喊，門外頓時充滿人聲。守衛開始敲門，維凡亞和她的手下散開，從外側處理守衛的問題。貝拉里恩則走向多拉雷德，他昂首往前，五官因盛怒繃緊，將劍直直指向兄長的心臟。「我是貝拉里恩，帕奈爾之子，已英勇殺死數十名遊魂、強盜與戰士，在此為正義和力量之鑰而戰。」

沒有任何宣示或儀式，多拉雷德便向前衝來。貝拉里恩的劍在他擋下這一擊時撞上多拉雷德的劍，發出鏗鏘聲。他大可以還擊並刺中多拉雷德，但他沒有濫用優勢，反而讓多拉雷德往後跳，甚至在王子踩到枕頭滑倒時也沒有追擊。貝拉里恩挺起身子，用空著的那隻手要多拉雷德放馬過來。

費菈辛娜從劍鞘抽出雙劍，並在胸前交叉——和我們初次遇見她時的姿勢相同。她抬頭看向克羅沙。「你一直都知道會是這樣的結局嗎？死在我的劍下？」

「妳的真理不是我的真理，費菈辛娜。」克羅沙拔劍，用雙手握住劍柄。「我會給妳時間穿上盔甲。」

「你人真好啊，但我可不願意讓一個可憎生物的鮮血弄髒我的盔甲。」她看了我一眼。「下一個就是你了。」

費菈辛娜往前跳，棕髮飛舞，雙劍劍影模糊，從左上方同時砍向右下方後，轉身蹲低。其中一把劍刺向腳踝高度，擊中克羅沙的護腿，另一把劍則擋下他的用力一劈。她接著跳向左邊，落地後再度以雙劍撲向克羅沙，劍尖刺向克羅沙的腋窩。

克羅沙悶哼一聲，要是他還活著，費菈辛娜的劍刃將割斷一條動脈，也應灑出紅色的鮮血。但對一名不死戰士來說，她的攻擊完全沒有傷及半分肌肉或神經，雖然劃過肋骨，甚至刺破了一顆肺，但克羅沙已經好幾百年都沒有呼吸過了。

克羅沙把劍往下擺，將費菈辛娜的雙劍從身體敲開，他的劍刃將雙劍困在地面，迫使她身體往前傾。接著克羅沙扭過身，用左手肘往費菈辛娜臉上招呼，她踉蹌後退，雙劍脫手，伸手摸摸折斷的鼻梁。無情的克羅沙再次向前衝，一劍刺進費菈辛娜的腹部，就在她肚臍下方，使她背部撞向高聳的床柱。克羅沙的劍刺穿木頭，劍格將她釘在柱子上。

臥室的門突然打開，但在多拉雷德的黨羽能夠進入之前，維凡亞上校和她的手下就已經衝進外面的走廊。走廊上跑來更多守衛，和貝拉里恩的盟友交戰，鮮血四濺，哀號不斷。

多拉雷德一臉堅決向前衝，劍刃試探、攻擊，試圖激起任何反應。貝拉里恩無視佯攻或時機不對的攻勢，並擋開所有可能威脅他的攻擊，而且從頭到尾輕輕鬆鬆。他縮短和兄長之間的距離，主要是為了阻止多拉雷德從門邊逃走，而不是要殺死他。

貝拉里恩並非因輕視玩弄多拉雷德，而是出於必要支配他，以讓他明白誰更強大。

多拉雷德發動閃電般的攻勢，劍刃隨著攻擊忽上忽下。貝拉里恩側身閃避前幾擊，又後退躲過兩招，接著擋下最後一招。兩人的劍在此時交會，並在交叉的武器兩側面對面怒瞪著對方，多拉雷德唇邊噴出唾沫，貝拉里恩輕鬆將兄長推回。

多拉雷德又踩到另一顆枕頭，重心不穩滑倒，在石地上撞裂一邊膝蓋。王子大聲哀號，劍尖指向地面，他滿臉哀求抬頭看著貝拉里恩，隨後一屁股跌坐在地。

表情軟化的貝拉里恩向前走，伸出一手要扶起多拉雷德。

王子卻在此時出劍，刺向貝拉里恩腹部，劍尖刺中貝拉里恩，但在劃破鎖子甲前，貝拉里恩便閃到側邊。劍刃飛掠而過，多拉雷德失手，而他的攻擊留下的唯一痕跡，只有貝拉里恩罩袍上的一道口子。

多拉雷德搖搖頭。「你這渾蛋。」

「怎麼比得上您呢……」

貝拉里恩一劍俐落砍下多拉雷德王子的首級。

「蠢蛋，你們全都是蠢蛋。」費菈辛娜雙手放在克羅沙的劍柄上，說話時口中不斷冒出血泡。「你們全部——**我們**全部——都是帕奈爾的傀儡。他只是為了娛樂自己才創造我們，你永遠看不見這個真理，克羅沙，因為你選擇永遠不去看那些讓你快樂的真理背後的事實。你只是個在小小的舞台上看著真理的傀儡，永遠看不見傀儡師的世界和其現實。」

克羅沙皺起眉頭。「妳又看見了?」

「沒錯,因為我很忠誠,對我自己。」她開始咳嗽,接著吐了口口水。「而現在你覺得自己已經獲勝了,但傀儡師還在,這齣魁儡戲尚未結束。」

「唉,然而對妳來說,已經結束了。」我用匕首劃開她的喉嚨,並往後退以免被血噴到。

貝拉里恩臉上充滿痛苦和困惑。

我搖搖頭。「她一定會用盡最後一口氣,讓您從使命中分心,大人,她可悲的復仇將會毀滅您。現在力量之鑰是您的了。」

貝拉里恩轉過身,然後舉起劍,一劍迅速砍下多拉雷德的前臂,接著脫下左手的護手,撿起殘肢。他將殘肢舉在頭頂,對緩緩滴下的鮮血渾然不覺,殘肢的手指仍向內蜷曲,彷彿想要抓住最後一滴生命。

環繞手腕的鋼鐵飾帶開始閃爍,光芒在其中聚積,閃現白光,接著褪成一道紅光。血肉發出嘶嘶聲,室內充滿一種噁心的甜味。飾帶往下流向手臂被砍斷的那端,碰到貝拉里恩的手指時他叫了一聲,手臂也開始顫抖。紅光緩緩流下他的手臂,宛如蠟燭滴下的蠟,抵達手臂一半之處時,貝拉里恩丟下多拉雷德的前臂,他曲起手指抓抓空氣,飾帶便安頓在他手腕上，並冷卻為先前的鐵灰色。

貝拉里恩往前彎，先是望著左手腕，再看向右手，並摸摸環繞脖子的飾帶。「完成了，對嗎，法拉諾斯？」

「很接近了，大人，非常接近。」

貝拉里恩露出微笑。

城市的警鐘正是在此時響起。

34

急迫的警鐘聲停下了走廊上的戰鬥，克羅沙從費菈辛娜的腸子中拔出他的劍，並衝向門口。貝拉里恩匆匆瞥了她癱軟的屍體一眼，隨即跟上。我落在最後，踩過死去和垂死的守衛開出一條路，往宮殿正門而去。

我們還沒走遠，就有更多守衛發現我們，並拔出武器準備戰鬥，指揮他們的將軍看見我們的武器滴下鮮血。「多拉雷德王子在哪裡？」

「他死了，有刺客。」我走在前頭。「他們從祕密通道快速發動攻擊，我們殺死了一些刺客，你們一定有看見其他人，他們都到哪去了？」

「我們什麼也沒看見。」

「一定有，你們敲響警鐘。」

將軍突然停下動作。「不，不是他們，那是為人侵而敲。」

克羅沙走上前。「什麼入侵？」

「卡達爾人。」將軍轉身。「跟我來。」

我們跟著他回到走道，走下兩段階梯，他帶我們來到一間小房間，有名半裸女子躺在血淋淋的桌上。照料費菈辛娜的同一群醫生正在替她急救，女子的肋骨處有道嚴重傷口，他們苦惱地想讓其癒合。射穿她大腿的箭矢擁有黃金箭羽。

我們進入時她試著坐起身，但維凡亞上校一手壓在她肩上，讓她躺回去。「發生什麼事了，士兵？」

「上校，卡達爾攻打我們，由沙列瑞克國王領軍。他騎著一條金龍，上校，我親眼看見的，他還有一群黃金護衛——以黃金製成，擁有金爪。但他軍隊的主力，上校，他們拿的是佩加莎人的旗幟。」

將軍盯著貝拉里恩。「卡達爾有可能指揮軍隊攻打我們嗎？他們怎麼獲得佩加莎人的信任？」

「透過收買。」貝拉里恩搖搖頭，轉向克羅沙和我。「沙列瑞克是不是前往下沉之城，並用那裡的黃金收買了佩加莎人？」

克羅沙搖搖頭。「我們來回一趟就花了五年，他從那裡出發不可能這麼快。」

我皺起眉頭。「除非幽暗神廟崩塌也破壞了那裡讓時間停滯的魔法。」

「無論如何，是我們讓他知道黃金可以成為他的軍隊，他也造出自己夢寐以求的金龍，過程中他一定是發現能夠以這些黃金為多拉雷德帶來麻煩。」克羅沙看著受傷的士兵。「他們在哪裡？」

「我駐紮在西北部第九防禦區總部，他們在那朝我們發動攻擊，並往東南方的首都而來。他們在一天路程之外，或許三天。」她臉上充滿痛苦。「我在半路儘可能停下，派出信使，我們奉命在此集結所有部隊。」

維凡亞拍拍她的肩膀。「妳做得很好，士兵。」接著看向貝拉里恩。「有何指示，陛下？」

貝拉里恩眨眨眼，然後轉向克羅沙。「你教我怎麼戰鬥，而不是掀起戰爭，我們該怎麼辦呢？」

克羅沙露出微笑。「將軍，你要組織海拉席亞渡過一場圍城戰，你將負責保衛城市直到圍城解除，了解了嗎？」

「遵命。」將軍猶豫。「那圍城該怎麼解除呢？」

真理騎士指著東方。「我們今早派出一支軍隊往東前進，我應該儘快和軍隊會合，並接管指揮。一天後我們便會轉向北方，再過一天後，我們會朝西北方前進。如此我們便能截斷他們的行軍路線，並分散援軍，然後從後方對他們發動攻擊。海拉席亞將是鐵砧，而我們是鐵鎚。」

貝拉里恩點頭。「那麼維凡亞上校是要跟我們走，還是待在這裡協助渡過圍城？」

「上校肯定要跟我一起。」不死戰士露出微笑。「無論如何我不可能太快投降。」

「那是當然。」少年皺眉。「那麼我又該怎麼辦？你們需要我做什麼？」

我一手放在貝拉里恩肩上。「落在您肩上的是最危險的任務，放心吧，貝拉里恩大人，這裡的將軍和克羅沙會讓城市免於淪陷的命運。但在過程中，將會出現很多很多遊魂，一大群遊魂，如同生者以生命滋潤這片土地，遊魂也將毒害土地。他們會從西瑞里克出發，然後襲捲全世界，摧毀所有生靈，沒有任何方法可以阻止他們。」

「那我該怎麼阻止呢，法拉諾斯？」

「完成您一開始便應完成的任務，貝拉里恩大人。」我張開雙臂。「您已完成了令尊交付的任務，取得了全部三把鑰匙：黃金之鑰、美麗之鑰以及力量之鑰。現在您必須前往暗影之山，救出帕奈爾，因為只有他能終結這虛無的螺旋，這是您與生俱來的使命。」

克羅沙點點頭。「只有您能完成這件事，我也很想和您同行，但我還有其他責任在身，法拉諾斯會護送您到那裡去。」

「我？」我搖搖頭。「我比較適合和你一起走，克羅沙，沙列瑞克有他的魔法師和黃金護衛，我很可能是他的黨羽之外唯一了解黃金魔法如何運作之人，也可能是唯一知道如何破解之人。」

「你可能忘了，法拉諾斯，比黃金魔法更重要的是當初喚醒貝拉里恩和費莅辛娜的魔法。要是你當初沒有解開那些謎題，我們不可能走到現在這一步。」克羅沙雙手拍拍我的肩膀。「如果沒有你，很可能永遠無法救出帕奈爾。」

我望著貝拉里恩。「假如您覺得我最好還是與您同行，大人，那麼我理應如此。」

少年微笑。「有你在我身旁是這一路以來唯一一件好事，我的朋友。」貝拉里恩接著拔出我的匕首，並用其割下他罩衫紋章上的毒蠍。「我們會獲勝的，因為我們必須獲勝。」

「是的，大人。」我接回刀子，並轉向克羅沙。「這是一趟漫長又奇異的旅程，我的朋友，希望這不會是終點。」

克羅沙聳了聳肩。「我們都知道身為死者是什麼滋味，所以就算事情往最差的方向發展也不會令人意外。不過，沒錯，我們以後坐在靈魂之火邊時，可以用各種榮耀的故事來讓彼此無聊至極。」

「這將是我的榮幸。」

戰士向貝拉里恩伸出一隻手。「多年來我曾教過許多人如何戰鬥，但只有您成為一名真正的戰士，這是我的榮耀。」

「謝謝你，克羅沙爵士，為了所有事。」貝拉里恩雙手緊握著克羅沙的手。「倘若我……**等到**我回來時，我能活下來都應歸功於你。」

「那麼就願神祇保佑你們一路平安。」克羅沙朝他眨眨眼。「法拉諾斯和我會讓您在篝火邊加入我們，一起分享故事。」

貝拉里恩從離開醫務室起便開始領頭，我們回到祕密入口，快速來到馬廄，並為我們兩人偷了幾匹馱獸。快馬加鞭騎向西門，途中從未回頭，朝死蔭山谷和位在其中央的暗影之山而去。

就算馬不停蹄地趕路，直到馱獸死亡，旅程也要花上四天——這大約也是我預計沙列瑞克和他的軍隊抵達首都需要的時間，不過當然，這得是一支紀律嚴明的軍隊，還得是由可靠英明的指揮官帶領才行，而入侵者顯然不是。

和敵人不同，我們確實遵循嚴謹的路線前往目的地，死蔭山谷位於西方的山脈間

——正好在三個王國的中心點，曾是艾金多爾的神祕中心。山脈隨著模糊的黑暗撞上地平線出現，每過一個小時都變得更高，入夜後山峰便遮蔽星辰，閃電在山峰下方的雲層間嬉戲。山脈既美得令人屏息，又充滿不祥之氣，引發敬畏和恐懼，我們愈是接近，感受就愈偏向恐懼。

第一晚深夜我們在主要道路附近紮營，是個我找到的位置，可以升起靈魂篝火，貝拉里恩也用我蒐集的柴火升起真正的篝火，照料完馱獸後，他便躺下休息。我希望自己也能睡著，但那晚我很確定一定會和貝拉里恩一樣難以入睡，這趟冒險的刺激感染了我們兩人。

貝拉里恩扔掉毯子，雙膝縮到胸前坐起。「你知道多拉雷德死時心中最重要的事是什麼嗎？」

「我不知道，大人。」

「即便在我揮劍時，他仍期待可以逃過死劫，逃過自作自受的命運。」貝拉里恩望著黑暗。「他不敢相信身為毒蠍，竟然會落敗。他已侍奉他的父親太久，他也認為自己非常忠誠，因而絕對會是由他繼承一切，甚至連他感受到劍刃劃過時，依然相信自己會贏。這怎麼可能呢，法拉諾斯？」

「大人，我認為他和您的兄姊一樣都在受苦。」

「這是什麼意思？」

我希望靈魂篝火能散發出真正的溫暖。「他們每個人都定義了自身的現實，對沙列瑞克來說是財富，他累積愈多財富，就愈偉大。但他害怕失去財富的恐懼也阻撓了他，直到我們為他帶來看待黃金的新方式，他才展開行動。」

他點點頭。「而我的姊姊，她的世界是由美麗統治，害怕變得醜陋也限制了她的世界。對多拉雷德來說，則是實質的力量，他擔心遭到自己的人民推翻，於是限制了他們和國家的潛能。」

「在我看來是如此，大人。」

「沒錯，看得出來。我當然覺得這很令人不安，但還有其他事情令我更不安。」

我皺起眉頭。「我錯過了什麼嗎？」

貝拉里恩露出手腕。「沙列瑞克擁有黃金之鑰，黃金變成了他衡量萬物的標準，這並不是他的選擇，而是我父親為他做的選擇。我的姊姊和另一個兄長也是如此，透過賜予他們鑰匙，帕奈爾也寫好了他們的命運。」

「是嗎，或者他只是給了他們最適合每個人的鑰匙？」

少年眉頭深鎖，默默地坐著一會兒，然後咬著下唇。「我很想相信是後者，法拉諾斯，但擔心前者才是正確的。他交付我的任務，不也是他為我寫下的命運嗎？我已見識到我兄姊的下場，也看見他們帶來的毀滅，這應該會讓我覺得拯救我父親，並重建世界是正確的事。」

「您難道不這麼覺得嗎，大人？」

他哼了一聲。「最終就像費菈辛娜所說，我們都只是我父親的傀儡，她說他是傀儡師，而這齣魁儡劇尚未結束。」

我搖了搖頭。「您不能相信她的話，大人，務必記得，她從來都只對自己忠誠——不是對您，不是對多拉雷德，也不是對您父親。她那時已經快死了，她自己也知道，所以她的復仇便是毒害您的心智。」

貝拉里恩盯著我。「這是你殺死她之後從她的靈魂得知的嗎？」

「大人，我獲得的是一股悲傷和不安全感，她永遠都應該對某人保持忠誠的事實，代表沒人看重她，也沒人尊敬——她的價值永遠來自她效忠的人或群體。這就是為什麼她只對自己保持忠誠，因為只有她一人相信自己不只是個配角，每當失望或受挫，她就會大發脾氣。」

「是我讓她這麼覺得的嗎？」

我知道他真正的問題是什麼，並選擇回答。「她是真的對您動了感情，您激發了她真正的忠誠，如此強烈又純粹，讓她感到害怕。因為和您相比，自己才是毫無價值的那個。她待在您身邊，為您而戰，並全心相信您，但在內心深處，這個疑慮總是消磨著她的決心。」

「要是我早知道……」

「不會有任何差別，貝拉里恩大人，您的善良會使她覺得自己更不值得陪伴您。」

我搖搖頭。「我認為，來到西瑞里克，看到這麼多人獻身各種學院、單位，與多拉雷德——這一切的幻覺——這一切的虛偽帶來了一場危機。她知道毒蠍會背叛您，還有過去的激情，都是種毒藥，為她舒緩了必須承認自己失敗的痛苦。」

「但要是她曾告訴我……」

「她還沒準備好承擔風險，讓您像其他所有人最後那樣對待她，更好的是，在她心中，如果您死了，那自己就能讓您留下美好的印象，而不是您活下來讓她感到失望。」

我張開雙手。「這對您來說或許沒有任何道理，她的感受也可能不是克羅沙所追尋的真理，但仍是她的真理。」

「這是她的命運。」貝拉里恩嘆氣。「而我父親選擇她，是因為她會對我忠誠，即便只會維持到某個時刻。至於克羅沙則會一直待在我身邊，因為無論我父親是怎麼告訴他必須要保護我，也都成了克羅沙的真理。」

「這聽起來很合理，大人。」

「但克羅沙看不出來這表示我父親也困住了他，我父親可能就是他成為不死人的原因。蓋文花了好幾千年待在同一個地方，只因我父親的命令。瑟蕾西亞花了好幾個世紀追尋，同樣也是因為我父親的念頭。而我，從沉睡中甦醒，穿越毀滅荒蕪的世界，也全是為了侍奉我父親。」他搖搖頭。「那麼你又做了什麼，法拉諾斯，才吸引我父親的注意？你招惹了他的憤怒嗎？」

「我早該好好思索這點的，大人，因為我沒有任何清楚的答案。」我瞥向右手的戒指。「我確實知道，是您透過給我這只戒指，影響了我復活之後的命運，我為此永遠感激您。」

少年露出微笑，躺回他的便床。「破曉時叫醒我吧，我不希望我們花上比預期更久的時間才見到我父親。」

35

四天馬不停蹄的趕路帶我們來到死蔭山谷，過去的某個時刻——早在艾金多爾崩毀之前——一股劇力萬鈞之力將世界撕裂，讓大地柔腸寸斷。又高又參差、邊緣鋒利的黑曜石尖刺從地面穿出，融化的岩石在深溝中發出紅光。硫磺迷霧讓所有植物窒息，只剩下奇形怪狀的黃綠草叢。

散落各處的白色骷髏和石頭相映，某些倒臥的方式我猜是在睡夢中安然死去，濃霧在作夢時悶死他們。其他則留下明顯的搏鬥跡象，四肢末端呈鋸齒狀，破碎的頭顱下方是融化的胸腔。頭顱讓我最為心神不寧，因為我無法判斷究竟是從外部遭到刺穿，或是有某種東西從內部啃出一條去路。

貝拉里恩和我停在入口前方，地上有一條鮮明的界線，彷彿斧頭在地上劈出邊界，分隔山谷和世界，他往前傾身並拍拍馱獸頸部。「就是這裡了，對吧，法拉諾斯？我可以在裡面找到我父親？」

「是的，大人。」

他露出微笑。「我不會請你和我一起進去，我的朋友。你的任務是護送我到這裡，但這個地方……我不會請任何人踏入。」

「我會和你一起。」

「為什麼呢？」

我雙手放在馱獸的馬鞍上。「您記得曾問過我，為什麼您父親要讓我成為這一切的一員嗎？」

他點點頭。

「我認為就是為了這一刻，他讓所有事情開始運轉，他可以預測您的兄姊會怎麼做——雖然無法完全確定，但仍然可以做出頗為準確的猜測。對克羅沙和費菈辛娜也是，他們會照顧您，不過就像我們在費菈辛娜身上看見的，他們也有可能會為自己著想。」

「克羅沙不會的。」

「我想假如您看見他領兵對抗卡達爾的軍隊，您就會改變想法，戰鬥是克羅沙的真理，即便到了現在他仍沉迷其中。」

貝拉里恩露齒一笑。「我懂你的意思了。」

「至於我，嗯，您父親必須確保您會完成這趟旅程，而他唯一的方法就是給您一個照顧的對象，他選擇我代表所有因為世界淪落至此受到傷害的人。」

「那你可說是完美完成你的天命，法拉諾斯。」

我低下頭。「我完成的是**他的**天命，貝拉里恩大人，不是**我的**天命。」

「那你認為你的天命是什麼呢？」

「要盡全力侍奉我的主人。」我對他微笑。「若您願意，大人。」

「我願意，法拉諾斯，非常樂意。」貝拉里恩朝前方揮揮手。「我的父親在等著我們呢。」

我們進入死蔭山谷，溫度驟降，貝拉里恩呼出的氣成了白色的蒸氣，他的坐騎也打起冷顫。我們騎在光滑的尖石之間，領著坐騎前往道路入口。陽光從石頭鋒利邊緣反射的方式，顯示就算只要輕輕劃過，也會皮開肉綻，我也很確定我的藥瓶對治癒這類傷口大概幫不上什麼忙。

前進兩、三公里後，道路就彎過一座山丘，直直往北方的山脈底部前進。暗影之山便坐落於此，無月夜晚凝結的黑暗本質，蔑視著陽光，邊緣完全不會反光，露出來的黑檀樹則閃耀著自身的凜冽冰冷。如同靴子裡的石頭會讓腳底不適，凝視這座山也讓我的靈魂不安。

無數工匠以岩石雕出一座巨大雄偉的建築，兩座高聳的雕像分立拱門兩側，拱門高度可以容納任何一座，完全不會有任何不適。雕像是以黑曜石雕成，那血肉閃耀著只能從特定角度看見的黑紫色光芒。右側的雕像是個高大優雅的少年，身穿鎖子甲和破爛的罩袍，罩袍胸口繡著明顯的王冠雙頭鷹紋章，手持一把劍。而隨著我們接近，原先光滑平凡的臉龐慢慢消退，變成貝拉里恩的面容。

另一座雕像則戴著兜帽，身披斗篷，胸前交叉拿著魔杖和匕首。他看起來和我一點也不像，因為他瘦骨嶙峋，還有一張骷髏般的臉，**而這確實就是我**。

貝拉里恩停下坐騎，拿出水壺喝水。「這表示他知道我們要來嗎？」

「他很可能從我醒來那刻就知道了，或者至少從您醒來那刻。」

少年塞住水壺，讓其從馱獸身上垂下，然後一語不發用腳跟踢踢馱獸腹部，馱獸再次開始前進。

我滿心期待隨著我們接近，大門會在我們面前自動打開。大門和其他部分一樣是以黑曜石所建，飾有描繪歷史事件的鑲板，最上方描述無名的神祇和更古老的神祇戰鬥，將世界從創造的神祇手中奪走，下方則是各個傳說中的英雄對抗魔物和怪獸。不過一名高大健壯，頭戴高冠，留著鬍子的男子很快出現，如同歐溫神廟的魔法飾帶，男子在鑲板中也移動、戰鬥並殺死怪獸。感激的公主自願獻身於他，他和各個公主上床，細節和他殺死怪物時一樣栩栩如生。由左到右橫跨鑲板，然後再從頭開始，形成無盡的勝利循環——正是那些孕育艾金多爾，征服周遭土地的勝利。

再下方是一組三聯畫鑲板，每一幅都描繪一名正統子女，記載他們的剝削無道。沙列瑞克、潔拉妮莎以及多拉雷德都以傀儡的形象現身——是他們本人的滑稽複製品。經歷荒誕的冒險，和上方的鑲板相比，三名子女全都像父親的反面。

下一片鑲板描繪的則是貝拉里恩，和帕奈爾相同，他也在鑲板間經歷許多冒險。鑲板大量著墨在貝拉里恩母親之死、他混亂的出生過程、在蓋文照料下的冬季復活，他和狼群的戰役光芒遠遠蓋過兄姊的所有事蹟。而他來到此地以前的所有戰役，也堪與帕奈爾本人的英雄事蹟比擬。事實上，隨著鑲板映照出我們穿越死蔭山谷的旅途，就連上方的帕奈爾人像也停下動作，看著貝拉里恩逐漸接近而露出微笑。

貝拉里恩笑出聲來。「真希望我在這之前就看出來了。」

「看出什麼，大人？」

「這些鑲板、這些對比，如同帕奈爾拜訪我村莊時述說的故事，他**選擇**讓他的子女毀滅艾金多爾，他知道他們會這麼做，也知道世界會變得一片狼藉。」他盯著我。「那他為什麼要這麼做呢，法拉諾斯？」

我只能搖頭。「這個問題的答案就在前方。」

「那麼我將獲得解答。」

我們繼續前進，等我們距離大門約四百五十公尺處時，我點了點頭。「現在便是大門為我們開啟的時刻。」

「但大門不會打開，法拉諾斯。」貝拉里恩瞇起雙眼。「這道門從來不是為了要讓我們進入，而是只有在歡迎帕奈爾榮耀回歸世界時才會打開。」

我打了個冷顫。「您已經學會克羅沙看見真理的技巧了。」

又前進九十公尺左右，藏在骷髏腳跟處的一道小門喀噠打開，我們必須徒步才能進入。因而選擇放走馱獸，我們拿下馬鞍和馬具，催促牠們趕緊離開。馱獸也不是傻瓜，馬上迅速沿著道路跑走，回到現實世界，將我們獨留在死蔭山谷。

而此地，我們兩人簡短點頭示意，很可能就是我們的葬身之地。

小門帶我們來到一間寬闊的廳堂，彼此的腳步聲和貝拉里恩鎖子甲的窸窣聲在其中迴盪著。門在我們背後關上，右側是條走道，寬度足以容納十名騎兵並騎。此時走道地面開始閃爍溫熱血液的顏色，從巨大的黑曜石門一路延伸到遠方，深深刺進山中。

我們沿著走道前進，我走在貝拉里恩身後兩步與右邊一步處，以符合我們的身分。他昂首挺立，肩膀寬闊。或許他這一生永遠不會正式受封為王子，但他在走道上踏出的每一步都像個王子——比他的兄姊都還高貴，甚至比我們身後門上描繪的他更高貴。

光線以相當緩慢的速度慢慢變亮，突然發現我們並非孤身一人，一隊又一隊的士兵站在黑暗中，面向大門。他們高大威武，曲劍插在腰部的劍鞘中，並身穿黃金裝飾的黑色盔甲。他們看起來有些熟悉，但我一時認不出來，直到貝拉里恩開口。

「是凡吉歐人，不是和我們戰鬥的那些，而是他們更古老的同胞，在你敲碎鑽石前歐溫殺死的那些。」他皺起眉頭。「我有種感覺，從我殺死的那些身上感受到的，他們並非來自艾金多爾。」

「我也是這麼想的，大人。」我仔細研究其中一人。「或許他們是來自一趟您父親從未說過的冒險。」

他搖搖頭。「再仔細瞧瞧，法拉諾斯，他們是用和此地相同的石頭刻的，我們的冒險形塑了他們，就像外面的雕像有我們的面容。如同你為沙列瑞克變出一名黃金凡吉歐人，我父親也為我造出一支陰影軍團，這是榮耀的承諾，為的是讓我繼續前進。」

我試著施咒，並得到足夠的感覺，告訴我貝拉里恩的猜測是正確的。「我現在可以告訴您，大人，我可以為您釋放他們。要讓他們臻至完美會花點時間，不過若您想要，這支軍隊將任您差遣。」

「謝謝你，我的朋友，但就算是這支軍隊也不能解決多拉雷德造成的損害。」他露出微笑。「你也該知道這支軍隊還有別的用意，如果沙列瑞克真的千里迢迢來到此地，那他也會頗為滿意，他們的外觀、力量與黃金，全都是為了吸引他。」

我點點頭，我們繼續前進，又走了一點五公里或更遠才抵達中央的圓柱，甚至沒辦法猜測其直徑。血紅之路帶我們來到一扇一百八十公分寬，高度則是兩倍高的純金門前，門上沒有鎖孔，也沒有門閂，只在中央有個黑色的手印。

貝拉里恩走到門邊，伸出右手，他張開手指，然後把血肉壓上金屬。他的皮膚發出嘶嘶聲，不是在接觸之處而是手腕。黃金飾帶開始閃爍，接著往前蠕動，流出他的手，傾洩在門上。黑色手印消失，在一拍心跳後，金門緩緩蒸發。

貝拉里恩將起水泡的手抓在胸口，並無視手上的任何痛苦，大笑出聲。「你能想像嗎，法拉諾斯？你能想像這麼多黃金在眼前消失，沙列瑞克會有多害怕嗎？他如果沒有當場死掉就是個奇蹟。」

血紅之路繼續深入暗影之山，我們走過第二座圓柱廳，天花板和廳堂兩翼都消失在黑暗中，更多士兵等著我們，但這次不是步兵。他們跨坐在傳說中的野獸上，有些人騎乘長著翅膀的大蛇。上方的陰影中，其他人則騎在巨大的生物身上，生物擁有蝙蝠翅膀，利爪如同寶劍，三角形的頭部末端是尖銳的烏鴉喙。更遠處矗立著一排排巨象，每一隻背上都背著小型木塔，木塔上有十幾名弓箭手。

士兵看起來雄偉又可怕，我卻注意到兩件事，並為貝拉里恩指出第一件事。「看那邊，大人，在盾牌和大象的盔甲上，有看到那個符號嗎？」

「我有看到，法拉諾斯，和步兵腰帶扣上的很類似，怎麼了嗎？」

「某段回憶，大人。那個印記代表他們是獻給狄安徹女神的祭品，傳說中祂曾反抗——其實應該說是獵捕——並放逐了**維爾瓦**。這些部隊和其他人相同，都任您差遣，而我認為他們和女神的連結，可以打破**維爾瓦**對西瑞里克的控制，我們只要現在喚醒他們，並從這裡出兵，就能幫助克羅沙從圍城中脫困，並破除**維爾瓦**的詛咒。」

「但你忘了，法拉諾斯，那同一道詛咒也是讓西瑞里克人民繁榮的原因。詛咒如果遭到破除，人民就會挨餓，他們要花好幾個月才能種出作物。」

「但卡達爾有充滿糧食的倉庫啊，您可以餵飽人民。」

「那又有多少人會為了防禦倉庫而死呢？」貝拉里恩搖搖頭。「此外，你一定也看出來了，這些軍隊同樣不是為我準備。」

我點點頭，貝拉里恩顯然也看出我注意到的第二件事。所有戰士，所有野獸，不管體型多巨大或多恐怖，工藝都臻至完美。每個部位都完美對稱，如玻璃般光滑的皮膚沒有留下任何歲月的痕跡或工匠的斧鑿之痕，坐騎上的雕像都比前一尊還要美麗，卻不如下一尊華麗。而且這些雕像也都不是用同一個模子刻出來的複製品，每一尊都獨具特色、精雕細琢，注視他們太久將會迷失在美麗的夢境之中。

「您的姊姊，這些雕像是為她所造。」

「供她指揮，還是讓她絕望地看著呢？」

我跟著貝拉里恩繼續沿血紅之道前進，我們再次遇上一根圓形石柱，石柱上有一道門，這道門表面光滑，卻不會精確映出觀者。我的意思不是鏡面有任何瑕疵，絕對不是，鏡面上映照的是我們那個完美的自己。貝拉里恩身高更高，身形也更寬闊一點，金髮閃閃發光，雙眼炯炯有神，即便士兵們已非常美麗，他還更為美麗。

而我的倒影則讓我重生，成了曾經的自己，皮膚柔軟白皙，金髮灑落肩膀，舉手投足都充滿優雅的氣息。很明顯比潔拉妮莎宮中的任何人都更好看，甚至和瑟蕾西亞頗為相配，我們會是最俊美的一對，而我們的孩子也會……

……美麗到潔拉妮莎將下令殺死他們。

貝拉里恩走向鏡面，並親吻自己的倒影。透過他姊姊的親吻轉移到他身上的項鍊開始發亮，緩緩沿著脖子上升，離開頭部。項鍊的光芒抹去了貝拉里恩臉孔的倒影，使我半盲。貝拉里恩隨即踉蹌後退，我接住他的身子。

「噢，大人。」

「我知道，法拉諾斯，不出我所料。」

他的頭髮一搓一搓落到地上，就像感染了疥癬一樣。臉部的皮膚變得又乾又硬，眼角出現深深的魚尾紋，臉頰凹陷，一邊眼皮下垂。而且即便他抓著我的手臂，他的抓握也不再擁有頃刻前還存在的力量。

「就算看起來很糟，法拉諾斯，對我來說也無所謂。記住，我是個牧羊人，對羊群來說，我的毛總是不夠多，而臉上多幾條皺紋，牠們也完全不會介意。」他直起身子並聳聳肩。「但想想看這會對潔拉妮莎造成什麼影響？」

「這一定會毀了她。」

「沒錯，就算她從沙列瑞克那裡獲得黃金之鑰，也真的長途跋涉至此，她也不會再繼續前進。」他露出淺淺的笑容。「但我們必須繼續前進。」

我們再次踏上血紅之道，這次我走得離貝拉里恩更近，以便在快摔倒時扶住他，但他並沒有跌倒，看來他已快速從虛弱中恢復，只不過外觀的變化仍然存在。他直直往前走，再次昂首闊步，很可能根本沒注意到自己變矮了幾公分，而且他的鎖子甲現在有些鬆垮垮地垂在身上。

「噢，太好了，這就是多拉雷德的夢想。」

我們漫步經過一座充滿巨大機具的倉庫，攻城塔、衝車與投石機率先歡迎我們，但接著來到更為神祕的物品旁。一輛覆蓋龍鱗的馬車前端有個巨大的噴嘴，可以朝目標噴出液態火焰，還有可以載上十幾名弓箭手的戰車，只不過大小是普通的三倍大，以擴大視野。

還出現了某種我只能形容為陸上船的東西，船首上方和側邊裝滿弩炮，透過在輪送帶上滾動的輪子前進。沒有船帆，但甲板下方透出的藍色火焰，顯示某種魔法引擎將會帶其駛向戰場。

貝拉里恩微笑。「用這東西你甚至可以殺龍！」

「用這東西您甚至能弒**神**。」

「我倒是在想，如果船的側邊也刻有印記，那是要將船當成祭品，還是代表船曾經殺死的神祇呢？」

我搖搖頭，但我覺得後者比較有可能。

我們繼續前進，而一如預期，我們來到一座鐵吊閘，擋住通往另一根較細圓柱的道路。「我沒看見任何手印，大人。」

「這便是要以力量之鑰而開啟之門，法拉諾斯，只有一個方法可以通過，跟緊一點，然後跑快一點。」

「大人？」

貝拉里恩沒有回答，而是走向鐵柵，我們看不見後方的任何東西，他伸出左手抓住最下方的橫條，力量之鑰便開始發亮，嘶嘶聲迴盪，貝拉里恩大聲尖叫。他站在原地不動，吊閘開始一公分一公分慢慢往上升。他把吊閘推到膝蓋高，然後改變姿勢繼續朝上推，貝拉里恩彎下身重新抓好，只用一隻手拚命推。他將肩膀擠到閘門下，再次用雙腳出力。閘門繼續往上升，我衝向下方。「來吧，大人，您可以的。」

「還不行，法拉諾斯。」貝拉里恩大笑，他的笑聲又低又喘。「力量之鑰並非不勞而獲，而是要靠自己努力爭取，這道門也是。」

他齜牙裂嘴，脖子青筋暴突，再次往上推，並開始伸長雙臂。力量之鑰同時熔化，流經他的血肉，傾注到吊閘上，鋼鐵同樣開始發亮，貝拉里恩推了最後一下，雙臂完全伸直，固定手肘，擊敗這道門。

金屬瞬間蒸發。

貝拉里恩倒地。

我抓著他的手臂下方，將他拖離閘門原先所在之處，閘門已經消失沒錯，但我擔心它還會再度出現，壓碎貝拉里恩。我跪在他身旁，決心用自己的身體保衛他，不管他要花多久才能恢復。

他虛弱地拍了拍我的肩膀，比美麗之鑰發揮功效之後還要虛弱。「我會沒事的，法拉諾斯。」

「大人，我為您擔心。」我指著後方的血紅之道。「您父親知道每一道門的效果，多拉雷德會被困在這裡。閘門壓在他肩上，他不可能敢推那最後一下，因為擔心自己可能失敗，然後被閘門壓碎。」

「但我成功了，法拉諾斯，我不是多拉雷德，我也沒有死掉，幫我站起身來。」

他挨在我身上，我扶著他起身，他又讓我扶了幾分鐘直到雙腳不再顫抖，然後他擠出一個微笑。「法拉諾斯，現在你不是要再次告訴我，我們也可以帶走那些機具嗎？而且只要看到那些東西，所有卡達爾士兵就會嚇到投降，甚至連一支箭都不會發射？」

我大笑出聲。「我想告訴您那些機具每一部都可以拿來犁田，這樣拿著鐮刀的士兵就可以收割卡達爾所有的野生穀物，沒有人會挨餓，也沒有人需要死在戰爭中。」

「這就是為什麼我很高興有你陪伴，法拉諾斯，你總是想得更遠，我需要這點。」

他挺直背脊並在這麼做時發出呻吟，接著說道：「走吧，我的朋友，我父親在等著我們呢……」

36

我們穿過一道不自然的黑暗簾幕，進入一座沒有天花板的圓形房間，上方是掛著古老星辰的夜空。我還在想這怎麼可能，接著發現在這間房間中，時間流逝的速度極其緩慢，使得在這些牆壁之間，我的身體甚至都還沒開始在墓中腐爛。天空看起來或許正常，但此地其他所有東西都並非如此。

在我們對面或許二十公尺外，有一座檯子，檯子中央是個巨大的王座。椅背高聳，以木頭刻成，形狀就像披著兜帽的死神，椅子的扶手是兩隻瘦骨嶙峋的野獸。右邊是一匹狼，只是比我看過的任何狼都還巨大，而左邊則是某種臭鼬，野獸皆擺好姿勢，準備出擊。

有趣的是，圍繞在這些恐怖景象之間的男子看起來竟有些溫和，他身材寬闊，一頭鐵灰色頭髮，鬍子修剪整齊，若非渾身散發全然的無聊，那他還可說是頗為英俊。他身穿費菈辛娜喜愛的那種皮甲，眉上頂著一頂纖細的金冠，大腿上則橫放著一把闊劍。

我們走近到一半時他才抬起頭來，他的聲音飽滿又宏亮，不過伴隨著一絲無聊的口氣。「而你又是哪一個呢？」

我皺起眉頭。「陛下？」

「不是你，是他。」男子往前傾，仔細研究貝拉里恩。「你看起來像特拉法蘭人，那麼，你一定是……等等，就在我舌尖了……貝拉隆。你是貝拉隆，沒錯吧？」

少年挺起身子。「我是**貝拉里恩**，我想您應該就是我父親。」

「貝拉里恩……貝拉里恩……噢，是那個牧羊人。」我認為這名男子是帕奈爾——主要是因為他在這裡，不過他也確實和硬幣上的面容有些神似——他拍了拍手。「當然了，貝拉里恩，嗯，你是第二個叫這個名字的。」

「我是您的兒子，您託付他蒐集三把鑰匙，打開這個監牢並釋放您的那個兒子，我已經完成任務了。現在您必須恢復所有我同父異母的兄姊毀滅艾金多爾的所作所為。」貝拉里恩張開雙臂。「這便是我到此的理由，對吧？我完成這一切的理由？」

「從你的角度來說，是的，當然，你是命運之子。你知道自己的命運如你所說，就是蒐集鑰匙什麼的。」帕奈爾坐回王座。「不過說真的，知道一切的危險後，你以為我還會把艾金多爾的未來託付給你嗎？託付給一個根本不可能有希望千里迢迢抵達這裡的農夫？那我還真是無可救藥地魯莽啊，你不覺得嗎？」

貝拉里恩用他燒傷的手揉揉額頭。「您到底在說什麼？」

「我在說的是，兒子，你不是唯一一個我藏在外頭、埋在外頭、並要他來此尋找我的兒子。」帕奈爾起身伸展身體。「現在，我必須說，你是成功的那個，有幾個，他們拒絕我的召喚。其他人則死在各種不幸的災難中，多拉雷德也殺了好幾個，或者說，找人殺了他們。因為如果可以避免，他通常不會自己動手。我想你是殺了他才得到力量之鑰吧？」

「沒錯。」

「噢，非常好。」帕奈爾走下王座。「你能成功來到此地，表示這正是我回歸的完美時機。你一定已經見識過這個世界了，對吧，世界未來的樣子？」

貝拉里恩皺眉。「我只看見世界現在的樣子。」

「在這間房間之外世界還是本來那樣，但在這裡，在這間房間內，你看見的是一個並不存在的未來。」帕奈爾露出微笑說道：「你看，這就是整件事的意義，我把自己封印在這個地方，那些門關上後，外面的世界頂多只過了一、兩個小時，最多一天。」

「什麼？你為什麼要這麼做？」

「貝拉里恩，我至少還有個優點，就是睿智。」帕奈爾拔出劍，朝空氣揮了幾下。「我知道艾金多爾，我一手建立的王國，已經完蛋了，因為混亂、外部的敵人、善妒的神祇、善變的惡魔——甚至是我自己的子女——都會將其毀滅。我奮鬥了很長一段時間阻止艾金多爾毀滅，接著發現自己在打一場不可能贏的仗，我應該要做的並不是阻止毀滅，而是重新創造整個世界。」

貝拉里恩微笑。「是的沒錯，這就是我來解救您的原因，這樣您就能讓世界重生，我已經知道是哪裡出錯，可以幫助您修復萬物。」

「是的，貝拉里恩，你會的。」笑容緩緩爬上帕奈爾的臉。「只是我們要先處理一件小事……」

帕奈爾往前一跳，砍向貝拉里恩頭部。少年閃避，劍刃削過金鎖。帕奈爾一落地，貝拉里恩隨即出腳，一腳踢中父親的大腿，讓國王向後飛去。他落地後彈了一下，然後腹部朝下滑到牆邊。

帕奈爾咧嘴一笑，露出白色的牙齒。「克羅沙把你教得很好，跟我希望的一樣。」國王躍起，再次發動攻擊，他的劍刃從上方砍下，然後往下橫劈，意在把貝拉里恩砍成兩半。劍刃掠過時發出呼嘯聲，但即便速度很快，卻時常失準，唯一擊中的只有盔甲的鋼鐵。

貝拉里恩武藝精湛，他左閃右躲，判讀帕奈爾的意圖並完美預測他的動作。他將攻擊擋到一邊，把父親逼退，並阻擋重擊，其他人可能會不支跪地，但貝拉里恩撐住了。

這樣的力量讓帕奈爾十分困惑，我突然理解瑟蕾西亞和蓋文都沒有告訴他貝拉里恩和死亡擦肩而過的經歷。也許困在時間泡泡中的帕奈爾，從來都不知道遊魂存在，或是像我這樣的不死人可以吸收手下亡魂的靈魂和力量。我理解這件事的那一刻，便知道帕奈爾永遠殺不了貝拉里恩。

貝拉里恩敲掉帕奈爾的劍，然後一肘打在他父親臉上，帕奈爾蹣跚後退，貝拉里恩把劍踢到反方向的牆邊。「別逼我殺您。」

帕奈爾單膝跪下，放聲大笑，鮮血從砸爛的嘴唇滴下他的下巴。「你**無法**殺我，貝拉里恩，所有人都不行，我早就確保了，你們只能做我要你們做的事。」

「不！」貝拉里恩齜牙裂嘴。「您自以為創造了我，費菈辛娜說您是個傀儡師，還說我們全都是您的傀儡，我不相信，我**不是**您的傀儡。」

「或許你不是吧，貝拉里恩。」帕奈爾用手背抹去鮮血。「唉，只可惜**他**是，殺了他，法拉諾斯。」

貝拉里恩轉向我，因震驚瞪大雙眼，他張口欲言，但在話語出現之前，我的咒語就射穿了他的胸口。藍白色的電球將他的心臟燒成灰，並融化了肺臟。他往下一看，盯著自己的罩袍、鎖子甲與焦黑肋骨的碎片，然後撲通跌坐在地，接著往後一倒，盲目地望著那片牧羊時所知的天空。

貝拉里恩的靈魂流向我，強壯、冰冷、深邃又刺骨，它猛然鑽進我體內，讓我心中充斥各種雜亂的回憶。他童年的所有夢境都從我身上盤旋而過，孩提時因單純事物而發笑的純真快樂、青少年時追求初戀的希望、朋友死去的痛苦，與面對恐懼的鋼鐵意志。接著是更近期的記憶，有關克羅沙、費菈辛娜、他的兄姊，還有最痛苦的，有關我的回憶，他接納了我的本質：法拉諾斯，提供睿智建議的英勇魔法師。

傀儡師要我成為的樣子，我希望自己真正成為的樣子——我以為我自己成為的樣子——直到我的主人下達命令，而我毫不遲疑地執行它。

殺死那個唯一真正在乎我發生什麼事的人。

我倒抽一口氣，雙膝跪地。「噢，貝拉里恩……」

「你竟然覺得感傷？」帕奈爾搖搖晃晃站起身。「要是我早知道，我的毒蠍，我真正忠誠的毒蠍啊，背叛他竟然會困擾你的話，我就會告訴你我才是背叛他的那個人。他是我的兒子，我的創造，我也是毀滅他的那個人，這是我的權利。你只不過剛好是個方便的工具，讓我能夠完成工作罷了。」

「大人，您真是太仁慈了。」

「而你也非常忠誠——如同我確保的一樣。」他彎身撿起貝拉里恩的劍試試平衡，然後點點頭。「克羅沙確實把他教得不錯，你能想像要是他真的殺了我嗎？區區一個牧羊人，竟擁有所有拯救世界所需的力量？他的創造一定會是，噢，非常的平庸，非常的無聊。」

「所以，您其實早就知道他可以吸收手下亡魂的靈魂？」

「這正合我意，他需要那些靈魂去取得我要的力量。」帕奈爾微笑。「我本來可以親手殺了他的，早就該親手殺了他，但你實在太過方便，可以替我完事。」

我摸摸手指上的金戒。「您會用這力量把世界變成一個更好的地方嗎？」

「對誰來說更好，法拉諾斯？又是用誰的標準評斷，法拉諾斯？」帕奈爾用雙手舉劍。「這是**我的**世界，就應該是我想要的樣子。」

「然後這整個過程從現在開始一代之後又再次重複？」

「或是再過一代，如果我想要的話。你怎麼膽敢質問我？你以前從來不會這樣。」帕奈爾皺眉。「而在我的新世界中，我理應確保你永遠不會再這麼做，現在別動，我會快速解決的。」

劍刃以弧形劃向我的脖子，輕輕一削就會讓我身首異處，我所有的一切，吸收過的一切，都會流向帕奈爾，他的心願終將完成。

但我用左手抓住劍刃，然後手腕隨意一扭，劍便從帕奈爾手中脫手。

帕奈爾盯著血肉模糊的手心，還有從劍柄落地的血肉。「這怎麼可能？」

我對帕奈爾輕揮右手，就像在趕走臭蟲。他的肋骨斷裂，飛到房間另一邊並撞上牆壁，王冠掉落，沿著地面滾動。他凝視著王冠，雙膝拖地緩緩爬去，一道血痕標示著他的行跡。「你不能這麼做，你不能攻擊我。」

「**我**絕對可以，大人，法拉諾斯絕對**可以**，陛下。」我將貝拉里恩的劍插進石地，劍身沒入一半。「當您選擇我成為您忠心的毒蠍時，您便禁止我讓你濺血，但我並不是您的毒蠍。」

他盯著我，一臉不可置信。

吸收貝拉里恩的靈魂時，我也感受到多拉雷德的靈魂、他的一生、他的慾望以及他的恐懼。「多拉雷德還擔心您喜歡我勝過喜歡他。」

「我確實是。」

「但您還是把我出賣給他，在我完成您交付的任務後，在我成功囚禁貝拉里恩後，您讓多拉雷德歡迎我回宮，祝賀我，為我倒一杯酒，然後對我下毒。」

「我其實沒有想那麼多。」帕奈爾聳聳肩。「老實說，我還期待你殺了他呢。」

「我沒辦法，陛下，當時我無法讓您濺血，**包括您的血脈**。」

「噢，那他確實是我的種囉？」帕奈爾朝我伸出一隻血手說道：「也不是說這會改變任何事。」

「但是這確實改變了所有事，您埋葬了自己又棒又忠誠的毒蠍，在亙古以前的遙遠異地。」我站起身來，露出微笑。「因而在我墓中醒來的是法拉諾斯，找到貝拉里恩的是法拉諾斯，殺死遊魂和怪物，協助他來到此地的是法拉諾斯，在黃金監牢殺死歐溫的是法拉諾斯。而此時此地，殺死貝拉里恩，讓他免於遭您背叛，讓他誤解自己是誰的，也是法拉諾斯。」

帕奈爾抬起下巴。「而現在要殺了我，並摧毀艾金多爾未來所有希望的，也是法拉諾斯嗎？」

我笑出聲來，並把魔杖末端抵在他的額頭說道：「您忘記了一件事：我見識過您所創造的未來，而那個未來會跟您和您的欺騙一同在此死去。但是一個新的未來，其前程即將到來。」

完

國家圖書館出版品預行編目資料

DARK SOULS 思辨的假面劇/Michael A. Stackpole
作；楊詠翔譯. -- 初版. -- 臺北市：臺灣角川股
份有限公司, 2023.01
　面；　公分
譯自：Dark souls : masque of vindication
ISBN 978-626-352-172-8(平裝)

874.57　　　111018435

Kadokawa Fantastic Novels

DARK SOULS 思辨的假面劇

（原著名：DARK SOULS : Masque of Vindication）

2023年1月27日　初版第1刷發行

作　　者：Michael A. Stackpole
插　　畫：末彌純
譯　　者：楊詠翔

發 行 人：岩崎剛人
總 編 輯：蔡佩芬
編　　輯：楊芫青
美術設計：李思穎
印　　務：李明修（主任）、張加恩（主任）、張凱棋

發 行 所：台灣角川股份有限公司
地　　址：104台北市中山區松江路223號3樓
電　　話：（02）2515-3000
傳　　真：（02）2515-0033
網　　址：www.kadokawa.com.tw
劃撥帳戶：台灣角川股份有限公司
劃撥帳號：19487412
法律顧問：有澤法律事務所
製　　版：巨茂科技印刷有限公司
ISBN：978-626-352-172-8